함께 웃고, 배우고, 사랑하고

함께 웃고, 배우고, 사랑하고

네 자매의 스페인 여행

강인숙 지음

열림원

삶의 막바지에 온 나는 근년에 이미 출판한 책들을 한데 모아서 전집처럼 만들고 싶다는 생각을 하게 되었다. 1세기 가까운 세월을 살면서 내가 보고 느낀 것들을 천천히 장르별로 정리해서 책을 남겨놓고 싶었던 것이다. 1차로 평론과 논문을 모은 전집 여섯 권을 2020년에 간행했다. 내가 연구한 자연주의와 일본 모더니즘은, 관심을 가지는 학자가 많지 않은 분야여서, 내 책을 절판을 시키면 누군가가 또 나 같은 고생을 되풀이해야 한다. 그래서 남겨놓아야겠다는 생각이 들어 평론 전집부터 낸 것이다.

그 뒤를 여행기 세 권이 차지한다. 그다음에는 자전적 에세이를 정리하고, 마지막에는 순수한 에세이들을 모아보려는 것이 지금의 내

희망 사항이다. 내게는 유럽 문화 기행에 대한 에세이집이 세 권 있다.

『네 자매의 스페인 여행』   2002년   삶과꿈
『내 안의 이집트』   2012년   마음의숲
『시칠리아에서 본 그리스』   2018년   에피파니

세 권 중에서 제일 먼저 나온 것이 스페인 기행이다. 정년 퇴임 후에야 시작된 나의 문명 기행의 첫 목적지가 스페인이었기 때문이다. 귀국 코스에 파리가 들어 있어서 프랑스 이야기가 거기 포함되어 있다. 그런 일은 1978년에 나온 에세이집 『생과 만나는 저녁과 아침』(갑인출판사)에 실렸던 「로스앤젤레스에 두고 온 고향」을 쓸 때에도 있었다. 그때도 귀국하면서 파리에 들러서, 파리 이야기가 150매 정도 들어가 있다. 이번 책에는 그것들도 넣기로 했다. 오래전에 쓴 글이지만 시사적인 이야기는 별로 없고, 문명 이야기가 주축이 되었으니 쓴 시기가 별로 문제가 되지 않을 것 같기도 했고, 삶을 정리하는 의미에서 내는 전집이므로 내가 쓴 여행기는 다 넣고 싶기도 했기 때문이다.

그래서 파리 이야기가 둘이다. 1977년에 본 비철의 파리와 1999년에 본 제철의 파리다. 프랑스를 본격적으로 보지 못했기 때문에 다시 간 거지만, 처음에는 비철의 파리를 혼자 보았고, 두 번째는 제철의 퐁텐블로와 바르비종을 자매들과 다녀왔기 때문에, 겹치는 부분은

없다. 우리가 가는 곳은 17, 18세기의 프랑스여서 시사적인 부분이 적은 까닭이다.

그 세 기행 에세이집을 통하여 나는 유럽과 오리엔트 문명에 대해 가지고 있던 물음들을 탐색하는 작업을 했다. 전문가로서가 아니라 딜레탕트로서, 내가 서 있는 삶의 위도와 방향을 남의 거울에 비추어 가늠해보려고 한 것이다. 마지막으로 메소포타미아를 꼭 보고 싶은데, 그건 정말로 보고 싶은 곳인데, 그 소원은 이루어질 것 같지 않다.

여행은 어디에 가느냐도 중요하지만, 누구와 가느냐도 중요하며, 무엇을 보느냐는 더 중요하다. 내가 보고 싶은 것은 문명의 개별적 특성이어서, 세 권이 모두 목적은 비슷하다. 문명 기행인 것이다. 하지만, 같이 간 사람들은 매번 다르다. 같이 간 사람에 따라 여행의 양상이 상당히 달라진다. 그래서 나는 여행기를 쓸 때 동행자 이야기를 많이 다룬다. 그것은 보려는 대상의 초시간성과 '지금, 여기'의 시공간을 이어주는 끈과 같은 것이기 때문이다. 스페인 기행에서는 동행자의 비중이 더 커졌다. 20년 동안 다른 대륙에서 헤어져 살던 70대의 네 자매가 같이 갔다는 사실이 하나의 중요한 축을 이루기 때문이다. 20년 동안 떨어져 살던 자매들의 삶의 문양은 서로 다르다. 그 다른 문양의 얽힘이 중요한 대목이기도 해서 제목에 '네 자매'란 말을 넣었다. 애초에 이 여행은 부부 동반 여행으로 계획되었다. 그 계획대로 이어령 선생과 같이 갔으면 전혀 다른 여행기가 나왔을 것이다. 두 개의 다른 여행기도 될 수 있었고 공저로 나올 수도 있었기 때문이다.

내가 처음으로 냈던 여행기인 『네 자매의 스페인 여행』은 출판사가 곧 문을 닫아서 빛을 보지 못하고 사라졌다. 그 부분을 다시 살려서 나의 여행기 세 권이 하나의 통일체를 이루어주었으면 하고 소망한다.

2023년 11월

小河 강인숙

사람이 된 갈라테이아와의 만남

역마살이 끼어 있는지 나는 여행을 참 좋아한다. 일상의 잡사를 훌훌 털어버리고 가고 싶은 곳으로 훌쩍 떠나는 일은, 다시 일상으로 돌아와 버거운 삶을 감당할 수 있게 하는 에너지의 재충전을 위해 꼭 필요하다. 그런데 내게는 오랫동안 그게 허용되지 않았다. 직장이 있는데다가 아이가 셋 달려 있었고, 보살펴드려야 하는 어른이 양가에 세 분이나 계셔서 여행할 엄두를 낼 수 없었다.

60이 가까워오니 아이들은 커서 떠나고, 어른들은 돌아가셔서, 여행을 마음대로 할 수 있는 여건이 겨우 만들어졌는데 이번에는 몸이 협조하지 않았다. 어느새 늙은이가 되어 척추에 탈이 생겨서 여행하는 일이 어려워진 것이다. 그래서 평생을 부잣집 풍성한 식탁을 부러운 눈으로 바라보는 가난한 집 아이처럼, 자유롭게 여행하는 사람들을 선망하면서 살아왔다.

나는 자연을 보러 여행을 하는 형은 아니다. 내가 가고 싶은 곳은 문명의 발상지가 아니면, 여러 문명을 혼합하여 고유한 문화를 창출해낸 비잔티움이나 그라나다, 모스크바 같은 곳이다. 그런데 정년 퇴임할 때까지 실지로 가본 곳은 그리스, 이탈리아, 인도, 일본, 그리고 파리나 이스탄불 같은 몇몇 도시에 불과했다. 이집트와 메소포타미아, 튀르키예, 중국 등 가고 싶은 곳이 산적해 있어서, 나는 지금까지 지루한 줄 모르며 살아왔다. 꿈이 남아 있었기 때문이다.

세상이 나날이 발전하여서, 지금 우리는 가고 싶은 곳을 텔레비전이나 비디오를 통하여 영상으로 보는 일이 얼마든지 가능하다. 언니들이 처음으로 유럽에 갔을 때, 큰언니가 모르는 곳이 없어서 작은언니가 놀랐다고 한다. 큰언니는 여행 프로그램을 좋아해서, 텔레비전에서 그 지식들을 날마다 조금씩 거둬들인 것이다. 언니뿐 아니다. 오늘날은 누구에게나 그런 기회가 쌓여 있다. 굳이 관광 안내 프로그램이 아니라도 뉴스나 영화에서 외국의 여러 곳을 볼 기회가 널려 있기 때문에, 엠파이어 스테이트 빌딩이나 에펠 탑, 타지마할 같은 것은 너무 자주 보아서, 실물을 보기 전에 식상이 되어버리기도 한다. 하지만 그것은 수박의 겉껍질을 핥는 것과 다를 것이 없어서 피상적인 지식이다. 현지에 가보지 않고는 절대로 느낄 수 없는 것이 있다. 육안으로 보고, 손으로 만져보아야 비로소 얻어지는 현장감이다. 그

것 하나를 맛보기 위해, 사람들은 많은 대가를 지불하며 먼 곳까지 찾아간다.

오랫동안 이탈리아를 동경하던 괴테는 처음 그곳을 방문했을 때의 느낌을 피그말리온과 갈라테이아의 이야기를 통하여 묘사한 일이 있다. 돌로 완벽한 여인상을 조각해놓은 피그말리온은, 그 석상을 사랑하게 되어, 거기에 생명을 불어넣어달라고 날마다 신에게 졸랐다. 그런데 어느 날 기적이 일어났다. 돌조각이 정말로 생명을 얻어 문득 살아 있는 여자가 된 것이다. "저예요" 하고 수줍게 웃으면서 그 여자가 자기에게 다가올 때에 피그말리온이 느낀 그 경이로움과 환희가, 여행자들이 현지에서 체험하는 현장감이라는 것이 괴테의 말씀이다. 그 말에 전적으로 동의한다. 우표에 찍혀 나오는 아크로폴리스의 그림에서 어떻게 아침 햇살을 받아 살빛으로 물들어가는 신전의 돌기둥의 질감을 체감할 수 있으며, 자고 일어나 방 바로 밖에 사막이 와 있는 것을 눈으로 볼 때의 경이감을 어찌 엽서 그림 같은 것을 통하여 실감할 수 있겠는가? 백번 듣는 것보다는 한 번 보는 게 나은 이유가 거기에 있다.

정년퇴직을 한 1999년 가을에 나는 스페인에 간 일이 있다. 학교를 그만두었기 때문에 가능했던 첫 번째 제철 여행이었다. 스페인은 오랫동안 동경했던 꿈속 여행지 중의 하나였다. 유럽 문명과 이슬람 문명이 거기에서 만나 어떤 꽃을 피웠는지 확인하고 싶었다. 동행도 안성맞춤이었다. 미국과 한국에 나뉘어 사느라고 수십 년 동안 천천히 정담을 나눌 기회도 없었던 언니와 동생이었기 때문이다. 그 무렵에 나는 세상에 와서 처음 만난 사람들과의 인연에 대하여 많은 생각을 하고 있던 중이어서, 세 자매라는 동행자는 스페인 못지않게 중요한 여행의 축이 되었다.

그 여행 후에 곧 인후암에 걸려서 두 번이나 수술을 받았다. 성대에 악성 결절이 생긴 것이다. 일단 고쳤지만 언제 또 재발할지 모르니, 앞으로도 여행할 전망이 별로 밝지 않았다. 그래서 전에 한 여행을 정리하여 책으로 내는 일을 시작했다. 그건 내가 스페인에 다시한번 가는 것과 같은 일이어서 많은 위로가 되었다.

이 책은 전문가들이 내는 가이드북처럼 실용적인 정보를 제공하는 것은 되지 못한다. 그렇다고 저명한 학자들의 글처럼 교육적인 메시지를 지니는 것도 아니며, 예술가들의 여행기처럼 표현이 참신하거나 시점이 특이하지도 못하다. 그냥 보통 사람이 낯선 나라의 스쳐지나가는 풍경에서 받은 인상과 느낌을 적은 글이다. 첫 여행기여서, 내가 생명을 얻은 갈라테이아를 처음 만나던 때의 감동에 동감하는 독자가 많았으면 좋겠다는 생각이 든다.

2002년 2월 20일

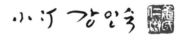

차례

1부 꿈속의 여행지 스페인과의 만남

4부 비철의 파리(1977년)

일러두기
인명, 지명 등 외국어의 우리말 표기는 국립국어원 외래어 표기법을 따르되, 통용되는 일부 표기는 허용했다.

1

꿈속의 여행지 스페인과의 만남

1999

#

"우와따따뿌뻬이"

정년 퇴임을 한 후 나는 제철에 여행을 하고 싶어서 안달이 나 있었다. 교직에 있는 사람은 평생 제철에 여행을 하는 일이 불가능하다. 방학 이외에는 여행을 갈 수 없기 때문이다. 50대가 넘으니 아이들이 떠나기 시작해서 1년에 한 번쯤은 해외여행을 할 수 있었지만, 한여름이나 엄동설한이 아니면 여행을 할 수 없어, 무더위가 아니면 추위 속에서 낯선 곳을 헤매 다녀야 했다. 그래서 정년퇴직할 때를 간절하게 기다렸다. 정년으로 일을 그만두는 것은 즐겁기만 한 일은 아니지만, 제철에 여행을 할 수 있는 것을 생각하면 허탈감이 많이 감소되었다. 제철에 여행하기 위해 나는 퇴임 후에 대학 강의를 하나도 맡지 않았다. 한 강좌만 해도 여행에 제동이 걸리기 때문이다.

다행히도 우리 부부는 동갑이라 정년을 맞는 시기가 같아서 제철에 원하던 곳에 가는 것이 가능했다. 튀르키예와 이집트, 러시아, 인도, 메소포타미아, 유럽과 그리스…… 가고 싶은 곳은 너무 많았지만, 제1지망의 행선지가 스페인으로 결정되었다. 거기에는 동양과 서양이, 기독교와 이슬람교가 혼합하여 만들어낸 독특한 문화가 있기 때문이다. 그래서 열심히 일정표를 짜고 있었는데, 같은 해에 퇴임하기로 되어 있던 남편이 석좌교수가 되어 강의를 해야 했기 때문에 여행에 제동이 걸렸다. 맡은 시간은 많지 않았지만, 휴일을 안배하고 중간고사 기간을 이용한다 해도 휴강이 불가피해서 그는 결국 손을 들고 말았다.

그 이야기를 듣더니 작은언니가 자기와 같이 가자고 제안해왔다. 칠순이 되었는데, 형부가 돌아가셔서 잔치를 마다했더니 아이들이 그냥 보내는 건 너무 섭섭하니까 이모와 스페인에 갔다 오라고 한다는 것이다. 동생도 따라붙었다. 올림픽 때 바르셀로나에 너무 가고 싶었는데 동행이 없어 못 간 동생은, 워낙 스페인을 좋아해서 몸이 불편한데도 앞장을 서서 설친다. 교회의 여선교회 책임을 맡고 있던 큰언니도 선뜻 동행하겠다고 나섰다. 그 무렵에 마침 임기가 끝나서 자유로워졌다는 것이다. 딸의 결혼식이 임박한 막내만 빼고 네 자매의 스페인 여행은 이렇게 하여 일사천리로 결정되었다. 네 사람의 여건이 합치되는 믿을 수 없는 일이 일어난 것이다.

형제들은 남편 다음으로 내가 좋아하는 여행 파트너다. 그들과 여행을 하면 남편과 여행할 때처럼 편안한 여행은 할 수 없다. 개성이 강한 여자들이 여럿이 모이니까 취향이 다른 데서 오는 마찰이 불가피하다. 하지만 남과 여행할 때처럼 신경을 쓰지 않아도 되고, 늘 언니들의 돌봄을 받을 수 있는 이점이 있다. 다행히도 우리 형제는 모두 역마살이 끼어 있어서 여행을 너무 좋아한다. 함께 신명이 나 있으니 분위기가 고조되고 상승하는 것이다. 게다가 넷이라는 숫자는 같이 여행하기에 얼마나 적합한 숫자인가? 택시 탈 때도 좋고, 버스를 탈 때나 방을 정할 때 짝이 맞아서 아주 편리하다. 만사가 형통한 셈이다.

그 무렵에 세 살이었던 막내손녀는 아주 많이 신이 나면 "우와따따뿌뻬이!" 하는 국적 불명의 감탄사를 외치는 버릇이 있었다. 여행이 결정되자 우리도 그 애를 본 따서 "우와따따뿌뻬이!"를 합창했다. 여건이 척척 들어맞아서 이렇게 여러 자매가 함께 여행하는 것은 그때가 처음이었기 때문이다. 스페인에 가서도 우리는 신나는 것만 보면 "우와따따뿌뻬이!"를 외쳐댔다. 우리는 집만 떠나면 수학여행 간 여학생들처럼 신이 나고 즐거워지는 타입이니까 "우와따따뿌뻬이!"를 합창할 기회는 아주 많았다.

우리는 두 살이나 세 살 터울로 연이어 태어난 다섯 자매여서 자랄 때 친구가 필요 없었다. 형제는 하늘이 내려준 고마운 친구라고 할 수 있는데, 숫자가 다섯이나 되니 아쉬운 것이 없었다. 우리는 빈 성터에 있는 외딴집에서 우리끼리만 놀면서 유년 시절을 보냈다. 만약 그때 저들이 없었더라면 내 유년의 시간들이 얼마나 삭막하고 지루했을까? 그런데 우리는 수십 년 동안 미국과 한국으로 갈라져서 서로 자주 볼 수도 없는 삶을 살고 있다. 어렸을 때 우리가 싸우면 어머니는 언제나 "무 꼬리나 한데서 썩지 사람 새끼는 한데서 썩는 게 아니"라는 경고를 했다. 여자 형제는 뿔뿔이 흩어져서 서로 그리워하며 살아야 할 관계임을 예견하고 계셨던 것이다.

어머니의 예언대로 우리는 지금 너무나 먼 곳에 떨어져 살아서, 몇 년씩 서로 얼굴도 보지 못하고 만다. 시차가 일곱 시간이나 되는 다른 대륙으로 그들이 모두 가버려서 한국에 혼자 남은 나는 외딸처럼 늘 외롭다. 그래서 그들을 만나는 것 자체가 축복으로 여겨진다. 내가 어쩌다 로스앤젤레스에 가면, 지금도 우리는 한 방에 모여 같이 잔다. 어렸을 때처럼 의견 충돌도 생겨 말다툼도 하면서, 같이 웃고 같이 노래를 부르다가 엉켜서 같이 자는 것이다. 하지만 같이 해외여행을 할 기회는 전혀 없었다. 다섯 사람의 여건이 순탄하게 맞아서 함께 외국을 여행하는 것은 바랄 수도 없는 꿈이었다. 모두가 직업을 가지고 있었기 때문이다. 그러니 모처럼 같이 여행을 하면서 "우와따따뿌뻬이!"가 자주 나올 수밖에 없었다.

#

쪼꼬만 계집애가 뭘 안다고 까불어!

나는 언제나 여행할 때 오랫동안 자료를 조사해서 직접 일정표를
짜는 버릇이 있다. 행선지와 일정을 먼저 정하고 나서, 관광버스를
타기 쉬운 구역에 경비에 맞는 호텔을 여행사에 부탁하면 예약을 해
준다. 관광 코스는 현지의 호텔에 가서 결정하면 된다. 어느 나라 호
텔이든 관광 프로그램이 잘 짜여진 안내 팸플릿이 비치되어 있으니
까 그중에서 고르면 되는 것이다. 이번에도 일정을 짜가지고 마드리
드에서 만나자고 전화했더니 조카가 반대하더란다. 스페인은 치안
상태가 좋지 않은데, 말도 제대로 못 하는 동양의 할머니들이 몰려다
니면 소매치기의 표적이 되기 십상이니 여행사에 맡기라는 것이다.

완전히 노파 취급을 당하는 기분이어서 좀 언짢았지만, 곰곰이 따

저보니 그 말이 하나도 틀리지 않았다. 제일 아래인 동생이 예순넷이고 큰언니는 일흔둘이니 우리는 모두 영락없는 노파들이다. 게다가 말이 안 통한다. 작은언니가 은퇴한 후에 스페인어를 조금 배웠을 뿐, 나머지는 정말 말도 할 줄 모르는 '동양의 노파들'이다. 더구나 근육무력증을 앓은 일이 있는 동생은 많이 걷는 일이 어렵고, 나도 허리 디스크를 앓는 처지이며, 작은언니는 백내장과 망막 수술을 연거푸 받아 운전 면허증을 빼앗긴 상태다. 까불 생각을 하지 않고 순순히 조카 말을 듣기로 했다.

언니가 미국에서 여행사를 알아보았다. 좀 비싼 편이지만 우리만을 위해 벤츠사의 9인승 밴을 제공하고 한국인 가이드가 딸린다는 조건으로, 마드리드 – 세고비아 – 톨레도 – 코르도바 – 세비야 – 지브롤터 – 토레몰리노스 – 말라가 – 그라나다 – 바르셀로나를 거쳐 파리에서 돌아오는 11일간의 상품이 있다고 해서 그걸로 결정했다고 통보해왔다. 그런데 문제가 생겼다. 마드리드까지 일곱 시간밖에 안 걸린다는 언니의 말에 내가 마드리드로 직접 가지 않고, 딸도 만날 겸 로스앤젤레스로 가서 같이 떠나기로 한 것인데, 막상 가보니 뉴욕까지 가서 떠난다는 엄청난 조건이 추가되어 있었다. 그건 보통 문제가 아니다. 요추 디스크가 삐져나와 3년 동안이나 비행기 타는 것을 금지당했던 나는, 겨우 회복한 건강을 다시 잃을까봐 마음이 크게 흔들렸다. 그 문제 때문에 비행시간을 몇 번이나 체크했는데, 예정보다 다섯 시간이나 비행시간이 늘어났으니 기가 막혔다. 뿐 아니다. 기차로 이동하는 편이 허리에 좋고 시간도 절약된다고 누우이 말했는데, 언니는 모두 자동차 여행으로 짜놓았으니 불안한 일정이다.

"비행기를 오래 타면 안 된다고 몇 번이나 다짐했는데, 뭘 하고 있다가 이렇게 만들어놓은 거냐"라고 내가 언니에게 신경질을 부렸다. 그러자 혼자서 일을 처리하느라고 전화료도 엄청났고, 고생도 많이 한 언니도 가만히 있지 않았다. 그런데 내뱉은 대사가 걸작이다.

"쪼꼬만 계집애가 뭘 안다고 까불어!"

옆에서 듣고 있던 딸이 폭소를 터뜨렸다. 내게 '쪼꼬만 계집애' 시절이 있었다는 게 영 상상이 되지 않는 그 애는, 이모가 정년퇴직한 자기 엄마를 '쪼꼬만 계집애'라고 하니까 웃지 않을 수 없었던 것이다. 그 애의 푸짐한 웃음이 우리에게도 전염됐다. 지구여행사 건물의 엘리베이터 안에서 막내와 딸을 합친 여섯 여자가 배를 잡고 맴을 돌면서 정신없이 웃어댔다. 그 웃음이 우리를 소녀 시절로 데려갔다. 우리는 맨날 그렇게 웃으면서 자라났다. 언제나 야단을 맞을 때까지 자지 않고 킬킬댔다. 6·25 동란 때, 등화관제의 어둠 속에서도 그렇게 웃고 까불어서 밤마다 어머니에게 야단을 맞았다. 계집애가 여섯이나 되니 웃음소리도 컸다. 일을 잘못 처리해서 할 말이 없자 다급한 김에 옛날에 하던 욕을 내뱉기는 했지만, 내 허리가 염려스러워서 잔뜩 켕겨 있던 작은언니도 그 웃음 덕에 기력을 회복했다.

"봐! 이렇게 웃으며 다니문 엔도르핀이 막 생겨 병 같은 거 안 난단 말이야!"

그 말은 맞았다. 나는 한국에서 열두 시간이나 비행기를 타고 온 지 며칠도 안 돼서, 뉴욕까지 다섯 시간 비행하고, 공항에서 두 시간 대기하다가 다시 마드리드까지 일곱 시간 비행기를 탄 후, 열흘간 자동차만 타고 다니는 무리한 여행을 했는데도 탈이 나지 않았다. 그라나다에서 바르셀로나, 바르셀로나에서 파리 간을 다시 비행기를 타고 갔고, 이틀 후에 파리에서 한국까지 돌아왔으니 굉장히 힘든 여정이었는데도 허리 병이 도지지 않았던 것은, 언니가 말한 대로 오래간만에 형제들과 같이 있은 데서 솟아나는 엔도르핀 덕이었던 것 같다.

외딴집이라는 격리된 공간도 일조했겠지만 우리 자매는 비교적 사이가 좋았다. 결혼한 후에는 경제적 여건이 달라졌고, 학력도 외모도 층하가 났지만 서로 미워하거나 시샘을 하는 일이 별로 없었다. 얼굴만 보고 있으면 엔도르핀이 마구 생기는 희한한 관계가 아직도 지속되니, 그들이 이승에 같이 있다는 것은 얼마나 고마운 일인가? 오빠는 세상을 떠난 지 20년이 넘었는데 말이다.

#

그 가이드 귀 따갑겠네요

주부가 집을 떠나려는데 일주일을 앞두고 3년간 같이 있던 메이드가 느닷없이 나가버렸다. 내가 은퇴했으니까 두 달 후에는 파출부로 바꿀 예정임을 미리 알려주었더니 부탁해놓은 직장이 일찍 나타났다며 나가게 된 것이다. 집을 맡길 사람이 없어졌으니 여행을 포기하는 수밖에 없게 되었다. 그러자 남편과 애들이 펄펄 뛰며 난리다. 평생 일만 하며 살았는데, 처음으로 제철에 가는 여행을 왜 포기하느냐는 것이다. 옆집에 사는 자신이 아버지 저녁 식사를 책임질 테니 아침진지를 차려드릴 사람만 구해보라고 아들이 제안해서 그 문제는 겨우 해결되었다.

하지만 문제는 거기에서 끝나는 것이 아니다. 파출부 시스템이 되려면 집의 구조도 바꿔야 한다. 대문과 현관문의 자물쇠를 새로 만들어야 하고, 방범 장치도 달아야 한다. 그 번거로운 일을 다 끝냈더니 이번에는 차고의 셔터가 말썽을 부렸다. 할 수 없이 덜 고쳐진 부분을 며느리에게 맡기고 떠나려니까 마음이 찜찜한데 애들이 프랑스 화폐를 구해왔다. 외환은행 본점에 가니까 있더란다. 나를 닮아서 역마살이 끼어 있는 큰아들은, 내가 제철에 여행을 떠나는 것을 보고 무턱대고 좋아했다. "아무 걱정 마시고 실컷 즐기세요. 뒷일은 제가 책임질게요." 며느리도 거들었다. 남편도 내가 혼자서 여행을 잘하는 것을 아니까 행선지나 예정에 대해서 토를 달지 않았다.

그런데 미국에 갔더니 사위가 "why Spain?" 하고 의아하게 묻는다. 미국 안에도 갈 곳이 많고 멕시코에도 관광 거리가 많은데, 왜 열두 시간씩 걸리는 그 먼 곳까지 가느냐는 것이다. 네 명의 여자들이 입을 모아 스페인에 가야 하는 이유를 떠들어대니까 사위는 껄껄 웃으면서 항복하는 시늉을 하더니, 떠나는 날 공항에 데려다주며 "no fight", "no man" 하고 농담을 해서 우리를 웃겼다.

딸의 친구인 작은언니의 며느리와 우리 딸은, 언니가 "우리끼리만 밴을 타고 한국인 가이드 데리고 다니는 거니까 걱정하지 않아도 된다"라고 점잖게 말하는 순간에 "아유! 그 가이드 귀 따갑겠네요" 하고 합창을 하며 깔깔댔다. 가까운 곳에 있어 이모들이 몰려다니는 것을 보며 산 그 애들은, 우리 자매가 모이면 얼마나 수다스러워지는지 잘 알고 있었던 것이다. 큰언니의 딸들은 우리의 여행이 부러웠던지

저이들도 늙으면 같이 여행 다니자고 약속했고, 작은언니의 아들은 "동양 노파" 운운하며 우리에게 여행사를 추천하는 어른스런 행동을 했으니 다음 세대들의 반응도 가지가지다.

처음에는 노파라는 말이 좀 섭섭하게 들렸지만, 여행을 하면서 나는 여러 번 그 조카의 충고에 감사했다. 우리 자매는 모두 저 잘난 맛에 사는 개성이 강한 여자들이어서, 혼자서도 얼마든지 여행을 하던 사람들이다. 하지만, 이번 여행에서 나는 이제 우리가 영락없는 노파들이라는 사실을 여러 번 확인했다. 넷 중에서 제일 학력이 높고 나이도 젊은 편인 나는 마드리드에 닿자마자 백을 날치기 당해서 그 애의 예언을 맞혀주었고, 혼자서도 꼼꼼하게 사업을 잘해오던 작은언니는 뉴욕에 가는 비행시간을 확인하는 일을 빠뜨리는 실수를 했다. 그 중요한 것을 체크하지 않은 것이다. 큰언니라고 가만히 있을 리 없다. 떠나는 날 아침에 언니가 열쇠를 놓고 잠깐 밖에 나왔다가 문이 잠기는 바람에 출발이 요란해졌다. 여권과 짐이 모두 집 안에 있었기 때문이다. 전날 만났을 때 자기는 옷마다 열쇠를 넣어두기 때문에 혼자 살아도 열쇠 때문에 문제를 일으킨 일이 없다고 자랑을 하더니, 새 옷을 입으면서 열쇠를 챙기는 것을 깜빡해서 최연장자로서의 노파다움을 과시한 것이다.

다행히도 작은언니가 여벌 열쇠를 가지고 있어서 문제가 쉽게 해결됐지만, 그 바람에 시간이 모자라 공항에서부터 허둥대게 되었다. 그래서 우리는 "옛말이 그른 것 하나도 없지. 늙으면 그저 자식들이

하라는 대로 해야 하는 거야. 암, 그렇고말고……" 하고 맞장구를 치면서 마주 보고 쓴웃음을 웃었다. 친구가 환갑에 잔치를 하면서, 자기가 이 잔치를 하는 이유는 자신에게 그 늙은 나이를 각인시키기 위함이었다고 하던 말이 생각이 났다. 하지만 나이는 못 속이는 것이니 노파답게 조신하게 처신해야 한다는 것은 말뿐이었다. 우리는 그 수칙을 아무도 지키지 않았다. 내일은 삼수갑산에 갈지언정 나이 같은 것에 구애받지 않기 위해 집을 떠났기 때문이다. 더구나 파트너가 유년기와 사춘기를 같이 보낸 형제들이 아닌가?

흘러간 옛 노래를 합창하면서, 우리는 한집에서 그 노래를 불렀던 유년기와 사춘기를 자유롭게 넘나들었고 시간의 굴레에서 자유로워졌다. 우리는 모두 홍수로 폐가가 된 성안에 있던 외딴집으로 돌아가 다시 어린 계집애가 되어, 남의 아내와 어머니, 할머니로 살아온 세월의 삶의 무게를 잊어갔다. 그런 방심 상태가 나의 백 잃어버리기 같은 불상사를 불러왔지만, 우리는 한 이불 밑에서 킬킬거리던 시절을 다시 찾은 것 같아 모두 즐거웠다. 그래서 아이들의 예언대로 가이드의 귀를 많이 따갑게 만들었다.

# #
가달거리기와 거둬 먹이기

작은언니는, 열두 시간의 긴 여행을 할 사람이 하얀 바지를 입고 집을 나섰다. 여름에 하얀 바지를 입으려면 살이 비치니까 속바지를 받쳐 입어야 해서 덥고, 앉을 때마다 바닥에 손수건을 깔아야 하니 여러모로 번거로운데, 더운 지역에서 출발하면서 그런 선택을 한 것이다. 그런 번거로움을 참고 언니는 70이 되어서도 하얀 바지를 입고 멋을 부린다. 아름다움을 위해 번거로움을 참는 사람을 우리는 멋쟁이라 부른다. 언니는 어려서부터 멋 부리기를 선택한 '멋쟁이'였다.

언니의 멋 부리기를 어머니는 '가달거린다'고 표현했다. 작은언니는 어려서부터 가달거렸고, 그 가달거림과 언니의 미모가 시너지 효과를 나다내서 언제나 남의 이목을 끄는 아름다움을 유지할 수 있었다. 하지만 가달거리다가 대가를 혹독하게 치르는 경우도 있었다. 겨울에 솜을 둔 속바지가 밉다고 낟가리에 쑤셔 넣고 학교에 갔다가 감기에 걸린 것이 폐렴으로 번져 죽도록 고생한 일이 있었던 것이다. 고등학교 때에 언니는 어수룩한 나를 꼬셔서 내 수업료로 주근깨를 빼고 와 소동을 벌인 일이 있었고, 어른이 된 후에는 내가 새 옷을 살 때마다 먼저 입고 나가 실랑이가 벌어졌다. 검소한 어머니는 그때마다 언니를 호되게 다스렸지만, 그런다고 고쳐질 사항이 아니다. 그건 천하의 한량인 아버지에게서 물려받은 언니의 태생적인 자질이었기 때문이다. 언니의 가달거리기는 미모와도 관계가 있는 것 같다. 언니는 미인이라 싸구려 옷을 입어도 멋이 있어 보였고, 조금만 손을 보면 외모가 확 달라지니 멋을 부릴 재미가 나는 모양이다. 미인은 자신의 타고난 아름다움을 가꾸어야 할 채무감을 가지고 있는 것이 아닐까? 언니는 지금도 어디에 갈 때면 외양에 신경을 많이 쓴다. 비로드 망토에 베레모를 쓴다든지, 질질 끌리는 긴 코트를 입는다든지 해서 남의 이목을 끄는 것이다. 뚱뚱한 데다가 노상 아파서 멋과는 담을 쌓고 사는 동생과 언니가 같이 다니면, 지금도 사람들이 순서를 거꾸로 본다. 언니는 그 애보다 다섯 살이나 위인데도 동생으로 볼 정도로 아직도 작고 이쁘다. 하얀 바지는 작은언니의 가달거리기의 한 상징이다. 거기에 받쳐 입으니 내 것과 똑같은 남색 티셔츠가 한결 돋보였다. 그런데 그 사랑하는 하얀 바지를 빨래하기 좋아하는 큰언니가 세비야의 호텔에 빨아 널어놓고 그냥 지브롤터로 와버려서 작은언니를 많이 화나게 만들었다.

우리 자매는 위로 갈수록 얼굴이 아름답다. 외삼촌의 표현을 빌리자면 어머니의 딸 낳는 기술이 나날이 퇴보한 것이다. 그러니까 큰언니는 우리 중에서 제일 얼굴이 탐스럽고 아름답다. 뿐 아니다. 키가 제일 크고 체격도 늘씬해서 지금도 무엇을 걸쳐놓아도 근사하다. 하지만 큰언니의 아름다움에는 끼가 빠져 있다. 백모란처럼 휜칠하고 탐스러운데 향기가 부족하다. 처녀 때는 남자들이 줄줄이 따라다녔지만, 언니는 남자가 쫓아오면 길섶으로 몸을 피하는 재주밖에 없어서 연애 한번 제대로 못 해본 채, 여고 4학년 때 정신대 때문에 시집을 갔다. 열아홉 살 때의 일이다.

불가피한 여건이기는 했지만, 싫다는 말 한마디 내비치지 않고 보지도 못한 남자에게 가라는 대로 시집을 가는 언니를 보면서, 열세 살이었던 내가 날마다 길길이 뛰며 어른들을 괴롭히던 기억이 지금도 새롭다. 그렇게 시집가서 언니는 스무 살에 엄마가 되었다. 그때 낳은 딸이 심청이 같은 효녀여서 엄마를 아기 다루듯 돌보니, 언니의 유순함은 보상을 충분히 받은 셈이다.

큰언니는 작은언니가 뿜어내는 백합 같은 고혹적인 향기를 지니지 않은 대신에 나면서부터 모성적이었다. 언니는 주변에 있는 모든 생명을 따뜻하게 보살피고 보듬어주는 신통력을 가지고 있다. 평생 남자에게 교태 한번 부려본 일이 있을 성싶지 않게 아직도 순진해 보이는 큰언니는, 타인의 결핍과 아픔을 알아내는 민감한 더듬이를 가지고 있다. 어머니가 뇌경색으로 쓰러져서 3일 만에 눈을 떴을 때 제일 처음 한 말이 큰언니에 대한 감사였다. 사람이 의식이 없는 남의 육체의 소리 없는 욕구를 어떻게 그렇게 신통하게 알아낼 수 있느냐면서 어머니는 감탄했다.

어머니는 혼수상태 속에서 혹독한 갈증에 시달렸다고 한다. 그래서 줄곧 부자가 나사로에게 물로 입술만이라도 좀 축여달라고 애원하던 장면만 생각하고 있었는데, 누가 와서 신통하게도 따끈한 보리차로 입술을 적셔주더라는 것이다. 그게 큰언니였다. 언니는 목이 마를 만하면 정갈한 거즈에 따끈한 보리차를 축여서 입안을 고루 적셔 갈증을 해결해주는 일을 밤새도록 계속하더란다. 한기를 느낄 만하면 이불자락을 꼭꼭 여며주고, 관절의 아픈 곳마다 부드럽게 쓰다듬어주어서 겨우 회생했다며, 어머니는 언니의 신통력에 감탄하고 있었다.

우리 어머니는 자립심이 강하고 지적인 분이다. 그래서 늘 큰딸의 유약함을 염려하셨고, 이따금 미흡하게 생각하기도 했다. 언니는 자기 힘으로 삶의 파도를 헤쳐 나갈 힘이 없어서 늘 어머니 근처를 떠나지 못했다. 남편이 술이라도 취해 돌아오면, 폭력을 휘두르는 것도 아닌데 지레 겁을 먹고 어머니 집으로 피신하는 식이니, 걱정이 되지 않을 수 없었던 것이다. 그런데 생전 처음으로 누워서 간호를 받으면서, 어머니는 그 딸이 타인의 아픔을 감지하는 천부적인 자질을 가진 훌륭한 여인임을 발견한 것이다.

"정애 애비 오면 이걸 알려줘야겠다. 그게 얼마나 귀한 품성이냐."

그 말을 하면서 흡족하게 웃어주고, 어머니는 다시 혼수상태에 빠져 영원히 헤어나지 못했다. 늘 걱정되던 유약한 딸 속에 그런 따뜻한 사랑의 샘이 솟고 있음을 발견하고 가셨으니, 어머니의 마지막 날은 나쁘지 않았을 것 같다. 언니는 갓난아이를 기르는 데도 그런 신통력을 발휘한다. 아이가 쉬를 하고 싶어 하는 기미를 얼마나 귀신같이 알아맞히는지 기저귀를 남보다 반밖에 안 썼다. 어떤 병약한 아이도 언니 손에 가면 금세 건강이 회복된다. 언니는 거둬 먹이는 데는 선수이기 때문이다.

언니는 그 풍부한 모성을 가지고 초등학교 5학년 때부터 동생 다섯을 다 돌보았다. 1941년에 큰 홍수가 집을 쓸어가서 살림을 맡아하던 외숙모네 식구와 부엌 도우미가 한꺼번에 떠나간 일이 있다. 그때 열두 살이었던 큰언니가 외숙모와 아줌마가 하던 일을 대행하기 시작했다. 다섯 아이를 거둬 먹이는 것뿐 아니라, 씻기고 입히고 머리까지 다듬어주는 일을 혼자 훌륭하게 수행한 것이다.

그때부터 언니는 우리의 작은어머니였다. 저녁때가 되면 목욕을 안 하려고 다섯 동생이 다섯 방향으로 튀어 달아나서 언니를 골탕 먹이던 일은 내 뇌리에 남아 있는 가장 행복한 유년기의 영상이다. 운동선수였던 언니는 서두르지 않고 하나하나 다 잡아다 씻겨야 직성이 풀렸다. 맏딸은 살림 밑천이라는 말을 언니처럼 실감 있게 보여주는 예는 많지 않다. 큰언니가 우리를 완벽하게 돌봐준 덕에 어머니는 낟알까지 세어 공출하던 일제 말의 어려운 시기에, 혼자서 대가족을 부양하고 집까지 지을 수 있었던 것이다.

언니의 맏딸 노릇은 동생들의 신생아 씻겨주기로 이어졌고, 나중에는 노년에 이른 부모님 돌보기로 연장되었다. 어머니가 석 달 동안 식물인간으로 누워 계실 때도 우리는 어머니를 간호한 일이 없다. 언니는 부모님의 음식 수발부터 간병인 구하기까지 혼자 다 감당했다. 힘이 드니 분담하자는 말 한 마디 한 일이 없다.

그런데다 큰언니는 아버지를 닮아서 무골호인이다. 그러니까 우리는 언니한테 막 까분다. 어렸을 때 애를 먹이던 버릇을 어른이 되어서도 버리지 않고 궂은일은 다 언니에게 떠맡긴다. 언니는 우리에게 엄마였기 때문에 그 사랑에 대한 흔들리지 않는 믿음이 우리를 응석 부리게 만드는 것이다. 그 응석은 삭막한 세상살이를 윤색해주는 몰약과도 같다. 어머니에게도 부려본 일이 없는 응석이기 때문이다.

옛날에 엄마 노릇 하던 버릇이 관성으로 남아 있어 지금도 언니는 우리를 돌보려고만 한다. 재작년(2000년)에 내가 목의 결절을 수술받았을 때, 마침 한국에 와 있던 언니가 간호를 해주었다. 그런데 수술실에 들어가기 전에 한 손으로 세수를 하려고 엎드리는 순간 어느새 언니의 손이 올라와 내 얼굴을 씻기고 있었다. 처음에는 깜짝 놀랐지만, 그 낯익은 감각이 너무나 살뜰해서 수술 대기실에서 나는 내내 행복한 울음을 울었다.

스페인을 여행할 때에도 언니는 역시 엄마였다. 자주 이동해야 하니까 짐을 최소화하기로 약속했는데, 언니는 우리보다 백을 하나 더 들고 왔다. 그래서 동생의 몫까지 두 사람 분의 짐을 옮기느라고 가는 곳마다 쩔쩔맸다. 언니의 두 번째 짐에는 우리를 거둬 먹이기 위한 음식과 비상약이 들어 있었던 것이다. 그 음식 덕분에 우리는 건강을 해치지 않고 여행을 할 수 있었다. 싫다고 도리질을 해가면서 마지못해 먹은 군것질로 인해 피로가 쌓이지 않았던 것이다. 먹는 것뿐 아니다. 척추가 나빠 짐을 들지 못하는 나는 짐을 줄이기 위해 떠날 때 제놀도 한 봉지만 가지고 갔다. 그런데 백치기를 당하면서 팔을 다치자 언니의 요술 주머니에서 열흘간 쓸 제놀이 꾸역꾸역 나와 나를 살렸다. 한국산을 미국에서 비싸게 산 것이라는데, 새끼에게 제 내장을 파 먹이는 펠리컨처럼 언니는 자기가 써야 할 약을 내게 주고 아픔을 참으며 산 것이다. 나만이 아니다. 근육무력증을 앓은 일이 있는 동생은 걸어 다니다가 갑자기 배터리가 나가버리는 수가 있다. 그러면 아무 데서나 주저앉는데, 언니는 그때마다 동생 곁에 있어주느라고 모처럼 벼르고 온 관광을 포기했다. 지브롤터에 갔을 때는 보다 못해 내가 그 일을 대행했고, 그래서 나는 세인트미카엘 동굴을 못 보고 말았다.

하지만 언니의 과잉보호는 이따금 우리를 귀찮게 한다. 비행기의 기내식까지 뒷좌석에 넘겨주려 애를 쓴다든지, 시도 때도 없이 음식을 먹이려드는 것, 싫다고 앙탈하는 작은언니의 바지를 빨아놓고 잊어버리고 오는 일 같은 경우다. 언니의 젖샘에서는 젖이 여전히 넘쳐

흐르는데 우리가 커버려서 그것을 필요로 하지 않는 데서 오는 갈등이다. 하지만 귀찮을 정도로 돌봐주겠다는 언니가 아직도 우리 곁에 있다는 것이 얼마나 큰 축복인가.

# #
룸메이트 복

넷이 길을 나섰는데 출발점에서부터 큰언니가 동생 곁에 붙어 서 있었다. 자기가 그 애의 눈이 되고 발이 되겠다는 무언의 의사 표시다. 그러니 작은언니와 내가 자연스럽게 짝이 되었다. 그건 나에게는 엄청난 행운이었다. 작은언니는 룸메이트로서는 이상적인 여인이기 때문이다. 나는 잠버릇이 까다로워 자리가 바뀌면 잘 자지 못한다. 여행을 가면 잠은 오지 않는데, 룸메이트를 배려하려면 꼼짝 못 하고 누워 있어야 한다. 너무 큰 고역이다. 그래서 나는 단체 여행을 좋아하지 않는다. 설상가상으로 몇 해 전에 동창생들과 여행을 하면서, 내가 코를 곤다는 충격적인 사실을 알게 되었다. 비슷한 시간에 잠을 자는 남편은 한 번도 나 때문에 잠을 설쳤다고 투정한 일이 없어서 모르고 있었는데, 나 때문에 잠을 못 잤다는 사람이 나타나니 신경이 곤두섰다. 그래서 다음 날은 콘도의 마루에서 혼자 잤는데도 남의 잠을 방해할 것 같은 강박관념에 잠드는 것이 무서웠다. 그래서 단체 여행을 할 때는 혼자 자서 비용이 더 든다.

작은언니와 같이 있으면 그런 문제들이 다 해결된다. 언니는 베개를 머리에 대기만 하면 잠이 들고, 한번 자기 시작하면 깨는 일이 없어, 별명이 '잠자는 공주'다. 밤중에 내가 일어나 방 안을 헤매 다니거나 입구 쪽 불을 켜놓고 책을 읽어도 언니는 전혀 방해를 받지 않는다. 그러니 내가 코를 골아도 알 리가 없다. 게다가 성격이 대범해서 매사가 무사통과다. 비용은 회계를 맡은 사람이 내라는 대로 내고 따지는 법이 없으니, 룸메이트로서는 최상급이다. 작은언니와 싸운 기억이 없는 것도 그 작은 여자 속에 깃들어 있는 느슨한 성격 때문이다.

# #
잠자는 공주의 잠꼬대

잠자는 공주도 늙더니 이따금 이상한 짓을 한다. 어느 날 먼저 잠들었던 언니가 오밤중에 나를 흔들어 깨우더니 "민아 엄마야! 너 왜 여기 와 있니?" 하고 다급하게 물어왔다. 잠결에 그곳을 자기 집으로 착각하고, 눈을 떠보니 한국에 있어야 할 내가 자기 옆에 있어서 놀란 모양이다. 어떤 때는 내가 깨보면 언니가 화장실 불빛으로 책을 읽고 있는 일도 있다. 잠자는 공주가 잠이 안 와서 밤중에 독서를 하다니 희한한 일이 아닐 수 없다. 언니는 또 사이드 테이블 공포증이 있다. 망막 수술을 받은 후, 눈의 초점이 잘 안 맞아서 여러 번 사이드 테이블에 얼굴을 부딪쳤다는 것이다. 그래서 우리 방에서는 가는 곳마다 사이드 테이블을 치우느라고 법석이 일어난다.

원래 언니와 나는 충돌할 일이 거의 없다. 언니가 멍청할 정도로 대범한 데다가, 내가 언니를 워낙 좋아해서 하라는 일은 다 해주기 때문이다. 어디 가려면 출발할 때마다 꼼지락거리며 오래 준비하는 게 좀 문제긴 하지만, 그 대신 물건을 놓고 오거나 하지는 않으니 봐줄 만하다. 언니와 나는 성격이 너무 달라서 오히려 잘 조화되는 케이스라 할 수 있다. 그래서 이 선생이 1년간 일본에 가 있을 때 언니는 걸핏하면 한국에 와서 나와 같이 해외여행을 다녔다. 서로 편한 룸메이트이기 때문에 언니와 하는 여행은 즐겁다.

그런데 저쪽 방에서는 사정이 좀 달랐다. 몸이 안 좋은 동생은 옆에서 누가 바스락거리면 잠을 깨서 남편과도 각방을 쓴다. 한데 부지런한 큰언니가 깨기만 하면 움직여서 동생을 깨운다. 돌아다니더라도 소리가 안 나게 덧버선을 신으라고 간곡하게 부탁했는데, 언니가 자꾸 잊어버려서 구두를 끌고 다니는 통에 잠을 못 잔다는 것이 동생의 불평이다. 드디어 잠을 못 자서 두통이 난다며 동생이 머리에 띠를 동여매기 시작하자 언니도 옆구리가 결린다고 내 귀에 속삭였다. 동생이 남의 생각을 하지 않는다고 한 말에 화가 나서 그 애를 부축하느라고 생긴 통증을 처음으로 발설한 것이다. 그 애가 미안해할까 봐 아프다는 말조차 하지 않은 언니는 동생의 불평이 노여웠겠지만, 밤마다 구두 소리 때문에 잠을 여러 번 깨는 쪽에도 할 말은 있을 거여서 문제가 복잡했다.

여행은 누구에게나 힘겨운 일이기 때문에 룸메이트 사이에서는 이런 트러블이 생기기 쉽다. 사이좋게 손을 잡고 떠난 사람들이 여행지에서 싸우고 절교하는 것을 여러 번 보았다. 서로가 피곤해서 참을 힘을 잃는 것이 원인이다. 신혼부부들이 신혼여행 갔다가 다투는 것도 같은 이치다. 우리는 파트너를 바꿔서 그 문제를 해결했다. 낮에는 작은언니나 내가 동생을 돌보아서 큰언니의 부담을 덜어주는 것이다. 나는 팔을 다쳐서 동생을 부축할 수 없었지만, 그가 힘들어 주저앉을 때 나도 같이 주저앉아버리면 언니들이 자유로워진다. 그래서 저녁때 언니들이 나가자고 하면 나는 피곤하다는 핑계로 동생 옆에 머물렀다. 그런 휴식은 나를 위해서도 유익해서 문제가 없었다.

자기가 아니면 동생을 돌볼 사람이 없다는 큰언니의 사명감은 객관성을 지니고 있다. 언니가 아니면 누가 그 덩치 큰 사람의 짐을 들어주고, 부축까지 하고 다닐 수 있겠는가? 작은언니와 나는 천래의 불량품들이어서 제 몸도 겨우 가누는 약골이다. 게다가 나는 부상까지 당해서 남의 도움이 필요한 처지였다. 동생도 그 점을 잘 알고 있어서 다시는 그쪽에서도 분란이 일어나지 않았다. 다음 날 저쪽 방에서 다시 구구거리는 정다운 말소리가 들려오자 작은언니는 큰 진리라도 발견한 듯이 다음과 같은 말을 했다.

"으응…… 형제끼리는 싸우거나 흉보면서도 다시 저렇게 화해가 되는구나! 남은 그게 안 되던데…….."

"여부가 있겠습니까, 성니임…….."

내가 너스레를 떨면서 옆을 보니 언니는 벌써 잠들어 있었다.

#

백치기로 시작된 스페인과의 만남

10월 8일 아침 9시 50분에 로스앤젤레스를 떠난 델타항공 106기는 뉴욕에 저녁 6시 50분에 도착했다가, 8시 10분에 떠나 9일 아침 9시 20분에 마드리드에 착륙했다. 도합 열두 시간의 비행 여정인데, 시차 때문에 24시간이 지난 셈이 되어 지친 상태로 다음 날 아침에 마드리드에 닿은 것이다. 우리는 오래간만에 만나 밀린 이야기를 나누느라고 지루한 줄 몰랐지만, 밤을 새우고 여행한 셈이다. 로스앤젤레스는 지금 저녁 아홉 시니 모두 졸립고 피곤했다.

공항에는 지구여행사 직원과 가이드가 나와 있었다. 가이드는 서글서글하게 생긴 30대의 자그마한 남자로, 마드리드대학 학생이라 한다. 그의 차를 타고 시내로 향했다. 차는 약속된 9인승 벤츠가 아니라 7인승 르노였다. 그가 우리를 제일 먼저 데리고 간 곳은 아토차 역 부근에 있는 푸에르타 데 톨레도 호텔이다. 호텔은 톨레도 방향으로 가는 시계市界를 나타내는 톨레도 문 바로 앞에 있는 고풍의 건물이었다.

가이드가 빨리 나오라고 독촉을 했다. 프라도 미술관Museo del Prado을 보고 한국 식당에 가려면 시간이 늦는단다. 식당에서는 단체 손님을 할인해주는 대신 손님이 적은 시간대에 배정하는 모양이다. 모든 문제는 그의 독촉에서 시작되었다. 피곤한 데다가 낯선 도시에 나설 준비를 서두르다보니 생각이 균형을 잃었다. 날씨가 좀 쌀쌀해서 스웨터를 겹쳐 입고 바삐 나오려니까 작은언니가 갑자기 불안한 얼굴을 한다. 호텔에서 여권이나 패물이 없어지는 일이 더러 있다는데 어떻게 하면 좋겠느냐는 것이다.

사람이나 나라나 신용을 얻지 못하면 이런 일이 일어난다. 스페인의 치안이 불안하다니까 매사가 미심쩍어지는 것이다. 나중에 보니 그 호텔에는 금고도 있었는데, 챙겨볼 시간이 없으니까 언니는 돈과 여권과 패물이 든 백팩을 메고 나서기로 결정했다. 그 불안이 전염되어 나도 얼떨결에 돈과 여권이 든 백을 그대로 들고 나왔다. 차에 두고 내릴 작정을 한 건데, 막상 두고 내리려니까 가이드가 질색을 한다. 차 속도 안전하지 않다는 것이다. 할 수 없이 귀중품까지 든 백을 들고 관광에 나서는 이상한 짓을 하게 되었다.

프라도 미술관에 갔더니 사람들이 끝도 없이 줄을 서고 있었다. 토요일과 일요일은 무료라서 사람이 많단다. 할 수 없이 우리는 합스부르크가와 부르봉가의 방대한 컬렉션을 소장하고 있는 유명한 미술관의 관람을 포기했다. 그 대신 레티로 공원을 돌아 마드리드 시내를 드라이브하다가 길가에 있는 고풍한 성당에 들러 결혼식 하는 것을 구경했다. 모르는 이들의 혼례지만 결혼 예식을 보는 것은 언제나 즐겁다. 남자와 여자가 일생 중에서 제일 이쁜 모습으로 마주 서는 의식이기 때문이다. 누구든지 결혼하는 사람은 다 잘 살아줬으면 하는 것이 사람들의 바람이어서 신혼부부를 위해 우리도 경건하게 기도를 드렸다. 어두운 성당 안이었지만 신랑 신부를 위시하여 모인 사람들이 모두 명랑하고 행복해 보여서 축제 분위기가 고조되어 있었다.

식사 후에 처음으로 간 곳은 에스파냐 광장이다. 1930년에 완성되었다는 높은 빌딩이 있었다. 도심지여서 현대 건물만 보이는 광장 안에 산초 판사를 거느린 돈키호테의 검은 기마상이 놓여 있다. 풍차를 거인으로 보는 사람은 살이 너무 없어 볼품이 없었고, 풍차를 풍차로만 보는 사람은 살이 너무 쪄서 역시 볼품이 없었다. 살집의 부피가 현실주의자와 이상주의자를 가르는 가늠자가 되어 있는 모양인데, 둘 다 그 특징이 과장되어 똑같이 볼품이 없어진 것이다. 기사도의 이상에 몰입하여 현실을 직시할 줄 모르는 돈키호테와, 총독의 자리가 탐나 그를 따라 나선 산초 판사―그들을 굽어보는 위치에 세르반테스의 조각상이 의자에 걸터앉은 자세로 배치되어 있었다. 매부리코의 돈키호테와 산초 판사가 시커먼 모습으로 조각되어 있는 근처

에스파냐 광장: 세르반테스(위)와 돈키호테의 동상이 보인다.

에 식구들을 폼 잡게 하고 나는 열심히 셔터를 눌러댔다. 독사진까지
다 찍어주고 나서 왕궁으로 이동했다. 주차 시설이 미비해서 차를 세
우느라고 법석을 떨다보니 왕궁에서 꽤 떨어진 곳에 차를 세우게 되
어 한참을 걸었다.

마드리드 왕궁Palacio Real은 스페인의 부르봉 왕조 문화를 대표하는
건물이다. 1734년의 화재로 합스부르크가가 세운 궁전이 타버린 자
리에 펠리페 5세와 왕비 이사벨 데 파르네시오가 짓기 시작한 이 궁

마드리드 왕궁

전은, 유럽 제일의 궁전 짓기를 목표로 하여 세워졌다고 한다. 당시의 스페인은 절대군주제가 흔들리기 시작하고 국력도 기울던 시기였는데, 왕궁은 초호화 스텝에 의해 기획되고 있었던 것이다.

유럽에서 제일가는 건축가들과 인테리어 디자이너들이 초빙되어 왔다. 이탈리아에서 유바라와 사케티 등을 모셔 와서 설계가 진행되었으며, 그 후에 건축가들이 여러 번 바뀌었는데도 전체적으로는 고전주의적이면서 초기 바로크 양식이 가미되어 있었다. 프랑스의 궁궐들이 모델이었기 때문이다. 사방의 길이가 131미터인 이 웅장한 건물에는 방이 2천7백 개나 있는데, 방마다 천장을 볼트식(아치형 천장)으로 만들고 그 안에는 일류 화가들의 그림을 채워 넣는 것, 문과 창틀 이외에는 목재를 쓰지 않는다는 것이 펠리페 5세의 방침이었던 만큼 모든 외장재가 하얀 돌로 되어 있어 깔끔하고 단정하다. 하지만 내부는 더할 수 없이 요란하게 장식되어 있다. 어디 한구석 빈자리가 없는 바로크와 로코코식 장식의 과다 현상이 보는 이를 지치게 만들었다. 거기에 프랑스 양식과 나폴리 양식이 뒤섞이고 중국과 일본 양식도 끼어 있다.

이 궁전에는 144명이 식사하고 춤을 출 수 있는 엄청나게 큰 향연의 방이 있다. 식탁의 길이만으로도 보는 이를 압도하는 그 방은 엄청나게 큰 샹들리에들이 천장에 열다섯 개나 늘어져 있고, 의자의 디자인, 식탁 위의 기명 등이 모두 명품이다. 문제는 그것들이 대부분 외국 제품이라는 데 있다. 이탈리아인이 장식을 베푼 부분과 프랑스의 네오 바로크 취미가 뒤섞여 스페인의 유니크함을 창출하는 데 실패하고 있었다.

부르봉 왕가 출신의 왕들은 원조元祖인 프랑스의 베르사유 궁전에 대한 콤플렉스에서 벗어나지 못하고 그보다 나은 궁궐을 지으려는 생각에 사로잡혀 있었기 때문에, 인테리어 디자인이나 문양, 그림 하나하나는 모두 훌륭한데도 독창성을 상실한 건물이 되었다. 이 호화로운 궁궐이 전 세계에 널려 있는 베르사유 궁전의 아류들과 다를 것이 없어진 이유가 거기에 있다. 알람브라 궁전은 거창하지도 않고 호화롭지도 않았지만 세계 어디에도 없는 독창적인 양식을 창출해내서 마드리드 왕궁보다 보기 좋았다. 단체 관람이 원칙이어서 공인되지 않은 우리의 가이드는 설명을 해줄 수가 없었다. 우리는 거지처럼 남의 가이드 뒤를 따라다니며 귀동냥을 하다가 너무 피곤해서 왕관이 디자인된 열쇠고리를 사가지고 왕궁에서 나왔다.

왕궁을 나오자마자 나는 백치기를 당했다. 마드리드에 온 지 두 시간도 채 못 돼서 가진 것을 몽땅 도둑맞은 것이다. 날이 더워지길래 스웨터를 벗어 백에 넣으면서 "내 백에는 옷도 들어간다구요" 하고 동대문 시장에서 산 큰 핸드백을 자랑한 지 10분도 못 되어서였다. 동생이 걷기 힘들어하자 가이드가 차를 가지고 올 테니 길을 건너 네거리 모퉁이에 서 있으라고 했다. 왕궁을 구경하느라고 피곤해진 일행이 길모퉁이에 쭈그려 앉는 걸 보고 나는 그 앞에 있는 안내판으로 다가갔다. 우리가 있는 위치를 가늠해보기 위해서였다.

느긋하게 시내 지도를 보고 있는데 느닷없이 등 뒤에서 누군가가 나를 확 잡아채서 땅에 패대기를 쳤다. 어깨에 멘 백을 지키려고 본능적으로 팔에 힘을 모으는데 팔에서 으지직 소리가 나더니 눈 깜짝할 사이에 백이 강탈당했다. 감색 티셔츠를 입은 자그마한 청년이 그걸 들고 잽싸게 대기 중인 오토바이에 뛰어오르는 것이 보였다. 관광객들과 언니들이 달라붙어 그의 옷자락을 거머쥐었지만, 그들은 확 속력을 내서 그 손들을 털어버렸다. 쾌속정처럼 삽상하게 그들이 사라져가는 것을 우리는 넋이 빠진 채 지켜보고 있었다. 아주 청명한 날씨였다. 습기가 없는 곳이라 청명하다기보다는 차라리 투명하다고 해야 옳을 만큼 끝내주는 날씨였다. 지중해성 기후의 그 구름 한 점 없는 철저한 투명함을 어디다 비길까?

"눈이 부시게 푸르른 날은 그리운 사람을 그리워하자."

미당의 시구가 저절로 입에서 흘러나온 것이 방금 전의 일이었다. 날씨만 끝내주는 게 아니다. 내가 서 있던 마요르 가 81번지 근처는 수도의 중심답게 청결하고 아름다웠으며, 사람들은 따뜻하고 친절해서 왕년에 세계를 제패하던 나라의 수도로서 손색이 없어 보였다. 그런데 중인환시의 대낮에 도심지에서 백치기가 자행된 것이다. 도둑들의 수법은 깔끔하고 날렵했고, 감탄할 만큼 전문성을 띠고 있었다. 뱀처럼 민첩해 보이는 두 젊은이가 정확하게 일행 중에서 돈이 들어 있어 보이는 백을 짚어낸 것이다. 그때 우리 일행 중에서 스페인 돈을 가진 사람은 나밖에 없었던 것이다. 강탈하는 수법 역시 전광석화 같았다. 왼쪽 어깨에서 오른쪽 어깨로 어슷하게 멘 백을 앞으로 돌려 빼내는 데 몇 초도 걸리지 않았다. 성능 좋은 오토바이가 시동을 건 채 대기하고 있었고……. 나중에 들으니 여행자수표의 한자 사인을 위조해서 돈을 인출하려다가 실패한 일도 있었다고 한다. 동양인도 낀 전문적인 백치기 패였던 것 같다.

대학생들이 다가와 나를 일으켜주더니 경찰을 불렀다고 영어로 알려주었다. 순찰차를 탄 경찰이 금방 나타난 것도 수도의 체면에 알맞

왔다. 그런데 그들은 학생들에게서 도둑의 인상착의를 듣더니 우리는 만나보지도 않고 그냥 사라져버렸다. 그들의 행동은 아귀가 맞지 않았다. 오죽하면 순박한 큰언니가 "그놈들이 범인과 한팬가봐. 훔친 액수를 확인해서 배당을 받으려고 달려간 것 같아" 하는 말까지 하게 되었을까? 설마 그렇지야 않겠지만 그들의 행동은 설명할 여지가 없는 해괴한 것이었다. 한 사람이라도 남아 피해자의 인적 사항을 알고 가지 않으면 설사 도둑을 잡는다 한들 누구에게 백을 돌려줄 것인가?

큰언니와 동생을 호텔에 내려놓고 작은언니와 나는 가이드를 따라 경찰서에 갔다. 지하철역에 있는 파출소에 갔더니 더 큰 곳으로 가야 한대서 빨리 가려고 지하철을 탔다. 새로 만든 듯 지하철은 깨끗하고 말쑥했다. 경관들도 훤칠했다. 키가 크고 잘생긴 백인 남자들이 감색 제복을 입고 있으니 늠름하고 품위가 있었다. 사람들이 모두 덜렁대는 것 같은 플라멩코의 나라에서 그들만은 천지가 개벽한대도 놀라거나 허둥댈 것 같지 않게 안정되어 보였다. 젊었을 때의 드골을 연상시키는 거구의 경관이 조서를 꾸미며 얼마나 한가한 표정을 짓고 있었는지, 언니가 "찾기는 틀렸네. 찾아줄 마음이 없어 보여"라고 단정했다. 설마 이들까지 한통속인 것은 아니겠지만, 혹시 외국인의 돈이 내국인의 주머니에 들어갔는데 굳이 기를 쓰고 찾아줄 이유가 뭔가 하고 생각하는 것이 아닌지 모르겠다. 자기 나라를 보겠다고 먼 데서 온 손님이 백주에 도심지에서 도둑을 맞고 몸이 상했는데, 건성으로라도 미안해하는 기색이 전혀 없으니 별 생각이 다 난다. 그때 나이 지긋한 상관이 나타나더니 한술 더 떴다. 왜 그런 것들을 들고 다녔느냐는 것이다. 그러고 보니 저들에게는 백치기 같은 것은 사건도 아닌 모양이다.

나중에 나는 자기 나라에는 범죄가 없다고 기염을 토하는 어떤 스페인 신사를 만난 일이 있다. 그는 팔꿈치까지 참담하게 피멍이 든 내 팔을 보면서 그런 말을 하고 있었다. 미국 같으면 총을 쏴서 죽였을 건데 물건만 가지고 갔으니 얼마나 점잖은 거냐는 투였다. 그 사건을 정말로 미안해한 스페인 사람은 알람브라 궁전을 안내해주던 여대생이었다. 시간이 지나 더 흉해진 내 팔의 멍든 자리를 본 그 애는, 제 심장이 흉기에 찔린 것 같은 고통스런 표정을 짓더니 미안하다는 말을 되풀이했다. "도둑은 어느 나라에나 다 있어. 괜찮아!" 하고 내가 오히려 위로의 말을 해야 할 지경이었다. 만일 경관이 그렇게 미안해했다면, 나는 그에게도 같은 대사를 들려주고 그 일을 쉽게 잊었을 것이다. 호화 주택가라고 불리우는 서울의 우리 동네에서도 대낮에 백치기 사건이 일어난 일이 있었기 때문이다. 그 가이드의 존재는 도둑과 경관들이 망쳐놓은 스페인의 인상을 교정하는 데 많은 도움을 주었다.

그 재난은, 스페인뿐 아니라 어느 나라에도 다시는 관광하러 가고 싶은 마음이 없어질 만큼 큰 충격을 주었다. 하늘이 너무나 청명하고 아름다워서 내가 당한 재난이 믿어지지 않았지만, 그건 엄연한 현실이어서 여행지에서의 금쪽같은 한나절을 그 치다꺼리로 다 보내느라고 우리는 캄포 델 모로와 마요르 광장에 가는 것이 불가능해졌다. 정말로 '눈이 부시게 푸르른 날'이었는데 그렇지 않은 사람만 찾아다니느라고 하루가 다 갔다. 귀국해서도 여권을 새로 내러 뛰어다녀야 했고, 비용도 16만 원이나 들었으며, 여행자수표 찾기, 크레디트카드 만들기 등에도 시간을 많이 빼앗겼다. 시간만 빼앗긴 것이 아니다. 팔에 금이 가서 거의 1년 가까이 통증에 시달렸다. 그렇게 재난은 예고 없이 와서 우리 모두를 묵사발을 만들고, 길고 괴로운 후유증을 남긴다.

#

내 죄로소이다

월요일에 대사관에 갔더니 여권 재발급 신청서에 "본인의 부주의로 여권을 분실하였으니……"라는 구절이 있었다. 나는 너무 화가 나서 그 부분을 펜으로 북북 그어버렸다. 대낮에 수도 한복판에서 반대편 어깨에 걸쳐 멘 백을 뼈에 금이 가도록 모질게 낚아채가는 전문적인 도둑을 나더러 어쩌라는 말인가 싶어서였다. 그런데 시간이 지나자 나는 의견을 바꾸었다. 그 재난은 어김없이 '본인의 부주의'에 기인한 것임을 인정하게 된 것이다.

백을 들고 나간 것 자체가 잘못이었다. 큰언니처럼 주머니가 많이 달린 조끼를 입고 빈손으로 다니는 게 온당하다. 언니는 바지 속에도 비밀 주머니를 가지고 있다고 했다. 범죄자가 많은 LA의 다운타운에 살면서 터득한 지혜다. 언니처럼 바지 속에 비상 주머니를 단 일은 없지만 나도 조심성이 많은 편이라 여행지에서 돈을 털려본 기억은 없다. 그러니 스페인의 잘못도 많다.

여권을 들고 나간 것은 더 큰 잘못이다. 여권과 돈을 같이 가지고 다니지 말 것, 돈을 분산해둘 것, 돈을 많이 들고 다니지 말 것 등은 여행자의 기본 수칙이다. 나는 오랫동안 그 수칙들을 아주 잘 지켜왔다. 여권은 프런트에 맡기고, 현금보다 수표를 가지고 다녔다. 유럽에서는 수표에 한자로 사인을 하고, 동남아에서는 영어로 사인을 했으며, 크레디트카드는 얼굴 사진이 있는 것만 들고 다녔다. 돈은 그날 쓸 만큼만 수첩의 비닐 뒤에 넣어 점퍼 주머니에 간수하고 늘 빈손으로 다녔는데, 이번에는 그 수칙들을 모두 어긴 것이다. 3년 동안 디스크를 앓느라고 여행을 하지 않은 것도 문제 중의 하나였을 것이고, 형제들과 여행하여 주의가 산만해진 것, 시차에서 온 피로와 나이 등이 모두 원인이었을 것이다.

싸구려이기는 하지만 백은 스웨터도 들어갈 만큼 컸고, 거기에 나는 평소에 가지고 다니지 않던 것들을 많이 넣어 나갔다. 삼성에서 나온 새 카메라가 들어 있었다. 동생은 눈이 나쁘니까 아무래도 사진은 내가 찍을 수밖에 없을 것 같아서였다. 백을 들고 나간 것도 카메라 때문이었다. 생전 안 가지고 다니던 반지와 귀걸이도 들어 있었다. 플라멩코는 정장을 하고 봐야 한다는 여행 지침서 때문에, 최근에 친구네 보석상에서 산 블루스타 귀걸이와 반지를 가지고 갔던 것이다. 그 밖의 여권과 여행자수표, 카드가 들어 있었고, 현금은 350불쯤 들어 있었다.

난감한 것은 그중 300불이 형제들의 것이라는 사실이다. 공항에서 100불씩 환전하면서 환율이 헷갈린다고 그들이 내게 맡긴 돈이다. 열쇠고리 컬렉터인 나는 왕궁에서 열쇠고리를 사느라고 50불쯤 써 버렸는데, 언니와 동생은 꾸물대다가 기념품도 못 사서 돈이 고스란히 남아 있었다. 동생이 돈은 얼마 들어 있었느냐고 다급하게 묻자 남이 맡긴 돈을 잃은 나는 면목이 없었다.

"응…… 내 돈은 50불밖에 없어. 나머지는 다 귀하들 것이지."

우물대면서 그렇게 대답하자 작은언니가 "이런 앙큼한 가시나 같으니" 하면서 쥐어박는 시늉을 해서 그 경황에도 웃음보가 터졌다.

남편이 주례를 선 사람에게서 선물 받은 외국산 캐시미어 스웨터도 저기 들어 있었다. 하도 가볍고 따뜻해서 바닷가를 거닐 때 입으려고 가져온 건데 겨우 한 시간 입고 잃어버렸다. 도둑이 들려면 개도 안 짖는다더니 관광을 하다 스웨터를 벗으면 어깨나 허리에 잡아매는 것이 상식인데, 힘들게 백에 쑤셔 넣었으니 잃어버리려고 환장한 셈이다. 그런데 잃어버리고 나서 제일 가슴이 덜 아팠던 것이 그 스웨터였다. 값으로 따지면 아주 비싼 것이겠지만, 내가 사지 않아서 실감이 나지 않는데다 그 스웨터는 새 옷이어서 거기에는 역사가 묻어 있지 않았던 것이다. 반지는 그렇지 않았다. 둘째를 낳았을 때 남편이 시준 알을 보석상을 하는 친구가 세팅을 한 것이어서 사연이 많다. 세팅이 마음에 들지 않는다고 내가 친구에게 잔소리를 한 일이 있는데, 지금 그 친구는 알츠하이머에 걸려 앓고 있다. 그래서 거기에는 남편이 사주고 친구가 만들어준 기념품으로서의 부가가치가 붙어 있다. 그 반지와 함께한 30년의 세월이 거기에 무게를 더한다. 별로 비싼 것도 아닌데, 목에 가시가 박힌 것처럼 가슴이 따끔거리며 아팠다.

동생은 카메라에 찍혀 있는 사진 때문에 끌탕을 했다. 에스파냐 광장에서 돈키호테와 찍은 사진이 거기 있었던 것이다. 초등학교 4학년 때 녹내장을 앓고 그 후부터 독서가 자유롭지 않았던 동생은, 눈이 성할 때 읽은 책의 주인공들을 아주 소중히 여기는 버릇이 있다. 돈키호테도 그런 인물 중의 하나다. 하지만 사진은 내 약에 비하면 약과다. 비행기를 타면 방광에 탈이 잘 나는 편이어서 먼 데 있는 병원에 가서 받아온 일주일분의 약이 거기 있었다. 객지에서 병이 나면 어찌해야 할지 난감했다.

수첩도 문제였다. 거기에는 프랑스에서 만나야 할 사람들의 연락처가 적혀 있었고, 여권 번호, 금전 출납 사항 등이 기록되어 있었으며, 수필을 쓰려고 미국에서 메모해온 자료들도 적혀 있었다. 제일 탈이 없었던 것은 뜻밖에도 수표와 카드였다. 수표는 한자로 사인을 했더니 무사했고, 카드는 사진이 들어 있어서 지불정지를 하기 전에 이미 돈이 인출되지 못했다. 여권은 그렇지 않았다. 대사관까지 가서 재발급을 받아야 했기 때문이다. 도대체 어쩌자고 여권까지 들고 거리에 나갔을까? 생각할수록 잘못된 점들을 절감하여, 사방에 금이 간 것 같은 몸을 가지고 밤새도록 '내 죄로소이다'를 되풀이했다.

　따지고 보자면 남편을 혼자 두고 떠난 것부터가 잘못이었고, 오래 간만에 간 딸네 집에서 회포를 풀며 느긋하게 있지 않고 서둘러 스페인에 온 것도 잘못이었다. 백팩 하나 챙기지 못하는 주제에 남의 돈까지 맡은 것은 또 얼마나 웃기는 실수인가? 나중에 대사관 직원에게 들으니 그곳은 우범지대라 한다. 그런데 거기에서 백에는 신경도 쓰지 않고 혼자 지도 앞에 넋을 잃고 서 있었으니 "난 관광객이다. 털어라" 하고 광고를 한 거나 다름이 없었다. 도적의 표적이 될 거라던 조카의 말이 너무나 적중해서 무안할 지경이었다. 정년 퇴임하고 처음으로 나온 제철 여행에 내가 너무 들떠 있었나보다.

#

없는 자의 자유

그런데 막상 가진 것을 다 잃고 나니 뜻밖에도 여행이 편해졌다. 여행 경비는 다 지불된 상태였고, 프랑화와 비상금 200불은 두고 나갔기 때문에 언니에게서 열쇠고리 살 돈만 얻어 쓰면 급한 문제는 해결되었다. 동생이 플라멩코 값을 내주면 작은언니가 마차 값을 내고, 큰언니가 가이드의 팁을 내주는 식이어서 돈이 별로 필요 없었다. 그 신세는 프랑스에 가서 갚으면 되기 때문이다.

카메라도 마찬가지다. 새 카메라가 아깝기는 했지만, 당장 내가 사진을 찍지 않아도 되는 것은 차라리 행운이라 할 수 있었다. 눈도 나쁘고 기계도 잘 못 만지는 나는 사진 찍기를 좋아하지 않는다. 죽으면 사진 처리할 일이 걱정이라면서 언니들도 별로 찍고 싶어 하지 않았지만, 꼭 필요할 때는 사진 공부를 한 일이 있는 작은언니가 찍어 주니 크게 문제될 것이 없었다. 백이 없으니 손이 가벼운 것도 좋은 일이었다. 점퍼 주머니에 루주와 손수건을 넣고 새끼 주머니에 50불 짜리 하나만 간수하고 다니니 간편했고, 약이 떨어진 줄 알고 그러는 지 병도 나지 않았다. 수첩을 잃은 덕에 파리에 가서 사람 만나려고 애를 쓸 필요가 없어진 것도 괜찮은 일이었고, 선물을 살 돈이 없으 니 쇼핑 부담이 준 것도 나쁘지 않았다.

캄포 델 모로를 보지 못해서 마드리드 왕궁에는 정원이 없는 것 같 은 고정관념이 생긴 것은 큰 손실이지만, 그 대신 예정에 없던 거리 를 많이 드라이브했고, 지하철도 타보았으며, 경찰서, 대사관 등에도 가보았으니, 그것도 일종의 관광이라 할 수 있다. 뿐 아니다. 첫날을 푹 쉬어 모두 시차를 쉽게 극복할 수 있었다. 세상에 보상이 전혀 없 는 불행은 없는 것 같다. 그 재난은 우리에게 다시는 백치기 같은 것 은 당하지 않을 만한 정신 무장을 시켜서 무사히 스페인 여행을 마치 게 해주었다. 다시는 여행 중에 남의 돈을 맡는 일은 하지 않을 것이 니, 그것도 귀중한 교훈이었다고 할 수 있다.

# #
재난의 후일담

언제나 사고가 난 후에는 주변 사람들의 반응이 재미있다. 위급한 순간에는 인간의 개성이 적나라하게 노출되기 때문이다. 내가 날치 기를 당한 때도 예외가 아니었다. 지쳐서 길에 앉아 있던 우리 형제 들도 제가끔 반응이 달랐다. 내가 비명을 지르자 큰언니는 잽싸게 옆에 있던 벽돌을 집어 들었단다. 그런데 막 던지려는 순간에 내가 길바닥에 널브러져 있는 것을 발견하고 너무 놀라서 벽돌을 떨어뜨렸다고 한다. 죽은 줄 알았다는 것이다.

"난 배구 선수여서 던졌더라면 틀림없이 맞았어야."

언니는 기회 있을 때마다 자랑스럽게 그 말을 되풀이했다. 그 말은 맞다. 언니는 여고 때 만능선수였고, 도둑은 바로 우리의 코앞에 있었으니 맞았을 확률이 높다. 동생과 나는 운동신경이 둔하다. 초등학교 때 전교생 달리기를 한 일이 있는데 우리 둘이 끝에서 첫째와 둘째를 싹쓸이한 일이 있을 정도다. 그런데 오빠와 큰언니는 운동을 잘했다. 작은할아버지와 노량진에 가다가 오빠가 할아버지를 강둑에 앉혀놓고, 한강을 헤엄쳐 왕복한 이야기는 우리 동네에서 유명하다. 큰언니도 동덕여고의 만능선수였다. 사이클, 스케이트, 수영, 달리기 등 못 하는 운동이 없었다.

정신대 때문에 여고를 졸업하지 못하고 결혼한 언니는 사회적 경력이 없으니까 곧잘 고등학교 때의 운동 실력을 자랑으로 삼았다. 우리도 그건 인정한다. 어렸을 때 언니가 제가끔 다른 방향으로 튀는 동생 다섯을 모조리 잡아다가 씻기던 실력을 알기 때문이다. 그러니까 이번에도 언니의 벽돌이 도적을 맞추었을 확률을 아무도 의심하지 않았다. 하지만 실지로 벽돌은 아무 데로도 날아간 일이 없으니 그 말을 들으면 웃음이 나온다.

작은언니의 반응은 더 재미있다. 칠순 잔치 대신에 여행을 나온 언니는 아이들이 돈을 넉넉히 줘서, 나보다 훨씬 많은 현금을 가지고 있었다. 그걸 몽땅 백팩에 넣고 있었기 때문에 언니는 백을 두고 나가지 못한 것이다. 그래서 우리는 두고두고 언니가 습격당하지 않은 것을 다행스럽게 생각했다. 그런데 사고가 나자 언니는 그 소중한 백을 홀랑 벗어던지더니 나를 향해 쏜살같이 달려가더란다.

"조마구만 한 여자가 달려간들 뭘 어쨌을 거며, 백은 또 왜 벗어던진 거야?"

동생이 심심하면 언니를 놀려댔다.

"빨리 가려고 그랬다, 왜?"

언니는 그렇게 대답하면서 웃었다. 언니들에게 내가 그렇게 소중한 존재였다는 사실은 나를 한없이 충만하게 해서, 금이 간 어깨의 통증을 참을 수 있었다.

몸이 비둔하기도 하지만 성격이 침착한 동생은, 언니의 백팩부터 챙긴 후에 일어났단다. 자기 아니었으면 그 백도 잃어버릴 뻔했다는 것이 동생 나름의 무용담이다. 생전 처음 같이 여행하는 일에 모두 들떠 있었으니 누군가가 어차피 한 번은 사고를 당했을 텐데, 일찌감치 액땜을 해서 잘됐다는 것이 동생의 결론이었다.

어쨌든 그 재난은 우리 모두에게 유익한 경종이 되었다. 그다음부터는 호텔에 가면 금고부터 챙겼고, 나날이 쓰는 돈은 동생의 조끼에 달린 이중 주머니에 간수했다. 추위를 타는 그 애는 늘 점퍼를 껴입고 있어 아무도 그 안에 있는 조끼를 눈치채지 못했다. 성격적인 면에서도 우리 중에서 가장 현실적이고 침착했으며, 기억력도 비상하니 금고지기에 적격이었다.

돈만 잘 간수한 것이 아니라 우리는 사람에 대한 경계심도 늦추지 않았다. 지브롤터 해협에서 일몰이 너무 아름다워 바다로 뻗은 잔교를 노래를 부르며 신나게 걸어 나가고 있는데, 양아치 같은 청년들이 저만치에서 나타나자, 우리는 곧 일몰 구경을 포기하는 자제력을 발휘했다. 아프리카와 유럽의 두 대륙을 함께 비추는 그 역사적인 일몰 구경을 포기한 것이니 효과가 만점이다. 그라나다에서도 가이드가 알바이신의 좁은 골목으로 깊숙이 들어갔을 때, 우리는 내려서 걷겠다고 우기는 대신에, 위험해 보이니 차에서 내리지 말자고 제의할 만큼 조심스러워졌다. 그런 경계심이 더 이상의 사고를 막은 원동력이 되었다고 할 수 있다.

#

세고비아…… 오! 스페인!

아침에 일어나보니 왼쪽 어깻죽지에서 팔꿈치까지 시커멓게 멍이 들어 있고, 전신이 두들겨 맞은 것처럼 요란하게 아파서 운신하기도 어려웠다. 하지만 다른 사람들의 사기를 위해, 긴 블라우스로 팔을 가리고 짐짓 즐거운 체하면서 노래를 부르기 시작했다.

고레카라 후나데다. 유카이나 고오카이다. (자! 이제 출항이다. 유쾌한 항해다.)

일본 사람들이 부르는 경쾌한 출항의 노래다. 어차피 일요일이라 대사관에는 갈 수 없으니 예정대로 세고비아에 가자는 뜻을 나는 그 노래로 대신했다. 호텔 바로 옆에 있는 톨레도 문을 지나 만사나레스 강을 끼고 도심을 벗어나니 카스티야의 자연이 나타났다. 드문드문 나무들이 서 있기는 하지만 대체로 황량한 메세타*의 풍경이 스페인 다움을 열어 보이기 시작했다.

근대 도시에는 개성이 없다. 규모의 차이는 있지만 건축양식이 유사해서 변별 특징이 나타나지 않는다. 한 문화를 특징짓는 가장 가시적인 지표가 건축양식이라면, 근대의 메갈로폴리스들은 모두 양식을 상실한 네모난 건물들로 채워져 있어 변별 특징이 적다. 르네상스 이후에 전 세계가 산업화와 기능화에 미쳐 있어서, 어느 나라 수도에 가도 중심가는 모두 닮은꼴을 하고 있다. 무턱대고 쌓아 올린 네모꼴의 고층 빌딩들과 직선으로 구획된 도로들, 그리고 비슷한 수종의 가로수들과 비슷한 모양의 탈것들의 홍수.

도시의 무성격성을 조장하는 또 하나의 요인은 새 건물의 고층화 현상이다. 옛날 건물에 비해 새 건물은 층고가 높기 때문에 겨우 남아 있는 오래된 건물들은 가려져 보이지도 않는다. 가회동에 가도 한옥이 보이지 않는 것처럼. 옛 건물들이 많이 남아 있는 교토 같은 도시도 얼핏 보면 콘크리트 정글 같다. 새로 짓는 높은 빌딩들이 아름다운 옛 건물들을 가려버리는 곳에 현대 도시의 비극이 있다. 그러니

---

* 고원高原, 대지臺地. 스페인의 대부분을 차지하는 대지를 메세타라고 한다.

까 넉넉하고 풍성한 고분들을 자랑삼는 경주 같은 고도古都에는 고층 건물을 금지시켜야 한다. 소주蘇州에 가니 옛스런 건물들이 도심에 많아 보기가 좋았던 생각이 난다.

그런 일을 막기 위해 오랜 역사를 가진 나라들은 인도처럼 옛 시가지는 건드리지 않고 근처에 신도시를 만드는 정책을 쓰고 있다. 길도 넓고 편의 시설도 잘 갖추어진 새 도시를 만드는 것이다. 그런데 외국에서 온 관광객이 보기를 원하는 것은 언제나 역사를 간직한 구시가지 쪽이어서 그 문제는 해결이 나지 않는다. 한때 아무리 번성했던 나라도 옛날에 만든 도시들은 어디나 길이 좁고 냉난방 시설이 미비하며, 생활하기가 불편하다. 하지만 그런 곳들은 시가지 전체가 박물관 같아서 외국인을 유혹하고, 그래서 관광객들은 언제나 불편하고 괴롭기 마련이다.

그 좋은 예가 로마다. 로마는 르네상스기에 재정비한 곳이어서 많이 근대화된 편인데도 거리에 'senso unico'라는 표지가 붙어 있는 곳이 많았다. 일방통행이라는 뜻이란다. 우리 호텔이 있던 구역인, 로마 시대에 전차戰車 경기를 했다는 코르소 거리Via Del Corso도 길 넓이가 겨우 2차선에 보도가 달려 있는 정도였으니, 다른 길들은 더 좁을 수밖에 없다. 가뜩이나 자동차가 다니기에는 불편한 도돌도돌한 돌포장의 로마 시대에 만든 가로가 너비까지 좁아서 양방 통행이 불가능한 것이다.

이 선생과 같이 갔을 때 대사관의 추천으로 우리가 머문 잉글테라 호텔은 스페인 광장 부근에 있는 코르소 거리에 있었다. 시엔키에비치 등 외국의 명사들이 와서 머물렀다는 표지판이 자랑스럽게 붙어 있는 유서 깊은 호텔인데, 앞길이 일방통행이어서, 돌아올 때는 언제나 캐리어를 끌고 포폴로 광장에서부터 한 블록을 걸어야 했다. 길이 좁으니 차가 작아진다. 로마에 가면 세계의 소형차들은 다 모여 있는 것 같은 느낌이 드는 것은 그 때문이다.

르네상스와 고전주의적 건축양식이 주도하는 희귀한 계획도시인 파리는 르네상스 이후에 도심지가 정비되어 도로 사정은 로마보다 훨씬 낫다. 프랑스의 르네상스는 16세기이기 때문에 로마보다 2세기가 늦다. 그런데도 현대적 편의 시설은 미흡할 수밖에 없다. 지금은 그렇지 않겠지만 1977년에 내가 묵었던 별 세 개짜리 호텔은 엘리베이터가 요상했다. 오래된 건물의 뒤편 한 모퉁이를 조금 헐어내고 만들어서 사람이 둘밖에 못 탈 정도로 안이 좁았고, 유리문 안에 쇠로 된 자바라가 쳐져 있어서 해리 포터가 다닐 학교에나 어울리게 생겨 있었다. 건물의 외관을 해치지 않으려니까 그런 일이 생겨난다. 도시의 미학적 가치를 살리기 위해 파리지앵들은 옛 건물의 불편함을 참으며 사니, 이우환 화백은 자기 집을 마음대로 고치지 못하는 파리지앵들이 불쌍하다는 말을 하고 있다.[*]

----

[*] 이어령 씨에게 보낸 편지에 있음.

마드리드는 파리나 로마, 이스탄불처럼 오래된 건물들이 도시의 스카이라인을 구획 짓는 개성 있는 도시가 아니다. 펠리페 2세가 수도로 정한 것이 16세기 후반(1561)이어서 그 이전에 세운 기념비적인 건물이 많지 않다. 왕궁이나 프라도 미술관, 레티로 공원 같은 중요한 건축물들은 거의 부르봉 왕가가 통치하던 18세기에 세워졌다. 이탈리아나 프랑스를 원조로 하는 양식으로 세워진 건물들이기 때문에 유럽에서 이미 본 것들과 겹쳐져 새로움이 없다. 마드리드에는 바르셀로나처럼 보존해야 할 구시가지가 없는 셈이다.

마드리드는 기독교가 레콩키스타reconquista(국토 회복)에 성공한 후에 커진 도시여서, 스페인을 유럽에서 구별시키는 이슬람적 특성이 미약하다. 근대 건물에 전통적인 모티브들을 사용한 부분이 더러 있고, 중세에 세운 건물들도 없는 것은 아니지만 18세기 이후에 세운 건물들이 그것마저 가리고 있다. 18세기부터는 국세가 기울며 근대화에서도 뒤져서 어중간한 현대화를 했기 때문에 도시 전체가 무성격해 보인다.

그런데 마드리드의 시가지를 벗어나니 스페인이 나타나기 시작했다. 나라 전체가 서쪽으로 약간 기울어진 지형인 메세타 특유의 완만한 스카이라인 속을 남국의 현란한 태양이 강렬하게 조명하고 있는 풍경부터가 마드리드와는 달랐다. 대지 본연의 모습이 드러나 있기 때문이다. 야구장의 전광판 앞에 선 것처럼 눈이 부신 햇빛이 그곳이 태양의 나라임을 과시하고 있었다. 햇빛이 워낙 눈부시니까 메세타의 별 볼일 없는 풍경도 아름다워 보였다. 그런데다가 이 지방에는 옛 성이나 폐허가 많이 남아 있어서, 왕년의 카스티야 왕국의 국력과 전통을 엿보게 했다. 펠리페 2세가 생캉탱 전투에서 프랑스를 격파한 기념으로 세우기 시작했다는 엘에스코리알 궁전이 그 근처에 있다는데, 가이드는 그곳에 우리를 데려가지 않고 곧장 세고비아로 향했다. 오후의 투우 프로그램 때문이다.

우리나라처럼 대륙과 이어진 이베리아반도의 사람들도, 몇천 년을 두고 대륙에서 내려오는 침략자와 바다에서 쳐들어오는 외적들을 두려워하면서 살아왔다. 피침 공포증은 현대에도 여전해서, 기차의 궤도 폭을 일부러 프랑스와 다르게 해놓아 유럽 철도 운행에 차질이 생겼다는 말을 들었다. 하지만 다행히도 피레네산맥이 가로막아 그들을 보호해주어서 북쪽은 덜 위험했다. 험준한 산맥 덕에 스페인은 옛날부터 유럽과는 거래가 적었던 것이다. 로마의 지배를 오랫동안 받고 살긴 했지만, 산맥 덕분에 스페인이 고유의 문화를 키울 여건이 만들어진 것이다.

북쪽이 막혀 유럽과 멀게 지낼 수 있는 대신에 남쪽이 열려 있어, 스페인은 바다 쪽에서 오는 위협이 컸다. 바다로 쳐들어온 이슬람 세력에 휩쓸리게 되는 것이다. 지브롤터 해협에서 보면 아프리카 대륙은 바로 코앞에 다가서 있다. 어느 날 그 해협을 넘어 이슬람교도들이 몰려온다. 그들은 삽시간에 스페인을 점령했다. 피레네산맥 근처만 빼고 온 나라를 점령하여 8세기 동안 아랍에서 온 무슬림 세력이 그들을 지배하게 되는 것이다. 이슬람의 지배를 받은 기간이 8세기나 되어서 스페인은 유럽에서 이슬람의 영향을 가장 많이 받은 나라가 되었다. 오랫동안 로마 식민지였지만 남은 유적이 적고, 그 뒤를 이은 비시고트가 이렇다 할 문화유산을 남겨놓지 않았기 때문에, 스페인의 문화는 무슬림과 더불어 개화했다고 해도 과언이 아니다. 유럽이 중세의 암운에 가려져 있을 때, 스페인에서는 빛나는 문화가 개화된다. 고전 시대의 전적典籍들이 톨레도에서 번역되어 유럽으로 퍼져 나가 그곳의 르네상스를 준비할 밑거름이 되는 것이다. 본국에서 쫓겨온 애꾸눈 왕자가 코르도바에 세운 칼리프 왕국이 본국의 우마이야 왕조보다 더 융성하여, 당대 무슬림 문화의 절정을 이루는 이상한 현상이 벌어진다.

스페인은 15세기부터 가톨릭 국가가 되었지만, 이 나라에서는 카테드랄이 메스키타나 알카사르와 사이좋게 공존하고 있다. 스페인의 가톨릭은 종교적인 면에서는 배타적일 정도로 엄격하여 종교재판이 1820년까지 기세를 부린 나라지만, 문화적인 면에서는 이슬람문화에 친화감을 가졌던 게 아닌가 하는 생각이 든다. 가톨릭의 왕들이 무슬림이 남겨놓은 문화적 유산을 파괴하지 않았을 뿐 아니라 이렇게 잘 보존하고 있는 것은, 그 속에 스페인의 본질이 있다는 판단 때문일지도 모른다.

다른 문화에 대한 관대함은 이슬람의 경우에도 해당된다. 그들은 고트족의 건축양식에서 말편자 모양의 아치를 받아들여 이슬람 사원들에 널리 활용했다. 건물뿐 아니다. 이슬람은 다른 종교에 대해서도 관대했다. 스페인의 무슬림 정권은 오랫동안 기독교도나 유대교도들과 평화롭게 공존했다. 협약민 제도를 두고 있었기 때문이다. 무슬림이 아니라도 종속을 인정하고 인두세를 내는 사람은 국가가 보호해주는 것이 협약민 제도여서, 이교도의 존재는 국익을 위해서도 유익했다. 디아스포라 이후 유대인들이 가장 평화롭게 산 시기가 무슬림 스페인의 500년간이었다.*

이슬람 정권은 다른 종교를 핍박하고 개종을 강요하는 대신에, 개종한 자에게는 많은 혜택을 주는 포지티브한 정책을 썼다. 협약민의 자유를 인정해준 것이 알 안달루스** 흥성의 관건이라 할 수 있다. 마지막 남은 조그만 영토 안에서 아름다운 문화를 이룩해낸 그라나다 왕국도 관용 정책을 썼던 것이 그것을 입증한다. 그런데 중간에 들어선 베르베르인들의 아프리카 왕조(1086~1232)가 배타적 정책을 써서 유대교도들을 이주하게 만들었다. 토지 소유가 금지된 유대인들은 상권을 장악하고 있었는데, 그들을 핍박하여 떠나게 만들면서 국가의 재정이 흔들린다. 그건 중산층의 감소를 가져온다. 이슬람 왕국 붕괴의 조짐이 거기에서 시작되는 것이다.

---

* 김종빈, 『갈등의 핵, 유태인』 참조.
** 안달루시아의 아랍명.

그 배타적 원리는 기독교에도 적용된다. 이사벨 1세 여왕은 알람브라 궁전을 파괴하지 않은 문화적 군주였고, 군대와 세제의 개혁을 통해 귀족 세력을 약화시켜 근대적 중앙집권제의 기반을 닦은 유능한 정치가였지만, 종교적인 면에서는 지나치게 편협했다. 반종교개혁이 일어나 가톨릭으로 돌아간 스페인은 이교도 학대에 몰두했다. 1481년부터 시작된 종교재판은 다른 종교를 인정하지 않는 독선을 드러내서 희생자를 양산했고, 1492년에는 16만 명의 세파르디sefardí(스페인의 유대인)를 추방했으며, 17세기에는 40만 명의 모리스코morisco(기독교 밑에 있던 이슬람교도)들을 추방했다. 경제계를 주름잡던 유대인들과 농사꾼이었던 무어인들을 축출한 것은 스페인의 국력을 약화시켜, 대제국이 기울게 되는 원인을 만든다. 아메리카 대륙이라는 횡재를 만났음에도 스페인의 국력이 저하되는 것은 반종교개혁과 관련이 깊다. 국가나 개인이나 타인의 선택을 존중해야 복지에 이르는 모양이다.

유럽과 아프리카 사이에 끼어 있는 스페인은 모든 면에서 다양성을 띠고 있는 나라다. 이베리아족과 켈트족, 게르만족, 아랍족에 집시까지 곁들인 희한한 다민족 사회인 데다가 네 개의 언어권이 형성되어 있고, 세 개의 종교가 공존했다. 그런 역사적 여건 속에서 다양성을 띤 특이한 문화가 생성된 것이다. "톨레도는 문화의 용광로"라는 말은, 스페인은 문화적 용광로라는 말과 같다. 알카사르와 카테드랄과 시너고그(유태인 교회당)가 사이좋게 공존하는 중세의 도시들이 그 것을 보여준다.

이탈리아처럼 스페인은 오랫동안 소왕국으로 분할되어 있었다. 그 분할이 개성 있는 지방 문화 육성의 온상이 되었다. 제가끔 특성이 다른 중세 문화를 고스란히 간직한 옛 도시들이 너무나 잘 보존되어 있는 것은 스페인의 복이라 할 수 있다. 톨레도, 코르도바, 세비야, 바르셀로나 등이 모두 제가끔 다른 문화적 모습으로 관광객을 유인한 다. 세고비아도 그런 고전적 도시 중의 하나다.

나는 그런 중세의 소도시들을 좋아한다. 제가끔 개성을 지니고 있 기 때문이다. 그래서 기회가 있으면 유럽의 옛 도시들을 순례하는 여 행을 꿈꾸어왔다. 아시시, 시에나, 피사, 베로나, 파도바 등을 보고 나 서 몽생미셸과 루아르의 성들을 둘러본 후 아를, 아비뇽을 거쳐 바르 셀로나로 들어가는 것이 나의 오랜 소원이었는데, 순서가 바뀌어 세 고비아에 먼저 오게 된 것이다.

세고비아는 기타 이름으로 기억하기 시작한 도시다. 1940년대 초 에 우리 집에도 세고비아 기타가 있었다. 오빠가 치던 것이다. 하지 만 세고비아는 기타보다 난쟁이들의 파란 고깔모자같이 끝이 뾰죽뾰 죽한 고성의 첨탑들이 지니는 건축미 때문에 명성이 높아진 도시다. 우리가 흔히 생각하는 유럽의 환상적인 고성의 원조가 세고비아 성 이라 한다. 디즈니의 〈백설 공주〉에 나오는 성의 모델도 이 성이라는 것이다. 대포가 나오기 이전의 유럽 고성의 기본율대로 세고비아의

세고비아 성

고성도 산 위에 세워져 있었다. 성관 둘레에 해자를 깊이 파고, 해자 위에 비상시에는 들어 올릴 수 있는 다리를 만들어놓고, 성벽을 높이 높이 쌓아 올리는 중세의 방어용 성채들은 고딕 양식과 밀착되어 있는 경우가 많다. 절대군주 제도와 기독교의 절대주의가 고딕 양식에서 손을 맞잡고 있는 것이다.

고딕건축의 상승하는 미학을 산꼭대기에 올려놓으니, 고성은 사원이 아닌데도 종교적인 경건함이 느껴졌다. 그 비현실적인 느낌으로 인해 고깔모자를 쓴 것 같은 첨탑들도 동화적인 분위기로 다가왔다. 고깔모자 같은 원추형 첨탑의 지붕 밑에는 아직도 잠자는 공주가 감추어져 있을 것 같은 생각이 떠올랐던 것이다. 하지만 그것은 엄연한 방어용 성채였고, 한때는 감옥이기도 했던 철통같은 요새여서, 에레스마강과 클라모레스강이 도시의 성벽 전체를 둘러싸는 외호外濠 역할을 하고 있었고, 성관 둘레를 감고 도는 엄청나게 깊은 해자 자리가 아직도 남아 있었다. 르네상스 이후 평지에 세워진 루아르 강가의 거성居城들이 호화로운 무도회장이나 사냥을 위한 준비 공간으로 보이는 데 반하여, 이 산성의 첨탑들은 적을 감시하기 위한 망루로서의 긴장감을 지금도 과시하고 있음을 안에 들어가보고 실감했다. 기사들이 빠른 시간에 말을 타고 망루에 올라가기 위해 탑신이 넓고 컸기 때문이다. 그 탑은 말들을 위해 계단 대신에 나선형 비탈길로 처리되어 있었으니 넓지 않을 수 없는 것이다. 11세기경에 알폰소 6세가 축성한 이래로 수차례 증·개축이 이루어졌다는 이 성은 1862년에 불탄 것을 1940년에 복원한 것이라 한다. 여러 세기에 걸쳐 증축된 건물들이 저렇게 통일성을 지닌다는 것도 놀라운 일이지만, 그것을 옛 모양대로 복원하는 정부의 전통 보호 정책도 부러움을 자아낸다.

중세에 흥성했던 기사도의 나라 스페인의 한 얼굴이 거기 있었다. 어쩌면 스페인이 아니라 카스티야가 있었다고 해야 옳을지도 모른다. 카탈루냐나 안달루시아보다는 색채가 많이 절제되고 장식도 적은 카스티야의 남성적인 건축양식이 인상적이었다. 국토 통일을 이룩한 여왕 이사벨 1세Isabel la Católica가 오래 살았으며, 무적함대를 가졌던 펠리페 2세가 결혼한 장소이기도 하다는 그 성은 돌로 지어져 있고, 외벽이 심플해서 가까이에서 보니 무뚝뚝한 느낌을 주었다. 하지만 안에 들어가니 너무나 적절하게 처리한 채색 타일이 부분적으로 나타나 빛을 발했다. 극채색의 스페인식 타일이 띄엄띄엄 흙벽에 박혀 있는 것이다. 이스탄불의 블루 모스크는 안도 바깥도 온통 유약을 바른 청색 타일로 뒤덮여 있어 그 넘쳐남에 염증 같은 것이 느껴졌었는데, 자연 소재의 갈색 흙벽 사이사이에 살짝살짝 박혀 있는 세고비아 성의 채색 타일은 어둠을 밝히는 촛불처럼 그 존재가 돋보였다. 그 현란한 색채가 주위의 침체함을 상쇄하며 절제의 아름다움을 보여주고 있었던 것이다.

#

나란히 있어 빛을 발하는 두 개의 왕좌

세고비아 성에서 가장 눈을 끄는 것은 나란히 있는 두 개의 왕좌였다. 카스티야의 공주 이사벨이 아라곤의 왕자 페르난도와 1469년에 결혼해서 나중에 두 왕국이 하나가 된다. 그 결혼으로 한때는 무적함대를 소유했던 거대한 스페인 왕국의 기반이 다져지는 것이다. 하지만 나는 그들의 결혼으로 영토가 확장되거나 레콩키스타가 완성되어 가톨릭 국가가 되는 것 같은, 정치적 종교적인 성과에 대해 별로 관심이 없었다. 옥좌의 장식이나 문장紋章 디자인의 미학 같은 것에도 관심이 적기는 마찬가지였다. 내가 그 성에서 가장 흥미를 느낀 것은 그 한 쌍의 왕의 공존 관계였다.

그것이 왕과 왕비나 공주와 부마의 의자가 아니라 두 왕이 나란히 앉았던 옥좌라는 점이 중요했다. 그것은 새로운, 바람직한 부부 관계를 예시하고 있었기 때문이다. 두 나라 중에서 작은 쪽의 왕이었지만 페르난도는 부마가 아니었고, 여자였지만 이사벨도 왕비가 아니었다. 그들은 각기 자기 나라의 지분을 혼자 다스리는 독립된 통치자였다. 사원의 기둥처럼 대등한* 남녀 관계다. 그런 공존 관계는 그 시대에 예가 그리 많지 않았다. 두 개의 왕좌에 대등한 권력을 가진 남자와 여자가 왕으로서 나란히 앉아 권력투쟁을 하는 대신에 합심하여 더 큰 왕국을 만들어가면서, 부부로서도 평화롭게 공존하는 것은 쉬운 일이 아니기 때문이다.

그 결혼은, 아버지가 돌아가시자 위기에 처한 이사벨이 자기가 직접 신랑을 선정하고, 찾아가 프러포즈를 함으로써 이루어진다. 그들은 15세기의 왕가에서 본인들 의사에 따라 결혼을 결정한 특별한 케이스였다고 할 수 있다. 이사벨은 왕이 되자 남편에게 자기 나라 내정에는 간섭하지 말아달라는 요청을 한다. 남편도 의견이 같았다. 그래서 그들은 종교재판을 제외하면 서로 상대방의 영역에 참견하지 않았다. 아라곤의 페르난도가 여왕의 나라 카스티야에서 같이 살면서, 자기 나라는 부왕副王을 두어 다스리는 양식으로 약정을 맺은 것이다. 그리고도 결혼한 지 10년 만에야 그들은 왕국을 하나로 통합할

---

* 칼릴 지브란, 「결혼에 대하여」 참조.

것을 합의한다. 신중한 행보가 돋보인다.

하지만 실지로는 남편보다 아내인 이사벨이 국제적 지명도가 높다. 콜럼버스가 신대륙을 찾는 것을 후원한 것이 이사벨 여왕이어서, 우리 같은 이방인도 그 이름을 기억하고 있는 것이다. 미 대륙의 발견으로 인해 침체해가던 스페인이 한때 세계를 제패하던 강국으로 재생했으니, 이사벨 여왕은 앞을 내다보는 출중한 통치자였던 것이다. 그녀는 혼자 힘으로 귀족 세력을 견제하여 왕권을 강화시켰으며, 미국에서도 원주민의 기본권을 지켜주는 협약을 맺도록 조처했고, 그라나다를 지키기 위해 무력 사용을 자제하도록 군부를 조종하기도 했다. 그녀가 '여왕'이 아니라 '왕'이라고 불리운 것은 자신의 능력에 의해서 얻은 대접이다.

두 왕이 공존하니 왕궁에는 많은 문제가 있었겠지만, 이사벨과 페르난도는 부부로서 해로하는 데도 성공했다. 그래서 이 부부는 그라나다 왕실 예배당에 나란히 묻힌다. 새로운 양성 관계가 성공을 거둔 것이다. 이사벨 여왕은 러시아의 예카테리나 2세처럼 남편을 폐위하고 통치권을 빼앗는 대신에, 남편의 지분을 존중하고 그가 할 수 있는 일에서는 도움을 받으며 함께 통일국가를 이룩했다. 그녀는 남자를 위해 조국을 배신하는 낙랑공주 같은 무책임한 짓도 하지 않았으며, 메리 여왕처럼 줏대 없는 행동도 하지 않았다. 그녀는 여자로서가 아니라 카스티야의 왕으로서 자기 백성을 지켜나간 훌륭한 군주이면서, 동시에 한 남자의 아내로서도 직분을 다한 것이다. 남편도 마찬가지였다. 페르난도는 러시아의 제왕처럼 아내를 무시하면서 치졸하게 굴지도 않았고, 아내의 지분을 탐내지도 않으면서 자기 몫을 완수하였으며, 지명도가 높은 아내를 굴복시키려고 기를 쓰지 않을 만큼 그릇이 컸던 모양이다.

제 몫을 지키면서 분쟁 없이 나라를 키워나간 이 두 왕은, 남자와 여자가 같이 사는 데 대한 한 전범을 보여주고 있다. 이런 양성 관계를 통하여 스페인은 커갔고, 통일과 국토 회복이라는 두 가지 위업을 무난히 성취했다. '사원에 있는 기둥들처럼'(지브란) 제가끔 자기 발로 초석을 밟고 홀로 서 있는 독립된 남자와 여자는, 서로의 그늘이 상대방의 성장을 저해하지 않을 만한 거리를 지켜가면서 함께 걸어간 것이다.

하지만 그들은 종교재판을 가혹하게 시행하여 스페인을 피바다로 만드는 데도 손을 모아서 모처럼 이룩한 왕국을 정체 속으로 이끄는 실수를 저질렀다. 그들은 종교 탄압에 있어서도 의견을 한데 모은 왕들이었던 것이다.

세고비아는 알카사르만 아름다운 것이 아니라 사원도 아름답다. 세고비아의 카테드랄은 '카테드랄의 귀부인'이라는 칭찬을 받는 우아한 사원이다. 스페인의 옛 도시들은 알카사르와 카테드랄(혹은 모스크)의 두 기둥 위에 세워져 있다. 정치와 종교가 제휴하여 공존하는 천년의 중세 문화가 그런 건축물이 되어 남아 있는 것이다. 세고비아는 스페인 중세 성채 도시의 전형처럼 보였고, 그중에서도 출중하게 아름다운 도시로 여겨졌다. 나는 세고비아 성처럼, 혹은 아크로폴리스처럼 우람하지 않은 구조물이 좋다.

그런데 평지에 있는 수도교에는 그런 아름다움이 모자랐다. 길이가 728미터, 높이가 29미터에 이른다는 그 긴 수도교는 너무 얇게 지어져서 시각적으로는 안정감을 상실한다. 수도교에는 아치가 1백 개도 넘게 이어져 있는데, 그 아치의 선이 어딘가 불안정하여 로마 건축다운 장엄미를 지니지 못하는 것이다. 그건 사원이 아니라 수돗물을 끌어들이는 도수導水 장치에 불과하니, 미학적인 완성도를 지니지 못하는 것이 당연한지도 모른다. 식민지 경영에 능란했던 로마인들은 여러 식민지에 수도교를 만드는 친절을 베풀었다. 세고비아 것보다 규모는 작지만 똑같은 모양의 수도교가 프랑스에도 있다. 물을 끌어들이기 위한 실용적인 구조물에 아치를 넣어 저만큼이라도 치장해준 것은, 건축물에서 실용성뿐 아니라 아름다움도 추구했던 로마 사람들의 미의식 덕분이라 할 수도 있다. 저 수도교가 만약 서울역 위를 가로질러 가는 고가차도같이 살벌한 시멘트 구조물로 되어 있다면, 이 오래된 도시의 경관은 많이 훼손될 것이다. 아치를 넣는 것은 거대한 건축물을 경제적으로 짓는 방법이기도 하다고 하니 로마인들은 역시 현실감각이 특출하다.

더구나 그것은 로마제국이 식민 도시에 세워준 수도교다. 2천 년전에 이미 식민 도시의 식수 문제를 그만큼 중요시한 행정가가 있었

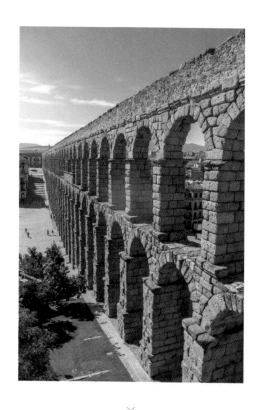

수도교

다는 것은 로마의 저력이라 할 수 있다. 그 옛날에, 깨끗한 물을 마음 놓고 쓰기 위해 그런 방대한 구조물을 지을 수 있는 재력과 기술을 가졌었다는 것은 또 얼마나 경탄할 만한 일인가? 시멘트가 없던 시대에 지어진 수도교가 2천 년을 지탱하고서도 여력이 남아 아직도 식수 운반용으로 쓸 만큼 견고하다는 것은 더욱 감탄할 일이다. 로마인들은 화산재에 역청 같은 것을 섞어서 시멘트 비슷하게 사용했던 것 같다고 가이드가 말했지만, 그렇다 해도 놀랍기는 마찬가지다. 하지만 그 경탄이 미학과 이어지지 않으니 감동이 되지 않는다. 사막을 가로지르는 카르타고의 수도교는 그렇지 않았다. 아치가 크고 선도 정제되어 이보다는 훨씬 안정감을 주었다. 시오노 나나미의 말대로 이 시기의 로마의 건축 기술은 큰 아치를 만들 만큼 발달되어 있지 않아서, 작은 아치를 너무 많이 포개놓은 건지도 모른다.

#

투우…… 짐승을 상대로 한 사기

세고비아에서 돌아와 쉬다가 오후 세 시에 라스 벤타스Las Ventas 투우장에 갔다. 스페인에 와서 투우를 안 볼 수는 없지 않은가. 길이 막혀 조금 늦게 가서 첫 시합이 끝날 때까지 밖에서 기다렸다. 중간에 드나드는 것이 금지되어 있었기 때문이다. 작은언니가 열심히 연구해서 구해놓은 표는 그늘sombra진 구역에 있어 입장료가 100불이나 됐다. 그때 내게는 비상금 200불이 전 재산이었으니 소유의 반을 턴셈이다. 투우의 낭만적 미학에 우리는 그만큼 많은 것을 건 것이다.

쉬는 시간에 들어가보니 작열하는 태양 아래에서 진홍빛의 천이 펄럭이고 있었다. 스페인 특유의 템포가 격렬한 타악기의 리듬을 타고 투우사가 소에게 바짝 다가가고 있었다. 결정적인 순간에 투우사는 극적으로 몸을 돌려 돌격해오는 황소를 보기 좋게 따돌리고 은신처로 피한다. 관중들이 환성을 지르며 열광한다. 하얀 모래 바닥과 극채색의 홍포가 극과 극의 대비를 이루고, 저돌적인 황소와 투우사의 세련된 기교가 대비되면서 역동적인 그림이 생겨난다. 환성과 박수 속에서 긴장이 고조되다가 결국은 사람이나 짐승 중 어느 하나가 죽어야 결판이 나는 치열한 게임이다.

그런 위험한 퍼포먼스를 위해 투우사는 일생일대의 멋을 부린다. 승리의 순간에 획 벗어서 경애하는 여인에게 바치는 검은 펠트의 반달형 모자, 현란하게 장식된, 몸에 착 달라붙는 짧은 재킷과 6부 바지. 그리고 스팽글로 장식한 반짝이는 신발……. 그것은 남자가 입을 수 있는 가장 화려한 의상이다. 투우사의 그런 옷차림은 제사장의 화려한 옷차림과 유사하다. 투우 자체가 목축업의 풍요를 빌기 위해 신에게 수소의 주검을 바치는 희생 제의에서 생겨났기 때문이다. 거기에 죽음의 미학이 가세한다. 투우사 자신이 죽음의 마당으로 걸어 들어가는 희생양이 될 수도 있기 때문에, 그에게는 어떤 사치도 허용된다. 그것은 일종의 수의이기도 하기 때문이다.

하지만 다 보고 나니 뒷맛이 별로 좋지 않았다. 소는 스페인 산하군데군데 세워져 있는 황소toros 상 그대로 야성과 늠름함과 건장함을 충분히 지니고 있었고, 투우사도 멋과 날렵함과 담대함을 모두 구비하고 있어 배우들은 손색이 없었다. 하지만 소와 사람이 목숨을 걸고 벌이는 치열한 싸움이 거기에는 없었다. 물론 거대한 황소와 사람이

투우사

일대일의 싸움을 하는 것은 불가능하다는 것을 누구나 알고 있다. 그리고 누구도 투우사가 그 빛나는 젊음을 지닌 채 소에 받혀 죽는 것을 원하지 않는다. 황소는 사람의 다섯 배나 되는 덩치를 가지고 있으니 일대일로 대결하면 인간이 지게 되어 있다. 그래서 투우사를 지키기 위해 여러 가지 트릭이 도입된다.

그런 여건을 다 감안한다 하더라도 이건 너무했다. 투우사는 다치거나 죽을 수 없도록 프로그램이 짜여 있기 때문이다. 그런데다가 투우사는 무기도 가지고 있다. 그런데 황소는 무기도 없이 맨몸으로 싸운다. 혼자서 기를 돋우는 몇 팀의 인간들에게 있는 대로 우롱을 당하다가, 결국 칼에 찔려서 죽도록 운명 지어져 있는 것이다. 중인환시 속에서 백주에 행해지는 동물 학살극이다. 동물을 참혹하게 도살하려는 것이라면 투우사는 무슨 명분으로 그렇게 요란한 의상을 걸칠 수 있을까?

일반적으로 투우사에게는 다섯 명이나 되는 보조원이 딸려 있다. 처음에 사람들이 나와 핑크빛 카포테(작은 홍포)로 소를 화나게 한다. 그들은 붉은 헝겊을 휘둘러 황소를 있는 대로 화나게 만들고는, 소가 거품을 품고 돌진해오는 위급한 순간에 재빨리 은신처로 몸을 감춘다. 우직한 소는 방금 전까지 코앞에 있던 적 대신에 눈앞에 버티고 있는 시멘트 벽이 나타나면, 거기에 머리를 박아가며 화풀이를 하느라고 제 풀에 진이 빠진다.

그다음에 말을 탄 장창잡이picador 둘이 나와서 소의 목덜미에 창을 꽂아 체력과 속도를 떨어뜨리는 게임을 한다. 단창 작살꾼banderillero 들이 그 작업을 계승한다. 세 명의 단창잡이는 7센티 정도의 채색 장식이 달린 단창을 던져서 소를 찌른다. 이미 장창에 찔려 피를 흘리는 소를 그들은 번갈아가며 약을 올리고, 틈을 봐서 또 창을 꽂는 게임을 되풀이한다. 피를 흘리면서 계속 놀림을 당하는 소는 화가 머리끝까지 치밀어 길길이 뛴다. 요동치는 율동을 따라 등에 꽂힌 알록달

록한 단창들이 이리저리 흔들리며, 소는 채색 털을 가진 거대한 고슴도치 같아진다. 소의 검은 털 사이로 붉은 피가 줄줄 흘러내린다. 털이 검어 피도 더러워 보인다. 고통에 찬 소의 헐떡임에 따라 단창 끝의 장식들이 더 출렁거리면 소의 형상은 광대같이 희화화된다. 이렇게 해서 소가 기운이 거의 빠질 때쯤에야 팡파르가 요란스럽게 울려 퍼지면서 화려한 차림을 한 투우사matador가 나타난다. 그는 소와 한참 겨루다가 소가 지쳐서 목을 내리는 순간을 틈타서 전광석화같이 그 등에 결정타를 입힌다. 붉은 피를 줄줄이 흘리며 아파서 헐떡거리는 덩치 큰 짐승이 다시 칼에 찔려 죽기까지의 20분의 시간이 투우의 절정이다.

금빛 은빛으로 장식된 투우사의 호화로운 패션은 그의 젊음과 조응하면서 소의 야성을 부각시킨다. 움직임도 대조적이다. 소는 길길이 날뛰지만 노련한 투우사는 거의 몸을 움직이지 않는다. 그는 소 바로 곁에 장검에 걸친 홍포muleta를 들고 서서 최소한의 동작으로 소를 유인하다가 아슬아슬한 순간에 몸을 획 돌려 위기를 피하는 묘기를 연출한다. 아슬아슬하게 했다가 김을 뺏다가 하는 동작을 자유자재로 능란하게 연출하여 투우사는 관중들의 긴장감을 고조시킨다.

그건 목숨을 걸고 하는 기막힌 게임이다. 그 싸움에서 살아남으려면 투우사는 고도의 기술을 습득해야 한다. 위험도가 높아야 관중들이 흥분하니까 그는 소와의 가까운 거리로 바짝바짝 다가가는 모험을 감행해야 하기 때문이다. 리타 헤이워스가 홍포를 들고 애인인 타

투우장의 관중

이론 파워를 황소 삼아 '아하! 토오!' 하면서 방 안에서 투우 놀이를
하던 영화 생각이 난다.

　그러다가 결정적인 순간에 투우사는 소의 심장에 칼을 꽂아야 한
다. 바로 목 뒤에서 심장을 정통으로 찔러 단칼에 숨통을 끊어놓지
않으면 자신의 생명이 위험해진다. 그러니까 그건 목숨을 건 진검眞
劍 시합이 될 수밖에 없다. 학생 시절에 투우사가 소의 반격을 받아
뿔에 찔려 죽는 영화를 본 일이 있다. 이바녜스의 소설이 원작인 〈혈

血과 사砂)였던 것 같다. 투우사가 죽는 순간은 모든 관중이 투우사와 함께 죽음을 맛보는 순간이다.

나는 그걸 보지 않겠다!

달더러 떠오르라고 해다오
나는 모래 위에 뿌려진 익나시오의
피를 보고 싶지 않으니.

나는 그걸 보지 않겠다!

시인 가르시아 로르카가 명투우사 익나시오 산체스 메히아스의 죽음을 애도하는 노래(정현종 역)다. 로르카처럼 개인적인 친분이 없는 경우라 해도 투우사의 죽음은 만인의 가슴을 친다. 그는 죽기에는 너무 젊기 때문이며, 너무 아름답기 때문이고, 너무 강건한 육체를 지녔기 때문이다. 로르카는 "투우야말로 가장 빛나는 미美에 둘러싸여 인간이 죽음을 확실히 볼 수 있는 유일한 장"이라고 말한다. 그것은 "풍부하고 생생한 시적 영감을 주는 스페인의 훌륭한 테마"(『스페인 문학사』, p.486)라고 그는 생각한 것이다. 하지만 그건 투우사가 죽었을 때의 이야기다.

그런데 내가 본 투우에는 그것이 없어 보였다. 소는 이미 지쳐 있었고 투우사는 노련한 기교가들이어서 그들이 연출하는 것은 스릴을 가장한 쇼였다. 만약에 그가 실수하여 급소를 찌르지 못해서 소가 반격해온다 해도 보조원들의 보호막이 쳐져 있어서 투우사가 죽을 확률은 아주 적어 보였다. 드디어 소가 넘어져 땅에 몸을 눕히면, 다시 팡파르가 울려 퍼지고 소는 밖으로 끌려 나간다. 화난 채 죽은 소의 고기가 맛이 좋다며 육고간 주인들이 밖에서 대기하고 있다는 말을 들었을 때는 내가 인간이라는 사실이 끔찍했다.

아무리 시적 영감을 준다 하더라도 중인환시 속에서 사람이 소에 받혀 죽는 일은 절대로 일어나서는 안 된다고 생각한다. 둘 중의 하나가 꼭 죽어야 한다면 그건 물론 소여야 한다. 하지만 소의 일방적인 죽음만이 예견된다면 투우는 존재 의미가 완전히 없어진다. 젊고 아름다운 투우사가 소에게 받혀 죽을 것 같은 위기감에서 오는 스릴이 투우의 매력의 전부이기 때문이다. 그것이 거세되면 투우장은 도살장과 다를 것이 없다.

대낮에 함성을 들어가며 소나 사람이 죽어나가는 게임은 애초부터 있어서는 안 되는 놀음이다. 하지만 그것이 소와 인간의 진검 시합일 때에는 순간에 모든 것을 거는 인간에게서 풍겨 나오는 극적인 장렬함이 있다. 헤밍웨이 같은 예술가들이 예찬한 것은 그런 비극적인 장렬함이었을 것이다. 하지만 전 세계의 엠네스티 회원들이 눈을 부라리고 인권을 지키고 있는 이 개명한 천지에, 대낮에 군중들이 모인 자리에서 생사람이 소에게 받혀 죽어나가는 스포츠가 용납될 리가 없다. 그리고 그건 용납되어서도 안 된다. 그렇다면 소도 마찬가지다. 소를 죽여 신에게 바치는 것이 목적이라면 희생양을 죽이듯이 간단히 살해하는 것이 온당하다.

세상에는 인간끼리 서로 짜고, 물어뜯고 치고받는 시늉을 연출하는 사기 레슬링 같은 스포츠도 있기는 하다. 하지만 그건 모종의 이익을 위하여 선수들이 자발적으로 선택한 거래다. 이건 아니다. 패배를 돈으로 거래할 줄도 모르고, 속임수를 쓸 줄도 모르는 우직한 짐승을 상대로 인간이 벌이는 일종의 사기극이기 때문이다. 그렇다고 죽지 않을 만큼의 안전한 위험성을 창안해낼 수도 없는 일이고, 국기國技인 투우를 없앨 수도 없으니, 스페인 당국도 머리가 아프겠다.

1999년 10월 10일

\#
마요르 광장의 밤

밤에 푸에르타 델 솔을 거쳐 마요르 광장에 가보았다. 마드리드의 마요르 광장은 천안문 광장이나 콩코르드 광장처럼 탁 트인 공간이 아니라 3, 4층짜리 상점 건물들로 둘러싸여 있는 사각형 광장이다. 바닥은 돌로 포장이 되어 있고, 중앙에 이 광장을 세운 펠리페 3세의 기마상이 서 있다.

광장은 사람들로 붐볐다. 흥에 겨워 보이는 사람들이 모여 활기차게 움직이고 있었다. 우리도 거기 휩쓸려 어슬렁거리다가 동북쪽 구석에서 어떤 젊은이가 혼자 춤을 추고 있는 것을 발견했다. 꼭 끼는 청바지에 깃이 없는 하얀 긴 소매의 헐렁한 셔츠를 입은 그 청년은 음악에 맞추어 플라멩코 춤을 추고 있었다. 아마추어일 텐데 테크닉

이 놀라웠다. 뱀처럼 유연한 지체肢體는 살집이 없어 사슴처럼 날렵했다. 몸 전체가 예술품처럼 균형이 잡히고 아름다운 그 자그마한 청년은, 지체 하나하나가 북채처럼 리듬을 만들어내는 신기神技를 가지고 있었다. 손과 발끝으로만 추는 춤이 그렇게 격렬할 수가 있다니 믿을 수 없었다. 주변에 사람들이 있다는 사실을 잊은 듯 그는 스스로 도취되어 무아지경에서 정신없이 춤을 췄다. 무용이 얼마나 아름다운 예술인지를 몸으로 보여주던 그의 춤은 우리가 스페인에서 본 가장 아름다운 춤이었다.

그 춤에 심취해서 시간 가는 줄 모르고 있던 우리는 춤이 끝나자 오래오래 박수를 쳤다. 하지만 사람들이 그의 앞에 있는 그릇에 돈을 넣는 것을 보자 난감해졌다. 스페인의 치안을 불안해한 우리는, 저녁 저잣거리의 치안 상태가 염려스러워서 빈손으로 나왔기 때문이다. 어제 당한 일도 있고 해서 한껏 조심을 한다고 한 건데, 이런 감동을 받고도 줄 것이 박수밖에 없다니 낭패스러웠다.

점을 치는 사람, 노래를 부르는 사람, 음식을 먹으면서 걸어가는 사람, 소리 높여 떠드는 사람, 껴안고 뽀뽀를 하며 서로의 몸을 보물 만지듯 하는 남자와 여자들, 그리고 춤을 추는 사람들…… 모든 사람이 정신의 허리띠를 풀고 마음껏 삶을 즐기고 있었다. 부자도 가난뱅이도 모두 자유로워 보였고, 병든 이도 건강한 이도 모두 흥겨워 보였다. 우리도 덩달아 신명이 나서 노래를 부르면서 몸을 흔들어댔다. 언젠가 샌디에이고의 유람선 위에서 온 가족이 함께 디스코를 추던 일이 생각이 났다. 만삭이던 딸이 춤추던 모습이 기억에 새로운데, 그때 뱃속에 있던 아이가 벌써 초등학교 3학년이 되었다.

서쪽 출구 쪽으로 가니 러시아 젊은이들이 슬라브 민요를 연주하고 있었다. 현악기의 종류도 다양했고, 기교도 훌륭했다. 그들의 이국적인 멜로디를 듣고 있으니 큰아들 생각이 났다. 러시아어과를 나온 그 애는 내게 슬라브 민요를 자주 들려주었다. 음악도 좋고 연주자들도 귀여워서 오래 앉아 있고 싶었지만, 팁 줄 돈이 없는 걸 생각하고 끝날 무렵에 미리 자리를 떴다. 인파 속에서 양아치 하나가 쑥 나오더니 우리 가이드가 손에 들고 있는 점퍼를 낚아채려 한다. 디오니소스적인 세계에는 으레 그런 족속들이 끼어 있게 마련이라서 밤의 저잣거리에 소매치기가 있는 것은 놀랄 일이 아니다. 하지만 대낮의 왕궁 앞에서 날치기가 자행되는 건 그 나라의 수치다. 한국의 소매치기들도 관광객의 백은 건드리지 말아달라고 부탁하고 싶다. 88 서울 올림픽 때는 그들이 결의해서 올림픽 기간에는 소매치기를 하지 않은 일이 실지로 있었다. 지금이라고 불가능할 이유가 없다.

하지만 돌계단을 내려와 차 있는 곳이 가까워지자 우리는 모두 우울해졌다. 그 빈 차 속에 동생이 혼자 남아 있었기 때문이다. 몸이 불편해서 쉬겠다길래 음악을 틀어주고 우리만 갔지만, 어두운 주차 공간 안에서 그 애는 우리가 놀고 있을 동안 무엇을 생각하고 있었을까. 가슴이 저려왔다. 병복이 많아서 평생을 질병과 함께 사는 동안에 그 애가 터득한 낙천주의는 일종의 가면이었을지도 모른다. 남자처럼 호탕하게 웃으면서 태연하게 우리를 맞는 동생을 보면서, 도저히 웃을 수 없는 역경 속에서 웃고 사는 사람은 위인이구나, 하고 감탄했다.

우리 형제는 그 애가 쉬고 싶다고 하면 아무 데나 놓아두고 우리끼리 관광을 하는 버릇이 있다. 그게 그 애가 원하는 것이다. 근육무력증을 앓아서 걷다가 배터리가 나가는 수가 있기 때문에, 그 애는 무리를 하지 않는다. 그래서 쉬고 싶다고 할 때는 쉬게 하는 것이 그 애를 편하게 하는 길이면서, 우리에게도 편한 일임을 터득했던 것이다. 같이 꾸물거리느라고 관광을 제대로 못 하면, 우리는 그 애를 짐스럽게 느낄 것이고, 그 애는 미안해서 따라가겠다는 말을 안 하게 될 것이니, 같이 다니기를 서로 꺼리게 될 것이다. 그래서 쉬겠다면 아무 데나 놓고 가버리는 대신에 우리는 어디에나 동생을 데리고 다닌다. 그게 우리 나름의 사랑법이다. 가능하면 우리 중의 하나가 그 옆에 있어 주지만, 안 될 때는 혼자 두고 떠나도 서로 부담을 느끼지 않는다. 낙천주의자인 동생은 사원이나 성채의 마당에 앉아 오페라글라스를 들고 주변의 경관을 즐기면서, 혼자서도 좋은 시간을 보낼 줄 안다. 세고비아의 성관에서도 우리가 탑에 올라갔다 오니 그 애는 건물의 원경을 즐기면서 즐거운 시간을 보내고 있었다.

동생의 관광 표어는 '나 여기 왔다네'이다. 병치레를 많이 한 동생은 녹내장과 근육무력증, 암을 이겨내며 살아서, 가고 싶었던 땅을 디디는 것에 큰 기쁨을 느꼈고, 자기를 거기까지 데리고 온 언니들을 고마워한다. 때로는 때리는 것이 사랑일 수 있듯이 때로는 버리는 것이 사랑일 수도 있다. 그래서 우리는 서로가 부담 없이 함께 여행을 즐긴다. 하지만 밤에 혼자 두고 다녀본 것은 이번이 처음이다. 오늘 새삼스럽게 가슴이 아픈 것은 동생이 아무것도 즐길 수 없는 어둠 속에 혼자 버려져 있었다는 데 있다.

#

르노, 포드, 피아트

애초에 여행사가 우리에게 약속한 차는 벤츠 9인승이었다. 그런데 공항에는 르노 7인승이 나와 있었다. 사람이 적으니까 그런대로 참으려 했는데, 좌석이 좁아서 불편하다고 뚱뚱한 동생이 항의를 했다. 그래서 가이드가 다시 차를 알아보니 포드 9인승이 있다길래 바꾸느라고 한참 시간을 빼앗겼다. 하지만 바꾸기를 참 잘했다. 좌석이 넓은 데다가 여벌로 자리가 남아, 장거리를 달리면서 교대로 누워 쉬거나 잘 수 있었기 때문이다.

바르셀로나에서 마중 나온 차는 피아트 7인승이었다. 그런데 피아트에는 뒤쪽 짐칸을 가리는 검은 덮개가 달려 있었다. 대낮에 핸드캐리어 여섯 개를 몽땅 실어놓고 내려도 밖에서 보이지 않으니 신경을 쓸 필요가 없었다. 진작 피아트를 타고 다녔으면 백팩이나 핸드백을 들고 거리에 나설 필요가 없었을 테니 백치기도 당하지 않았을 것이다. 살림살이는 눈이 보배라더니 장사도 눈이 보배인 것 같다. 가리개를 추가하는 작은 아이디어 하나로 좁은 공간에서 오는 불편을 상감했기 때문이다. 귀국하면 한국 자동차 사장님들께 이건 꼭 알려드리고 싶다. 간단한 아이디어 하나로 이렇게 편할 수 있다면 누가 피아트를 사지 않겠는가?

#

게르니카와 아토차 역

　월요일(10월 11일)인데 대사관이 늦게야 문을 연대서 가까운 곳에 있는 국립 소피아 왕비 예술센터에 피카소의 〈게르니카〉를 보러 갔다. 왕실 컬렉션이 전시되어 있는 국립 소피아 왕비 예술센터는 호텔 근처에 있었다. 개관 시간 전이어서 그 앞거리를 언니와 한참 거닐다가 시간이 되자 얼른 입장을 했다. 종로타워 비슷한 양식의 이 건물은 18세기 후반에 사바티니가 설계한 것이라는데, 엘리베이터가 유리로 되어 있어 바깥 경치를 즐기며 올라갈 수 있었다.

　안에 들어가 처음 만난 것이 〈게르니카〉였다. 벽 한 면을 독차지하고 있는 〈게르니카〉는 처음 보는데도 전혀 낯설지 않다. 책에서 자주 보았고, 해설도 여러 번 들었기 때문에 생긴 기시감旣視感이다. 그런데도 그것을 본 감동을 잊을 수 없다. 질감과 색채의 뉘앙스에서 오는 실체감이 회화의 본질이라면 사진은 무엇과 같다고 할까? 돌 속의 미녀가 걸어서 나오는 갈라테이아와의 만남*이 여기에서도 이루어졌다.

1937년 4월 26일 바스크 지방의 작은 마을 게르니카에 프랑코군을 지원하기 위해 날아온 히틀러의 폭격기들이 폭탄을 쏟아부었다. 6천 명의 인구 중에서 6백 명 가까이 사망하고 1천5백 명이 부상당하는 융단폭격이었다. 이 끔찍한 참사를 알게 된 피카소는 파리 박람회를 위해 의뢰받은 그림을 〈게르니카〉로 바꾸어 그려 출품한다. 전세계에 그 만행을 고발하기 위해서다. 짐승과 사람들의 몸이 절단된 채 공중에서 뒤엉키는 아비규환의 지옥도……. 프랑코 정권이 들어서자 이 그림은 스페인에 돌아가지 못하고 외국에서 떠돌다가 그의 사후에야 귀국해서 피카소 탄생 100주년이 되던 날인 1981년 10월 15일에 일반에게 공개되었다. 조국에 민주정치가 부활하면 이 그림을 스페인에 보내라는 화가의 유언을 따른 것이다.

미로와 벨라스케스, 피카소의 다른 그림들도 감상하고 나와 길 건너에 있는 아토차 역으로 이동했다. 세고비아, 톨레도, 안달루시아 등과 연결되는 열차 편의 발착역인 아토차 역의 건물은 지붕이 딱정

---

* 머리말 참조.

아토차 역

벌레 등처럼 둥그스름했다. 지붕이 여러 번 꺾여 그런 형상이 된 것이다.

1층에 검표장이 있고, 아래층에는 금방 출고한 것같이 말쑥한 초고속 열차들이 즐비해 있었다. 운행한 지 얼마 되지 않아서인지 차체들이 말끔했고, 디자인이 모던했다. 제일 밑의 층에 식물원이 있었다. 건물의 가운데 부분이 지하에서 지붕까지 트인 구조라 어디에서나 식물원이 보였고, 그 공간의 넓이가 해방감을 안겨주었다.

네 층의 공간이 탁 트인 그 천장을 최하층에서 올려다보니, 우리 집 응접실 생각이 났다. 1974년 평창동에 집을 지을 때, 인테리어를 맡은 분이 공기의 면적이 넓어야 사람에게 좋다고 응접실 천장을 막지 않아서, 우리는 늘 툭 트인 공간 속에서 살아왔다. 하지만 겨울마다 추위에 떨어야 한다. 그 공간을 덥힐 재주가 없기 때문이다. 춥지 않은 나라의 춥지 않은 계절이라 그런지 아토차 역의 툭 트인 공간은 쾌적하게 느껴졌다. 지붕이 감싸 안는 스타일이어서 넓은데도 안정감을 주고 있었기 때문이다.

대사관은 도시의 변두리에 있었다. 미처 정리되지 않은 변두리 지역의 어수선한 건설 현장을 보면서 대사관에 가니, 회의 중이라 기다리란다. 다섯 명이 다 들어갈 수 없다고 해서 큰언니와 동생을 차 속에 남겨놓고 왔는데, 월요 회의가 오래 끌어서 한 시간을 기다렸다.

여권 번호를 알고 있었고 신분이 확실하니, 수속은 의외로 빨리 진행되어 두 시간 만에 임시 여권을 손에 쥐었다. 귀국할 때까지 쓸 수 있는 여권이다. 여별로 가지고 다니던 사진도 날치기 당한 백 속에 있어서, 밤에 길가에 있는 무인 사진기 앞에서 법석을 떨며 찍은 여권용 사진이 요상하게 나와서 쓴웃음을 짓던 일이 기억에 새롭다.

#

Aseo problem

우리 자매는 어머니를 닮아 모두 방광이 약한 데다가 늙기까지 한 여자가 넷이나 모였으니 가는 곳마다 화장실이 문제여서, 우리가 제일 먼저 배운 스페인어가 'aseo'였다. 스페인어로 화장실은 'baño' 'servicios' 'aseo' 등 여러 개가 있지만, 'aseo'가 가장 잘 통했다. 다행히도 스페인 사람들은 화장실 인심이 후했다. 어느 가게 앞에서나 'aseo' 하면 얼른 손을 들어 가리켜준다. 상인 문화의 전통이 있는 나라여서 상점 주인들은 손님이 화장실을 쓰면 미안해서 물건도 사게 된다는 것을 터득하고 있었던 것이다.

문제는 대사관처럼 상점이 아닌 곳의 'aseo problem'이다. 안에 있는 동안 나는 내내 큰언니의 화장실 문제가 걱정되어 조마조마했다.

그런데 나와보니 언니는 그 문제를 잘 처리하고 있었다. 요술 지팡이가 없어도 노파들은 누구나 요술쟁이가 되는 것일까? 어떤 소녀가 60이 지난 여자들을 '불가능이 없는 세대'라고 불렀다는 말이 생각난다. 아무 데서나 졸고, 아무 데서나 주저앉고, 아무 데서나 배설하는 것을 놀리는 말이다. 큰언니는 70이 지났으니 더욱 불가능이 없어질 수밖에 없다.

스페인의 화장실은 관광할 만한 가치가 있다. 안을 치장한 채색 타일이 개성적이어서 하나하나가 너무 아름답기 때문이다. 화려하면서도 정교한 채색 타일이 종류도 다양해서, 색채감각이 발달한 이슬람 문화권의 한 면을 보여준다. 화장실에 가려면 안뜰도 지나야 하는데, 스페인에서는 건물의 안뜰patio이 또 대단히 아름답다. 코르도바에는 집집마다 우리나라 중부지방의 ㅁ자 한옥처럼 네모난 작은 안뜰이 있는데, 제가끔 다르게, 그러면서 세련되게 채색 타일과 꽃을 장식하고 있었다. 상점의 안마당이 그렇게 깔끔하니 기분이 좋았다. 겨울이 춥지 않아 얼어 터지지 않아서일까. 건물 외벽의 타일들도 윤기가 흐르고, 손상된 것이 별로 없었다. 과달키비르강 근처의 마을에서는 여염집의 파티오들도 얼마나 아름다운지 지나가다 발을 멈추고 염치없이 들여다본 일이 여러 번 있다.

톨레도에서부터 채색 타일의 미학이 발휘되더니 안달루시아에서는 그 극치를 보여주었다. 무슬림 스페인의 문화적 정점을 이룩한 알 안달루스…… 피카소, 미로, 가우디 같은 색채의 마술사들이 이 지방에서 배출되는 이유를 알 것 같았다.

유대인 거리에서는 건물 창틀에 장식한 꽃을 구경하는 재미가 곁들여졌다. 체포하러 오는 차가 못 들어오게 하려고 일부러 좁게 만들었다는 유대인 거리의 골목에서, 우리가 탄 덩치 큰 9인승 밴은 진퇴양난에 빠지는 일이 많았다. 그 정체 상태가 우리에게 거리의 아름다운 집들을 감상할 기회를 넉넉히 주었다. 코르도바의 유대인 거리는 오렌지빛 스페인 기와에 벽은 흰색으로 통일되어 있어, 그 자체가 남국의 태양 아래에서 빛을 뿜고 있었다. 그런데다가 창틀마다 놓여 있는 붉은 꽃들이 레이스처럼 흰 벽을 치장해서, 오래된 도시의 침체된 분위기를 밝혀주는 역할을 하고 있었다.

이슬람 세계의 색채에 대한 탐욕은 황량한 무채색의 자연에 대한 반발이라고 누군가가 한 말이 생각난다. 이슬람 문화권은 대체로 불모지가 많아서 그들에게는 색채가 너무나 결핍되어 있는 것이다. 그래서 그들은 색채에 환장한다. 그들에게는 나무도 없고 풀도 없고, 시냇물도 없는 곳이 많다. 아랍인들은 나무나 풀도 예술을 통해 만들어내지 않으면 소유할 수 없는 불우한 사람들이어서, 그 결핍이 다른 나라에 없는 『아라비안나이트』 같은 훌륭한 작품을 만들어낸 원동력이라고 『25시』의 작가 게오르규는 보고 있다(『마호메트의 생애』).

색채의 경우도 마찬가지다. 그들은 색채를 소유할 수 없는 불모의 땅의 주민들이어서 어느 나라에도 없는 화려한 색채 문화를 만들어낼 수 있었다. 도자기와 금속과 가죽, 그리고 타일과 카펫 같은 실내장식품까지 극채색을 띤 것이 많아서 색채의 마술이 창출되고 있는 것이다. 사막의 황막한 땅과 하늘이 강력한 유일신을 낳는 모태이듯이, 무채색의 사막이 이슬람문화의 섬세한 채색 미술을 낳는 원천이 되고, 그 색채 문화의 정점에 있는 곳이 튀르키예인 것 같다. 그 나라에는 건물의 안과 밖이 모두 채색 타일로 덮여 있는 사원들이 있다. 주조색에 따라 블루 모스크, 그린 모스크 등으로 불리는 사원들이다. 하렘은 더 화려하다. 너무나 다양한 모양과 색채를 지닌 타일들이 벽과 천장과 창틀에 온통 넘쳐흘러서, 보는 이들이 감당하기 어렵게 만드는데, 거기에 카펫의 문양이 가세한다.

나는 그렇게 넘쳐흐르는 것은 좋아하지 않는다. 이란의 마한에 있다는 샤 니마툴라 왈리의 영묘처럼 건물 한복판의 돔만이 보석 같은 튀르크아즈빛 타일로 덮여 있는 그런 절제된 타일 공법이 좋다. 그 절제가 오히려 색채의 현란함을 환기시켜주기 때문이다. 코르도바의 여염집의 파티오나 창틀의 꽃들도 양이 적어서 빛을 발하는 경우라 할 수 있다. 부잣집 아이가 사치하지 않은 것이 미덕인 것은 그가 자제력을 가지고 있다는 증거라고 본 사람이 있다. 색채나 장식의 경우도 마찬가지다. 적정량에서 좀 줄인 듯한 그 분량이 절제의 미학을 낳는 요체가 아닐까. 세고비아 성의 흙벽에 양념처럼 박혀 있던 몇 장의 타일이 보석처럼 빛나던 생각이 난다.

# #
톨레도의 파라도르

서고트 왕국 시대와 펠리페 2세 시대에 걸쳐 두 번이나 스페인의 수도였던 톨레도는 로마처럼 세계에서 평방 마일당 유적이 가장 많은 도시라 한다. 도시 전체가 박물관인 셈이다. 스페인은 모든 면에서 다양성을 드러내는 나라인데, 그중에서도 톨레도는 '문화의 용광로'라는 말을 들을 정도로 다양성을 지니는 국제적인 도시다.

예전에 이 도시에서는 기독교와 유대교, 이슬람교의 세 종교가 사이좋게 공존했다. 세 문화가 융합하여 만들어낸 톨레도에는 고딕식 카테드랄 외에 무데하르 양식의 교회가 많았다. 창유리 대신에 창의 형상만 두 겹의 날씬한 아치로 벽에 파 넣은 산티아고 델 아라발 교회를 위시해서 여기저기에서 눈에 띄는 창이 없는 무데하르 양식의 건물들이 이색적이다. 비시고트에서 유래되었다는 말편자형 아치도 여기저기에서 나타나고, 높은 곳에만 작은 창문들이 가로로 나 있는 중후한 스타일의 시너고그도 눈에 띈다. 지금은 세파르디(스페인의 유대인) 박물관이 되어 있는 이곳의 시너고그는 스페인에 남아 있는 두 개의 시너고그 중의 하나라고 한다. 다른 하나는 코르도바에 있다. 이런 다양한 양식의 건물들이 잘 관리되어 문화의 용광로다운 면모를 지금도 과시하고 있다. 이 도시 근교에는 여러 시대에 걸쳐 세워진 다양한 양식의 고성들이 많다고 해서 천천히 둘러보면서 즐길 예정이었는데, 여권 수속을 하느라고 시간을 빼앗겨 그 계획이 수포로 돌아갔다.

톨레도에서 가장 아름다운 건물은 페르난도 3세가 짓기 시작해서 200년이 넘게 걸려 완성되었다는 카테드랄이다. 간결하고 엄숙하여 스토익한 인상을 주는 외부와는 달리, 안에는 금은보석으로 세공한 성체현시대가 있는 것으로 유명하며, 엘 그레코의 종교화 외에도 많은 명화를 가지고 있는 귀중한 문화의 보고다. 레콩키스타가 제일 먼저 이루어진(1085년) 고장답게, 내가 산 여행 안내서 표지에도 이 카테드랄이 나와 있었다.

프랑스 고딕 양식의 카테드랄은 지금도 스페인 가톨릭의 총본산이라고 한다. 가톨릭 국가의 총본산답게 그 규모는 커서, 이 나라에서 종교가 차지하는 비중의 크기를 과시하고 있다. 이사벨 여왕의 시대에는 이교도 정복과 분열됐던 나라를 하나로 묶는 일에 종교가 크게

톨레도 카테드랄

기여했다. 해가 지지 않는 일등 국가를 형성시킨 원동력 중의 하나가 가톨릭이었던 것이다. 하지만 전 세계가 근대화의 열기에 들뜨고, 기독교 개신 운동이 불길처럼 퍼지던 시기에 이사벨 1세는 종교재판을 오히려 강화하여 종교의 근대화에 역행했다. 유대인과 아랍인을 축출하고 구교를 사수함으로써 근대화 과정에서 밀려나, 이 나라는 조금씩 침체해갔다. 같은 가톨릭 국가라도 프랑스의 카트린 드 메디시스는 이사벨 1세와는 달리 신교도 인정하는 유연성을 보여서, 종교전쟁으로 나라가 기우는 파국은 면할 수 있었다. 절대종교가 독선에 빠지면 그 피해가 참 크다. 어느 세속적인 법률이 가톨릭의 이교도 처형처럼 가혹했으며, 바미안 석불을 폭파할 정도로 야만적이겠는가? 5만 명의 민간인이 들어 있는 무역 센터 건물을 폭파하는 일을 용납한다거나 이교도를 화형시키는 것을 칭찬할 신은 어디에도 없을 것이다.

톨레도는 카테드랄뿐 아니라 모든 건물이 지금도 중세 속에서 숨을 쉬고 있다. 엘 그레코(1614년 사망)가 그린 〈톨레도의 풍경〉과 지금의 풍경이 거의 차이가 나지 않을 정도로 옛 도시가 잘 보존되어 있는 것이다. 아름다운 건물들이 많고 거리도 잘 정비되어 왕년의 수도로서의 품위를 견지하고 있다. 톨레도의 중세는 암흑으로 비유되는 유럽의 중세와는 성격이 달랐다. 중세의 톨레도는 유럽에서 가장 수준 높은 문화를 창출해낸 빛나는 고장이다. 이곳의 번역학교를 통해서 고전 시대의 그리스 전적들이 속속 유럽에 전파되어 르네상스를 태동시키는 원동력이 되었으니, 당시의 톨레도는 세계 문화의 중심지였던 것이다.

이 고풍한 문화의 도시는 마드리드에서 남쪽으로 70킬로밖에 떨

톨레도 전경

어지지 않은 곳에 있다. 타호강이 삼면을 감싸고 있는 천혜의 지형을
이용하여 언덕 위에 세운 도시이기 때문에 앞에서 올려다보면 섬 같
다. 중세의 모든 성곽도시와 마찬가지로 톨레도도 규모가 크지 않다.
많은 비용을 들여 도시 전체에 성벽을 쌓아야 해서 중세의 도시들은
규모가 커지기 어려웠다. 안보 때문에 넓은 평원을 비워놓고 사람들
이 좁은 성안으로만 모여드니까 중세의 성곽도시들은 인구밀도가 높
아지면서 고층화되었고, 위층은 이웃 건물과 연결되는 경우가 많았

으며, 길이 좁았다. 건물들이 밀집해 있으니 현대 도시 못지않게 온 갖 공해에 시달렸다. 흑사병 같은 전염병이 돌면 걷잡을 수 없었던 이유가 거기에 있다.

알카사르는 마요르 광장 동쪽에 있었다. 세고비아의 성채처럼 알폰소 6세가 세운 요새가 시발점이 되었다는데, 16세기까지 지속적으로 증축되어 규모가 엄청나게 커진 사각형의 건물은 성이라기보다는 거대한 관청이나 학교 같아 보였다. 네 귀에 고깔모자 같은 첨탑이 달려 있긴 했지만 세고비아의 성처럼 아름답지는 않았다. 그 거창한 건물이 톨레도의 가장 높은 곳에 4층으로 솟아 있어 시야를 어지럽 힌다. 톨레도의 알카사르는 시민전쟁으로 크게 손상된 것을 최근에 다시 복원했다고 한다. 세고비아의 성과 톨레도의 알카사르가 모두 복원된 것이라 하니 옛 문화 애호에 대한 스페인 정부의 정성이 부럽다.

전통적인 스페인 농가 양식이라고 해서 꼭 보고 싶었던 엘 그레코의 집은 수리 중이어서, 그의 그림 한 장으로 유명해진 산토 토메 성당에 갔다. 그레코의 〈오르가스 백작의 매장〉 앞에는 사람들이 밀집해 있어 그 그림의 지명도를 입증해주었다. 그 장례식 장면 어느 부분에 작가 자신의 모습도 들어 있다고 가이드가 기염을 토하고 있었다. 이 교회의 종루에도 무데하르 양식이 나타나 있다. 무데하르 양식이야말로 스페인의 고유한 양식이라 할 수 있다.

세고비아에 비할 때 톨레도에서는 이슬람문화가 차지하는 비중이 훨씬 컸다. 400년 동안 회교도의 지배를 더 받았으니 당연한 일이라고 할 수 있다. 알칸타라 다리로 내려와 사진을 찍고 나니 오후 세 시, 코르도바를 향해 떠나야 할 시간이다. 타호강을 끼고 돌며 톨레도의 파노라마를 더 즐기고 나서, 로마의 트라야누스 황제 시대에 만들어졌다는 알칸타라 다리 근처에 내려 다시 한번 걸었다. 스페인 출신인 트라야누스 황제는, 속주 출신의 자격지심 때문인지 세비야 근처에 있는 고향 이탈리카에 경기장을 세운 것 외에는 스페인에 기념할 만한 건물을 남겨놓지 않았다. 하지만 다리나 도로는 신경 쓸 필요가 없었다. 전략상으로 꼭 필요해서 명분이 확실하기 때문이다. 누군가가 이 다리를 보고, 다리도 로마인이 만들면 이 정도가 된다는 칭찬을 했던 생각이 난다. 아마 시오노 나나미였던 것 같다. 타호강에 놓인 그 다리는 물론 후세에 개축한 것이지만, 두 개의 아치로 구성되어 날렵하고 아름다웠으며, 그 근처에서 보면 강도 아름다웠다.

나는 가이드에게 그 다리 아래쪽 맞은편 언덕 위에 있는 파라도르에 들렀다 가자고 졸랐다. 중후한 카스티야 가구로 장식된 파라도르의 테라스에서 차를 마시면서 우리는 한 시간이나 쉬었다. 거기에서는 톨레도의 전경이 환히 내려다보였다. 먼 데서 보니 성당과 성채가 너무 크다는 생각이 들었다. 기독교와 정치가 유착되어 있던 것은 서양 중세의 공통 특징이지만, 두 건물의 양식이 서로 달라서 스카이라인이 세고비아처럼 이쁘지 않았다.

뿐 아니다. 군데군데 드러난 공지들이 미웠다. 공지라면 잡초가 나야 하는 것이 우리의 상식인데, 이곳의 공지에는 풀이 나지 않는다. 바닥도 흙이 아니고 돌인데 석회암처럼 희지도 않고, 화강암처럼 풍상으로 모서리가 다듬어지지도 않아 날이 서고 뻣뻣하다. 적갈색 돌들이 날을 세우고 삐죽삐죽 솟아 있는 공지는 평화롭지 못하다. 세고비아도 마찬가지였다. 강에서 성으로 올라가는 야산이 카스티야의 불모성을 밉게 노출시키고 있었고, 성안의 공지들도 그와 유사했다. 잡초가 잘 나지 않는 땅에 태어난 나라의 업보다.

하지만 그런 황량한 부분은 보지 않기로 했다. 볼 것이 너무 많았기 때문이다. 중세풍의 파라도르에서 강 너머에 있는 한산한 옛 도시를 내려다보는 일은 우리를 흥분시켰다. 혹시 다시 오게 되면 그때는 여기에서 숙박하려고 전화번호가 적혀 있는 성냥을 챙겼다. 일본의 어떤 여행사의 스케줄을 보니 파라도르만 찾아다니며 숙박하는 프로그램이 들어 있었다. 우리나라라고 그런 것이 없으란 법은 없지 않은가.

내가 이 도시의 이름을 처음 배운 것은 메리메의 단편소설 「톨레도의 진주」에서였다. 여학교 3학년 때의 일이라 반세기가 되어서 이제는 내용도 가물가물하다. 우아하고 기품 있는 미인을 '톨레도의 진주'라고 불렀던 것만 어렴풋이 생각이 날 뿐이다. 그 후 20년 만에 나는 검은 공단에 금속의 꽃을 붙인 파티용 백을 통해서 톨레도와 재회했다. 스페인에 다녀온 남편이 사다 준 그 백은 세련되고 아름다웠다. 멋쟁이이신 강신재 선생님이 그 정교함에 탄성을 발하면서 이이령 선생의 안목을 칭찬하던 일이 엊그제 같은데, 선생님은 이미 고인이 되셨다. 그런데 그 백은 아직도 녹 하나 슬지 않은 채 내 방에 놓여 있어, 톨레도의 금속 다루는 기술의 탁월함을 입증해주고 있다.

검은 바탕에 금으로 세공하는 이런 공예품은 톨레도의 심벌과도 같아서, 지금도 거리의 기념품 가게들에 잔뜩 걸려 있다. 그것은 이 도시의 상징이 되어버려서 사람들은 그런 상품을 톨레다노toledano라고 부른다. 톨레다노는 가짓수가 엄청나게 많아서, 그중에는 벨라스케스의 성화를 재현한 것도 있다. 벨라스케스 탄생 300주년이라고 거리마다 광고가 나붙어 있더니, 성화까지 톨레다노로 만들어놓은 것이다. 작은언니는 칠순에 받은 부조로 그것을 샀다. 길이가 30센티 정도 되는 액자에 든 성화다. 언니는 늙어서 작은 집으로 이사 갈 때 그걸 내게 주었다. 이어령 선생 서재에 걸려 있는 톨레다노 성화가 그것이다.

#

라만차의 땅 무늬

돈키호테의 고장인 라만차 지방에서 안달루시아로 가는 코스에는 불모의 대지가 끝도 없이 펼쳐져 있었다. 사막은 아니지만 나무 하나 없는 불모의 대지다. 아랍어로 라만차는 '마른땅'이라는 뜻이라니 짐작할 만하다.

마른땅이라고 해서 지면이 그냥 평평한 것은 아니다. 붕긋하게 솟아 있는 지역이 있는가 하면 완만하게 가라앉는 지역도 있어, 미세한 기복이 파도처럼 계속되고 있었다. 땅이 춤을 추는 것이 아니라면 조물주가 땅을 가지고 설치미술을 하는 건지도 모르겠다. 그 지면에는 조각보 같은 구획이 가로세로로 불규칙하게 지어져 있다. 소유를 나타내는 표시인 것 같았다. 이따금 푸릇한 깃이 살짝 돋아 있는 곳이 있기도 하지만 황토빛인 부분이 많은데, 땅 조각 하나하나의 결의 뉘앙스가 조금씩 달랐다. 조각마다 같은 방향으로 줄무늬가 쳐져 있는데, 환기미술관 입구에 있는 수화樹話 선생의 선화線畵처럼 누군가가 마음먹고 그린 듯이 정교하게 같은 방향으로 금 그어져 있다. 땅의 결은 어느 부분은 가로이다가 어느 부분은 세로이고, 이따금 빗금이 되기도 하여, 조각보나 추상화 같은 특이한 아름다움을 자아내고 있었다.

그건 참 기이한 풍경이었고, 그래서 내가 이국에 와 있다는 사실이 실감되었다. 그 결이 아름다운 땅들은 발가벗은 맨살이었기 때문이다. 아무 데서나 잡초가 끝도 없이 왕성하게 돋아나 여름 내내 사람들을 괴롭히는 우리나라의 대지는, 설사 겨울의 황무지라 해도 하다못해 죽은 풀의 잔해라도 남아 있기 마련이니, 잘 다듬어진 맨살의 대지가 신기할 수밖에 없다.

사막이 아름다운 것처럼 그곳의 광활한 맨살의 대지도 아름다웠다. 그건 신의 작품이기 때문이다. 계절 탓인지는 몰라도 그 불모의 대지는 캘리포니아나 그리스의 산야처럼 황폐해 보이지는 않았다. 깨끗한 흙 위에 누군가가 취미 삼아 그린 줄무늬가 있는 것 같은 느낌이 든 이유가 거기에 있다. 어떤 일본 기자가 "라만차에는 그림자가 없다. 거기에는 식물이 없으니까"라는 말을 한 일이 있다. 그림자도 없는 그 발가벗은 대지의 문양과 밝음이 백일몽 속을 헤매 다니던 돈키호테 고장의 자연적 특성이었던 것이다.

예수님이 태어난 땅도 마호메트가 통치한 땅도 맨살이 많이 드러나는 고장이었다. 대지의 그 한계를 모르는 불모성이, 예수님의 국경을 초월하는 사랑이나 마호메트의 국경을 없애버리려는 칼질 같은 절대적인 파워를 형성하는 원천이 되었던 것 같다. 일신교는 모두 이런 황무한 지역에서 생겨났다. 자연의 황막함은 절대신을 창출하는 모태인 모양이다. 무한한 하늘과 무한한 모랫벌에 갇힌 인간에게 무언가 도움을 줄 수 있는 존재는, 그 자연보다 훨씬 더 강한 존재여야 하기 때문에, 불가능을 모르는 절대신이 필요해지는 것이리라. 절대신이 아니면 그 턱없이 광활하고 황량한 자연을 무슨 힘으로 다스려낼 수 있겠는가? 『25시』의 작가 게오르규는 『마호메트의 생애』에서 사막 사람들이 종교적이 되는 이유를 하늘과 땅, 그 두 개의 무한에 익숙해져 있어서, 또 하나의 무한(신)을 받아들이기 쉬운 것이라고 말하고 있다. 스페인이 종교적이 되는 이유도 저런 맨살의 대지 때문이 아닐까 싶다.

이런 건조한 지역에서는 올리브나무가 자라는 곳만 해도 이미 낙원이다. 올리브 열매나 기름은 영양도 좋고 미용에도 좋아 수익성이 높은 데다가, 사람들을 작열하는 햇빛으로부터 가려주는 그늘을 제공하기 때문이다. 포세이돈과 아테나 여신이 아테네의 수호신 자리를 놓고 경합을 할 때, 여신이 내세운 공약이 올리브나무였다. 아테네 시민들은 포세이돈의 삼지창 대신에 여신의 올리브를 택했다. 그것이, 파르테논이 아테나 신전이 되는 이유다. 오렌지나무가 자라는 곳은 그보다 더 윤택한 지역이다. 스페인에서는 오렌지가 귀해서 오랑제리가 소중히 여겨지고 있다. 사원 깊은 곳에 오랑제리가 있는 것은 그 때문인가보다. 오렌지가 너무 좋은 대접을 받아서, 스페인 말로 오렌지가 '나랑호naranjo'라는 것을 금세 배워버렸다.

물기가 적은 땅에 배정받은 사람들에게는 올리브나 오렌지나무가 있는 지역이 낙원일 수밖에 없다. 그래서 엽록소가 모자라는지 희끗희끗해서 이쁘지도 않은 올리브 잎은 '은빛으로 빛난다'는 찬사를 받고, 사람들은 가장 귀한 가치를 나타내는 그 잎으로 만든 올리브 관을 흠모한다. 오렌지나무는 더 말할 필요가 없다. 코르도바의 메스키타는 오랑제리가 자랑거리다. 그건 물기가 있는 풍요한 땅임을 입증하는 증거이기 때문이다. 그리스에서도 소나무가 있는 곳은 물기가 많은 곳이다. 올리브나무와 오렌지나무가 많은 미케네를 지나 에피다우로스에 다다르니 거기 소나무가 있었다.

하지만 올리브나무와 오렌지나무는 수종樹種이 모두 유실수여서, 나무로서의 미학에서는 소나무나 느티나무와 비견할 게 못 된다. 격이 떨어지는 것이다. 그래서 소나무가 자라는 지역에서는 정원에 유실수를 심지 않는다. 어쩌면 소나무가 자라는 지역이야말로 금수강산이라 불리울 자격이 있는 격이 높은 자연을 소유하는 것이 아닐까 하는 생각이 든다. 그리고 보니 그랜드 캐니언에도 소나무가 있었다. 슈가 파인처럼 키가 크고 잎이 많은 소나무였다. 로마의 유명한 브로콜리 모양의 소나무 가로수들, 그리고 이다산의 소나무로 만든 트로

이의 목마…… 트로이의 목마는 수천 년이 지난 뒤에도 다시 이다산의 소나무로 만들어진 것을 보면, 소아시아에도 소나무가 있는 지역은 많지 않은 모양이다. 가까운 일본에도 소나무는 많지 않다. 그래서 솔이 우거진 섬 마쓰시마松島가 유명하다.

솔은 그렇게 신령한 나무다. 그런데 우리나라의 섬들은 모두 마쓰시마다. 센다이의 마쓰시마처럼 파도에 시달려 돌부리가 파여 들어간 언덕 위의 소나무가 아니라, 조각한 듯 아름답게 다듬어진 화강암 산 사이에 돋아 있는 소나무다. 영종도에서 오는 그 바닷가의 송도들은 그 자체가 관광 포인트가 될 수 있다. 개발이라는 이름으로 그것들을 훼손할까봐 나는 이따금 두려움을 느낀다.

#

마른땅에서 듣는 물소리의 의미

물이 귀한 고장인 만큼 이 나라 사람들은 로마인들이 수도교만 놓아주어도 그들을 받아들일 마음이 생겼을 것 같다. 자기네 힘으로는 먼 산에서 눈 녹은 물을 끌어다 쓸 재주가 없는 사람들에게 수도교를 놓아주는 것은, 민심을 장악하는 첩경이었을 것이기 때문이다. 희랍의 철학자 중에는 물을 우주의 원질로 본 사람도 있다.[*] 그것이 우주의 원질이 아니더라도 물처럼 인간에게 긴요한 것이 어디에 또 있겠는가?

---

[*] 그리스의 철학자 탈레스.

스페인 사람들이 알람브라 궁전의 수로들을 왜 그다지도 자랑스럽게 생각하는지 이제는 알 것 같다. 사방에서 들려오는 물 흐르는 소리는 그들에게는 지복至福의 환幻이었을 것이기 때문이다. 분수의 교향악 같은 티볼리에 비하면, 별 볼일이 없는데도 알람브라 궁전의 수로와 분수들이 유난스럽게 찬양의 대상이 되는 이유는 그들의 대지의 메마름에 있다. 물 흐르는 소리를 그렇게 풍성하게 들으면서 쉴 수 있는 정원이 이 나라에는 많지 않을 것이기 때문이다. 불모의 사막에서 온 아프리카 사람들은 더 말할 필요가 없다. 그들은 강이 있고 나무가 있는 스페인에 와보니 그것만으로도 너무 흡족해서, 춥고 험한 북방 진출을 쉽게 포기했다는 것이다.

저녁 해가 비치기 시작하니 그 불모의 대지가 온통 황금 물을 입어 더 처절하게 아름다워졌다. 하지만 풍경의 변화가 너무 없으니까 심심해서 끄덕끄덕 조는 동안에 꿈결엔 듯 돈키호테의 풍차가 즐비하게 서 있는 캄포 데 크립타나 마을을 스쳐 지나갔고, 시에라모레나산맥은 아예 놓쳐버렸다. 언니 말에 의하면 산도 나오고 터널도 나오더라는데, 나는 그것을 못 보고 만 것이다. 잠이 들어 있는 시간은 죽은 시간과 같다는 것을 다시 한번 실감했다.

카스티야나 라만차의 자연은 대체로 이렇게 황폐하다고 한다. 그래서 어떤 여행기에 보니 "이런 불모의 땅을 탐내어 수도교니 극장이니 하는 것까지 세워주면서 그 땅을 차지하려고 노력한 로마 사람들을 이해하기 어렵다"라는 말이 나와 있었다. 어찌 스페인뿐이겠는

가. 나는 그랜드 캐니언을 보면서, 인간이 정복욕을 가지면 탐나지 않는 고장이 없는가보다는 생각을 했다. 그 불모의 캐니언 지대에 무엇이 있다고 '워치 타워' 같은 지명이 생겨났을까. 죽어라고 힘들여 세운 망루에서 저들은 대체 무엇을 지키고 있었을까? 엊그제도 〈티벳에서의 7년〉이라는 영화를 보면서 같은 생각을 했다. 중국같이 광활한 영토를 가진 나라가 무엇이 아쉬워서 불모의 산상 국가인 티베트를 침공하느라고 피를 흘리는 것일까. 이승에는 '바보 이반'이 설 자리가 없는가보다.

# #
우리들의 병든 기쁨조

최근 몇 년 동안 나는 목소리가 급격히 나빠졌다. 몇 해 전에 대형 강의실 마이크가 성능이 안 좋아서 무의식적으로 성량을 높인 결과인 것 같다. 목소리가 얼마나 허스키해졌는지 언젠가 누구 집에 전화를 걸자 아이가 받으면서 "엄마, 웬 할아버지야" 했다. 본래 나는 맑은 목소리를 가지고 있었다. 처음 취직한 여학교에서 학생들이 "음성이 맑은 걸 보니 강영숙 아나운서 동생인가보다"라고 수군거렸다고 한다. 소리를 과용해야 하는 문과 교수인 데다가 성대가 약한 것도 원인 중의 하나였을 것이다. 어쨌든 이제는 목소리가 완전히 망가져서 노래를 부를 수 없게 됐다. 그래서 라만차의 벌판에서 누군가에게 노래를 불러달라고 부탁할 수밖에 없었다.

큰언니는 원래 음성이 나빠서 사양했고, 작은언니도 노래할 기운이 없대서 동생이 기쁨조로 뽑혔다. 난치병을 고루 앓은 병객인 동생은, 목소리만은 여전히 맑고 고와서 우리가 듣고 싶어 하는 노래들을 고루 불러주었다. 우리 형제가 모이면 부르는 노래는 당연하게도 모두 흘러간 옛 노래지만, 레퍼토리는 다양하다. 선생이 여럿이기 때문이다.

우선 어머니에게서 배운 찬송가와 동요가 있다. 의식이 있던 마지막 날에 어머니가 요청한 찬송가는 '나 어느 곳에 있든지 늘 맘이 편하다'라는 것이었다. 그래서 우리는 지금도 어머니 산소에 가면 그 노래를 부른다. 어머니가 어느 곳에 있던지 늘 마음이 편하고, 주 예수 주신 평안함이 충만해 있기만 하다면야 그 모습을 보지 못한들 어떠랴 싶어서, 우리 마음도 편안해지기 때문이다.

그다음은 좀 더 슬픈 찬송가다. 예수님의 수난을 노래한 것인데 "주님 가신 자리마다 더운 눈물 붉은 피가 가득가득 고였구나"라는 대목이 있다. 어머니가 혼수상태에 빠졌을 때 우리는 '주님' 대신에 '엄마'라는 말을 대입해서 아픈 눈물을 흘리며 이 노래를 불렀다.

오동나무 빗바람에 잎 떠난 이 밤
그리웁던 세 동무가 모였습니다.
이 밤이 새이고 날이 밝으면
세 동무도 흩어져서 멀리 갑니다.

이 노래도 어머니에게서 배운 것이다. 엄마에게서 배운 노래에는 〈오빠 생각〉도 있다. 그다음은 자장가. 어머니나 할머니가 부르는 자장가에는 음의 고저가 없다.

멍멍개야 짖지 말고 꼬꼬닭아 우지 마라. 우리 아기 잘도 잔다. 자장 자장 워리 자장.

그 자장가는 너무 심심해서 듣고 있으면 잠이 쉽게 왔다. 어머니가 자주 들려준 축음기의 애창곡은 "어머님! 어머님! 기체후 일향망강 하옵나이까아아아" 하는 슬픈 곡이었다.

아버지에게서 배운 노래는 그보다 밝아서 "도쿄 무스메노 하츠고 이와 모에테 호노카나 샨데리야"라는 일본 노래였다. 그 노래의 2절은 "한양 아가씨의, 한양 아가씨의 푸른 사랑은 어여삐 무르녹은 샨데리야"라는 한국어 버전으로 되어 있었다. 독립운동가였던 아버지는 어느 날 우리에게 느닷없이 '독립군의 노래'도 가르쳐주셨다.

이곳은 우리 땅 아니것만 무엇을 찾아서 나 여기 왔나?
조선의 거름 될 이내 독립군 설 땅이 없어도 희망 있겠네.

동생은 놀랍게도 그 노래를 3절까지 다 외우고 있었다. 어느 광복절 날 KBS에서 그 노래를 방송하면서 2, 3절의 가사가 없어졌으니

아는 사람이 있으면 방송국에 연락해달라는 말을 했다고 한다. 그런데 자기는 끝까지 다 안다고, 동생은 신이 나서 그 노래를 3절까지 다 불렀다. 하지만 일제시대에는 금지곡이어서 우리가 그 노래를 부르면 어머니는 질색을 하셨다.

그다음은 언니들에게서 배운 일본 노래들…… 언니들에게서 배운 노래는 가짓수가 참 많다. "뽀뽀뽀, 하도 뽀뽀" 하는 동요에서 시작해서 대정기의 "가고노 도리(조롱에 든 새)" 같은 구식 연가가 있고, 큰언니가 첫날밤에 불렀다는 "열아홉 살 가슴에 꽃이 핍니다" 같은 것도 있었으며, 부를 때마다 분노를 금할 수 없는 일본 군가도 있다. 강제로 끌려간 처녀들의 노래인데 가사가 가증스럽다.

이키시 테이신(挺身) 와레랑가 호코리
아 고센죠노 아아 시슈우타이
(살아서 몸 바침은 우리들의 자랑 ─ 아아 고전장古戰場의 아아 자수刺繡 부대여)

그다음은 "츠키노 사바쿠(달밤의 사막)"와 "야마노 하토바노 가게니기데(산속 파지장波止場 그늘에 와서)" 같은 센티멘털한 노래다. 심지어 "요이마찌 구사노 야루세나사"처럼 거리의 여자의 애달픔을 노래한 것도 있었다.

"어린 동생들을 데리고 앉아 온갖 잡가를 다 가르쳤으니, 쯧! 쯧!"

하면서 동생은 언니들을 놀리고 나서 오빠에게서 배운 노래로 레퍼토리를 옮겨갔다.

오빠에게서 배운 것은 〈황성옛터〉와 일본 노래 〈코오죠오노 츠키(황성의 달)〉 같은 것이었다. 식민지와 지배 국가의 젊은이들이 다 같이 황성의 처절한 정서를 노래하기를 즐기는 것이, 어린 마음에 신기하게 와닿았던 생각이 난다. 윤심덕의 〈死의 찬미〉가 유행하던 시대의 산물인가보다. 〈황성의 달〉을 여선생이 안무해서 큰언니가 학예회 때 솔로로 춤을 춘 일이 있었다. 하얗고 긴 한복에 베일까지 씌어놓아서 갑자기 어른같이 커 보이던 6학년짜리 큰언니는, 1학년이었던 내게는 언제나 세상에서 제일 큰 여자로 보였다. 양쪽이 같이 커갔으니, 내게는 큰언니처럼 큰 여자가 다시 없었기 때문이다. 언니는 내가 날 때부터 언제나 나보다 아주 많이 컸고, 지금도 여전히 크다. 딸 다섯 중에서 제일 키가 큰 맏딸이기 때문이다.

오빠가 좋아한 노래에는 "아타미노 카이간 산뽀스루(〈이수일과 심순애〉의 일본어 노래)"라는 것도 있었다. 일본의 자본주의화 과정에서, 처음으로 돈 때문에 남자를 버리는 여자 이야기가 공공연하게 나오는 노래다. 하지만 과도기여서 남자를 버리는 구실이 구구하다. "당신을 양행을 시키기 위해"와 "부모의 가르침에 순종하여서"가 맞붙어 있다. 어느 쪽이 맞는지 아리송하다. 남자의 대사는 더 가관이다. 아직 결혼도 하지 않은 사이인데 "사랑하는 아내를 돈과 바꾸어 양행을 떠나갈 내가 아니"라고 기염을 토하기 때문이다. 오자키 코요尾

崎紅葉의『금색야차金色夜叉』를 노래로 만든 것이다. 초등학교 때 나는 '야차夜叉'라는 말의 뜻을 몰라서, 일본 말로 요마타夜又라고 읽으면서도 뭔지 몰라 고민을 많이 했다. 하지만 오빠의 십팔번은『금색야차』를 번안한 영화 〈이수일과 심순애〉를 함경도 사투리로 해설하는 변사의 대사를 흉내내는 것이었다. 오빠는 유흥이 있을 때마다 그것을 읊는 것을 좋아했다.

쇼 쇼 쇼죠지
쇼죠지노 니와와
쯴쯴 쯔키요다
민나 테테 코이코이코이

그런 경쾌한 노래도 오빠가 가르쳐준 것이고 "오늘도 기막혀라 늙으신 할아버지. 먼 산을 바라보며 아드님만 기다리네" 하는 구성진 노래도 오빠에게서 배웠다.

바이카 무스메와 오샤레 모노. 신메이 무스메와 바카마지메. 도토쿠 무스메와 오텐바모노. 다카라 후세이노 고노무 도코로.
(배화여고 아가씨는 멋쟁이들, 진명여고 아가씨는 골샌님, 동덕여고 아가씨는 왈가닥 처녀. 그래서 보성 애들 좋아한단다.)

이 노래는 오빠가 다니던 보성고교생들이 만든 사제私製 노래다. 해방 후에 군선群仙*중학 선생을 할 때, 오빠가 작사 작곡한 〈군선의 찬가〉도 우리 형제만이 아는 오빠의 애창곡 중 하나다.

거기에 초등학교에서 배운 일본 군가들과 동요, 중고등학교에서 배운 서양 가요들, 〈바위고개〉〈굳세어라 금순아〉 같은 피난 시절의 노래들. 〈빨간 마후라〉 같은 월남전 때의 군가들이 덧붙여지고, 5·16 때 유행하던 〈아모레 미오〉와 아이들이 유치원에서 배워온 노래 들…… 성인이 된 후에 배운 노래와 그 많은 찬송가까지 합치면 레 퍼토리는 무궁무진하다. 우리는 그 노래들의 힘을 빌려 저승에 간 가 족을 불러 모아서, 함께 안달루시아로 들어갈 수 있었다.

문제는 먼저 간 이들에 대한 그리움이 아니라 살아남은 이들에게 다가오는 이별이다. 우리의 뚱뚱한 기쁨조는 관광 도중에 아무 데서 나 "나 여기 있을게" 하고 주저앉는 상태이고, 나머지 사람들도 모두 파스를 여기저기 붙이고 다니는 처지여서, 모처럼 함께 여행하는 것이 끈적한 감회를 불러온다. 흘러가는 것은 노래만이 아니기 때문 이다.

---

* 함경남도 이원 다음 남쪽 고을.

#

학생들! 강 이름 알아맞혀보세요

가다가 쉬기 위해서 템블레케라는 곳에 있는 로만 마켓에 들렀다. 구조는 역시 사각형의 빈터를 건물로 둘러싼 형식이다. 옛 광장 터에 17세기에 다시 세웠다는 건물들은 나무로 지어져 있었다. 나무가 귀한 스페인에서는 처음으로 보는 목조건물이다. 광장은 규모가 작아서 아담했고, 4층짜리 문루의 선이 빼어나게 아름다웠다. 군더더기가 없이 간결하면서도 목조건물만의 섬세하고 기품 있는 따뜻함을 지니고 있어 친근감이 느껴졌다.

스페인뿐 아니라 이슬람 문화권에서는 나무가 귀하다. 그들은 나무 관에 들어가 묻힐 수 없고, 목제 가구를 쓸 수도 없다. 나무가 적기 때문이다. 그들이 돌이나 벽돌로 집을 지을 수밖에 없는 것은, 일본

템블레케의 로만 마켓

이나 한국이 나무로 집을 지을 수밖에 없는 것과 마찬가지로 지정학
적 숙명이다. 그 숙명 속에서 목공예 대신 직물이 발달하여, 현란하
면서도 섬세한 직물 문화가 생겨난다. 그것으로 휘장을 치기도 하고,

그 위에서 먹고 자는 카펫을 만들기도 하는 것은 이슬람 문화권의 공통 특징이다. 템블레케의 로만 마켓이 이목을 끄는 건 그 예외성 때문이다.

템블레케를 벗어나 얼마 가지 않으니, 올리브 밭이 연이어져 나타나는 과달키비르 강변의 풍요로운 대지가 나타났다. 지상에서 두세 뼘쯤 되는 지점에서 가지가 두 가닥으로 갈라진 채 나란히 뻗어 올라가는 올리브나무의 오묘한 자태를 이런 평지에서 이렇게 많이 보는 것은 처음이다. 그것도 잘 먹고 잘 자란 큰 나무들을 말이다. 수분이 풍성한 강변의 대지가 만들어낸 예술이다. 도시의 외곽 지대를 흐르는 강가에는 시멘트 제방이 없어서 물가까지 닿아 있는 풀밭들이 너무나 호사스러워 보였다. 아랍어로 큰 강이라는 뜻을 지녔다는 과달키비르강은, 그 이름에 걸맞게 수량도 풍부했다. 안달루시아의 넓은 평야를 고루고루 적셔주고도 남을 것 같은 도도한 물결이다.

오렌지와 올리브 숲 사이로 흐르는
과달키비르강.
눈雪에서 흘러내려 밀한테 가는
그라나다의 두 강.

아, 사랑
가고 돌아오지 않는!

과달키비르강

심홍색 수염을 갖고 있는
과달키비르강.
그라나다의 두 강,
하나는 피, 또 하나는 눈물의.

아, 사랑
허공으로 사라져버린!

(…)

오렌지꽃을 날라라, 올리브를 날라라,
안달루시아여, 너의 바다로.

아, 사랑
허공으로 사라져버린!

가르시아 로르카의 시 「세 강의 발라드」(정현종 역)의 일부다. 오렌지와 올리브로 상징화된 낙원의 이미지가 넘쳐흐른다. 언젠가 텔레비전에서 "심홍색 수염을 가졌다"는 이 강의 아름다움에 미쳐서, 은퇴한 후에 전 재산을 팔아 그 강가로 이사 간 일본 시인의 이야기를 본 일이 있다. 그 프로를 통하여 나는 이 강의 이름을 처음 들었다. 발음이 괴상해서 잘 외워지지 않으니까, 나는 형제들에게 강 이름을 여러 번 연습시켰다. 그러고는 심심할 때마다 "학생들…… 강 이름 한번 맞혀보세요" 하고 그들을 놀렸다.

이 강가에 안달루시아가 있다. 페니키아 상인들이 드나든 창구였다는 세비야도 이 강의 하구 근처에 있고, 알 안달루스의 빛나는 수도였던 코르도바도 이 강가에 있다. 톨레도 왕에게 원한을 가졌던 세우타Ceuta의 총독 훌리안Julian 백작이 아프리카 총독을 꼬셔서 스페인을 치게 할 때, 그에게 스페인을 묘사한 말이 '젖과 꿀이 흐르는 땅'이라는 것이었다고 한다. 사막에서 건너온 이슬람 군대는 유대인들의 도움을 받아 그 젖과 꿀이 흐르는 풍요한 대지를 쉽사리 점령했고, 그들은 이 고장을 '알 안달루스'라 불렀다. 아랍인들은 이 고장에 홀딱 반해서 더 이상 북으로 올라갈 마음이 생기지 않았다.

기후는 시리아처럼 온화하고, 토지는 예멘처럼 비옥하고, 꽃과 향료는 인도처럼 풍부하고, 귀금속은 중국처럼 넘쳐흐르며, 해안은 에이든처럼 배가 정박하기가 편리한 알 안달루스.[*]

이곳은 그들에게 낙원이었던 것이다. "비둘기가 그 목걸이를 빌려준 나라, 공작이 그 날개옷을 입혀준 나라, 강에는 포도주가 넘쳐흐르고 집집마다 술잔을 내밀고 있네"라고 노래한 사람도 있다니까[**] 그들이 이곳에 얼마나 홀려 있었는지 짐작할 만하다.

이슬람교도들은 711년에 이곳에 들어와, 콜럼버스가 미 대륙을 발견한 1492년까지 8세기간을 스페인을 통치하면서, 무슬림 스페인의 독특한 문화를 만들어냈다. 그 이전에는 특기할 만한 문화가 없었으므로 스페인의 특징은 이슬람문화와의 결합에서 생성되는 것이다.

---

[*] 알 안달루스에 대한 평: 『대세계의 역사』, 삼성출판사, 4권, p.278 참조.

[**] 위와 같음.

그중에서도 안달루시아가 특히 스페인적이었다. 마지막까지 무슬림이 남아 있었던 지역이기 때문이다. 스페인 문화는 유럽이 암흑시대일 때 스페인에서 호화롭게 개화했다. 그때 코르도바의 도서관에는 40만 권의 장서가 소장되어 있었다. 아랍인들이 가져온 그리스 로마의 전적들이 스페인에서 라틴어로 번역되어 유럽 근대화의 자양이 된다. 본국에서 망명한 애꾸눈 왕자가 세운 서방의 칼리프 왕조는 본국의 우마이야 왕조보다 두 배나 길게 존속한다.* 그러면서 유럽과 본국을 모두 능가하는 수준 높은 문명을 만들어냈다. 그것은 너무나 경이적이어서 사람들은 이 나라를 "잘못된 궤도 위에서 빛을 발하는 태양"에 비유했고 "서쪽에서 뜨는 해"라고 말하기도 했다. 알 안달루스는 무슬림 스페인 문화의 절정을 의미했고, 그 무대가 된 것이 이 묘한 이름을 가진 강가인 것이다.

기원전 그 옛날에 페니키아 상인들이 들어오는 창구였던 과달키비르강, 19세기까지도 하구에 상어들이 들어와 알을 낳아서 세비야에 캐비아 공장이 즐비했다던 과달키비르 강가에는, 남포등의 호야처럼 생긴 풍성한 꽃이 피는 푸짐한 스페인 갈대가 군데군데 무더기로 무리 져 있었다. 그것은 〈라 돈나 에 모빌레〉를 연상시키는 하느적거리는 갈대가 아니다. 인디오 중년 여자의 얼굴처럼 너무 풍성해서 갈대

---

* 본국: 661~750, 스페인: 756~1031.

라는 말에서 풍겨오는 섬세한 느낌이 삭감된다. 소나무도 한국 것이 아름답지만 갈대도 한국 것이 더 아름답고 운치가 있다는 것을 알게 되었다. 하지만 강은 그쪽이 더 아름다웠다. 제방이 없어서 물이 마음대로 흐르고 있는 과달키비르강은, 인도의 야무나강처럼 무언가 엄청난 부피의 생명력을 가득 저장하고 있는 것 같은 풍성한 느낌을 주고 있다. 지모신의 젖가슴처럼 풍요로운 과달키비르강은, 아직도 중세가 그대로 살아 있는 것 같은 코르도바와 세비야 인근을 느긋하게 적셔주고 있는 것이다.

그날 밤 우리는 안두하르의 '드 발' 호텔에 묵었다. 관광 시즌이 막 지난 데다가 코르도바에서 먼 탓인지 별 네 개짜리 호텔이 차례에 와서 푹 쉴 수 있었다. 어두우면 밖에 나가지 못하는 동생을 내가 동무해주기로 하고 언니들을 아래층에 내려 보냈다. 가보니 마침 결혼식이 열리고 있더란다. 무용 선생이었던 작은언니는 신랑과 춤까지 추고 와서 축제장에 온 신데렐라처럼 신이 나 있었다. 언니 부부는 한국인으로서는 보기 드물게 사교춤을 즐겨 추는 커플이었다. 그들은 베스트 댄서이기도 해서, 춤을 추고 오면 두 분이 다 기분이 고조되어 행복해 보였다. 그런데 형부가 돌아가셔서 언니가 춤을 출 기회가 없는 것이 마음 아프던 시기여서, 모처럼 실컷 춤을 추고 온 언니를 보는 것이 즐거웠다. 서양의 결혼식에서 내가 제일 좋아 보이는 프로그램은 하객들이 모두 춤을 추면서 즐거워하는 장면이다. 앉아서 먹기만 하면서 신랑 신부 품평이나 하는 것보다는 그 편이 사람 사이도 돈독하게 만들고, 마음에 여유도 만들어줄 것 같았다.

그때만 해도 기력이 남아 작은언니와 밤마다 나가 산책하고 맥주도 마시고 오던 큰언니가, 6개월 후에 일본에 갔을 때는 기운이 없어 허덕거리기 시작하는 것을 보았다. 늙음은 서서히 오는 것이 아니다. 디디고 선 지층이 꺼지듯이 어느 날 갑자기 푹 가라앉는 것이다. 그러고는 소강상태가 한참 지속되다가 잊을 만하면 신은 다시 우리의 뒤통수를 때려, 인간이 죽음을 향해 질주해가는, 반드시 죽는 자mortal임을 일깨워준다. 큰언니를 보면 우리의 미래가 보인다. 이쁘지 않은 미래도가 선명하게 모습을 드러내는 것이다.

#

고도방과 메스키타

왕년에 댄디 보이였던 작은형부는, 자기가 옛날에 얼마나 멋쟁이였는지를 증명할 때 쓰는 몇 가지 명사가 있다. 그중의 하나가 '고도방'이다. 형부는 자신이 최고 명품인 코르도바산 '고도방' 제품을 애용했다는 것을 자랑으로 생각했다. 고도방은 코르도바에서 만든 가죽 제품을 의미한다. 코르도바는 가죽 제품이 유명한 고장이다. 일본에서 '고도방'이라 불리던 가죽 제품의 명성 때문에 도시 이름까지코르도바가 되었다고 한다. 톨레도를 대표하는 것이 검은 바탕에 금속으로 세공한 톨레다노였다면, 코르도바는 고도방이라는 상품으로대표되는 고장이라 할 수 있다.

도심 근처에 오니 과달키비르강도 별 수 없는지 튼튼한 제방으로

칼라오라 탑과 로마교

선을 두르고 있었다. 그 너머로 코르도바 시내를 바라보면서 달리다
가 로마인이 만든 다리 어귀에 있는 칼라오라Calahorra 탑으로 들어갔
다. 이슬람 시대의 요새인데, 지금은 역사박물관이 되어 있었다. 이
탑의 내부도 세고비아 성의 것처럼 나선형의 경사로로 되어 있었다.
기사들이 말을 타고 올라가게 하기 위함이다. 꼭대기에 올라가서 적
갈색 돌벽 사이에 나 있는 좁고 긴 창으로 코르도바의 동서남북을 두
루 감상했다.

비가 조금씩 내리는 날이었지만 차를 먼저 보내고 걸어서 로마교를 건넜다. 아치형 돌다리인데 교각마다 양쪽에 실팍한 부벽扶壁이 덧붙여져 있다. 그건 로마 건축의 건실함을 실감하게 했지만, 너무 투박해서 이쁘지는 않았다. 그 다리 너머에 무슬림 안달루스의 영광을 구현한 유명한 메스키타가 보인다. 원래 고트족의 교회였던 것을 아브드 알라흐만 1세가 사들여서 시리아풍의 대사원을 짓기 시작했고, 그 후 세 차례나 증축되어 지금은 2만 5천 명을 수용할 수 있게 되었다는 이 매머드 건물은 175미터의 길이에 폭이 135미터나 되는 엄청난 크기를 가진 사각형이었다.

그런데 기독교가 끼어들어 건축미의 통일성을 망쳐놓았다. 카를로스 5세 때 사원의 중간 지붕을 떼어내고 그 부분을 카테드랄로 개조한 것이다. 성당의 첨탑이 거대한 회교 사원 위로 솟구쳐 있어 보기가 좋지 않았다. 오죽했으면 성직자들의 성화에 못 이겨 그 건물을 허가한 왕이 완성된 카테드랄을 보고 "너희들은 어디에나 있는 건물을 짓기 위해 어디에도 없는 독특한 건물을 훼손했구나" 하고 한탄했다는 말이 전해지겠는가?

종교와 종교와의 싸움은 가끔 이렇게 한 치의 양보도 없이 가혹해지는 경우가 있다. 그 극이 바미안 석불을 폭파한 탈레반의 만행이다. 하지만 베네치아의 산마르코 대성당처럼 벽화를 덧칠만 해버리면 외양에는 영향이 없을 수 있고, 이스탄불의 아야 소피아처럼 두 종교가 합쳐져서 더 아름다운 건물의 실루엣이 만들어지는 케이스도 있다. 두 개의 종교가 같은 건물을 다른 종교의 성당으로 사용해도 지장이 없었다. 무슬림이 세운 미너렛이 성당의 건축미를 개신하는 데 기여했기 때문에 이질감이 느껴지지 않는 것이다.

카를로스 5세가 메스키타 안에 세운 카테드랄은 그렇지 않다. 기존 건물을 해치고 압도하는 구도이기 때문이다. 알람브라 궁전의 경우도 마찬가지다. 카를로스 5세의 건물들은 기존 건물의 희귀한 건축미학을 훼손하는 일이 많다. 끼어든 새 양식이 너무 이질적이어서 건물 전체의 통일미가 망가지는 것이다. 알람브라 궁전의 경우는 아랍식 건물의 섬세함을 카를로스의 완강한 직선들이 뭉개놓았다. 카를로스 5세의 카테드랄도 비슷한 역할을 하고 있었다. 아라비아 의상에 영국식 산고모를 쓴 것 같은 사원의 외양에서, 두 종교가 한 건물 안에서 싸운 모양이 밉게 노출된다.

하지만 코르도바를 대표하는 건물은, 지금도 메스키타라는 사실이 톨레도와 다르다. 성직자들의 독선은 메스키타의 한쪽에 카테드랄의 높은 첨탑을 첨가하는 데서 끝이 났다. 이 세계적인 이슬람 사원은 아직도 건재해서 톨레도보다 200년 더 아랍의 지배를 받은 코르도바 무슬림 문화층의 두께를 입증하고 있다. 메스키타의 방대함은 개신교 교회의 매머드화와 비슷한 성격을 지닌다. 그곳이 종교 이외의 기능을 수행하는 장소라는 점도 흡사하다. 종교의 세속화는 천 년 전에도 역시 존재했던 것이다.

코르도바의 메스키타는 아랍형 모스크여서 안으로 들어가면 기둥

코르도바 메스키타

이 즐비하다. 2만 5천 명을 수용하는 엄청난 공간에, 밑으로 갈수록 날씬해지는 아랍식 기둥이 가득 차 있다. 그 많은 기둥들이 모두 세로로 적색과 백색이 교차 배열되는 홍예석虹蜺石의 이중 아치를 이고 있는 광경은 장관이다. 도벨라르 양식이라 불리는 이 적백 교차 배열의 디자인을 가진 아치는 종류가 다양하다. 몇 개의 작은 아치가 모여서 하나의 큰 아치를 이루는 다엽식多葉式도 있고, 두 개 혹은 세 개씩 짝을 짓는 것, 당초무늬가 장식된 백색 돌과 밋밋한 적벽돌이 교차되는 것, 민짜 돌과 적벽돌이 교차 배열되는 것 등 가짓수가 많다. 메스키타의 중앙부는 마지막 유형으로 채워져 있다. 적백의 극단적인 대비 때문에 장식이 없는 편이 덜 복잡해서 보기 좋았다.

아치들은 말발굽 모양으로 통일되어 있는 대신에 이중으로 되어 있어 플라멩코 의상을 입고 군무를 추는 여자들의 그림을 뒤집어 세운 것 같은 느낌이 들었다. 도벨라르 양식의 아치들이 매스게임을 하듯이 같은 형상으로 끝도 없이 정렬되어 있는 광경은 보는 이들을 압도한다. 그것은 상상을 초월하는 희한한 집합이다. 거기에는 무한성과 반복성을 특징으로 하는 메스키타의 특성이 들어 있다. 이 엄청난 아치군은 높이 9.3미터의 천장을 지탱하는 받침대 기능을 하고 있다. 그것은 세계에 유례가 없는 독자성을 확보하고 있어, 앞으로도 오래오래 관광객을 유혹할 것 같다.

도벨라르 양식을 채택한 아치들은 내 취향에는 맞지 않았다. 화려하기는 하지만 품위가 감소되기 때문에 알람브라 궁전의 사자의 뜰 같은 절제된 완성미를 기대하기 어려웠다. 사원보다는 유원지에 어울릴 것 같은 양식이었던 것이다. 하지만 그 요란한 기둥 밑 대리석 바닥에 엎드리는 신도들의 자세는 검소하고 경건했을 것이다. 사제가 없는 종교인 이슬람교는 신자 하나하나가 신과 직접 대화를 해야해서 기도하는 자세가 아주 경건하다. 신과 직접 대화하는 사람들이 지니는 진지성이다.

알카사르는 겉만 보고 지나쳤다. 같은 종류 중에서 가장 대표적인 건물만 보도록 일정이 짜여 있어서 세고비아에서는 알카사르를, 톨레도에서는 카테드랄을 보고, 코르도바에서는 메스키타만 보게 되어 있었던 것이다. 그 대신 이곳에서는 유대인 거리를 많이 돌아다녔다. 붉은 기와를 인 하얀 건물들이 삽박하고, 정갈한 거리에 창마다 레이스처럼 장식되어 있는 붉은 제라늄이 아름다워서 우리는 그 미로 같은 골목에서 식사도 하고 쇼핑도 하면서 시간을 보냈다. 길이 좁고 주차 시설이 미비하여 메스키타 앞에서 한 시간 후에 만나기로 하고 차를 보내버렸기 때문에 시간이 넉넉했다.

# #
세비야의 이발사와 카르멘

코르도바와 세비야는 모두 문학을 통해 유명해진 고장들이다. 「세비야의 이발사」와 『카르멘』의 무대이기 때문이다. 코르도바의 투우장은 카르멘의 새 애인이 투우를 하던 곳이고, 로마교는 이 소설의 화자가 카르멘을 처음 만나는 장소다. 어느 저녁때에 호세가 강변의 난간에 기대어 담배를 피우고 있는데, 물가에 있는 사다리에서 재스민꽃을 머리에 꽂은 자그마한 집시 여자가 나타나는 것이 그 소설의 서두다.

세비야에는 호세가 보초를 서고 카르멘이 직공으로 일했던 담배공장도 있다. 높은 벽돌담이 쳐져 있는 당당한 바로크 건물이다. 당시에 직공이 수백 명이었다는 건물답게 규모도 컸고 관리도 잘 되어 말끔했다. 담배 공장을 하기에는 과람하다 싶었는데, 지금은 세비야 대학의 법대 건물이 되어 있다 하니 올바른 주인을 만난 셈이다.

우리는 세비야에서 건물 안에 들어가는 관광은 거의 하지 않았다. 다양한 건물들이 즐비한데, 안에까지 들어갈 가치를 지닌 유명한 건물은 없다는 이야기다. 짧은 여정일 때 여행사는 한 도시에서 그 나라를 대표하는 건축물을 골라 한 곳만 내부까지 구경하는 식으로 스케줄을 짜는 것 같은데, 세비야에는 메스키타처럼 개성이 특출한 인테리어를 가진 건물이 없는 모양이다.

그 대신 구시가지를 천천히 오래 드라이브했다. 고딕, 무데하르, 바로크, 플라테레스코 등 여러 양식의 오래된 건물들이 섞여 있었다. 규모가 클 뿐 아니라 아주 잘 보존되어 있어서 외관이 깔끔했다. 길도 넓고 포장 상태도 양호해서 드라이브하기에 좋았다. 세비야는 코르도바보다 몇 세기 늦게 수도가 된 곳이어서 건물들의 나이가 적은 대신에 크고 말끔했고 길도 넓었다. 코르도바의 좁은 길에 시달려 온 우리는, 중세의 도시 속에 있는 넓은 길을 마음껏 즐겼다.

히랄다 탑은 도시 어느 곳에서나 보이는 높은 탑이다. 탑의 높이가 100미터 가까이 되기 때문이다. 이 탑은 12세기에 회교도들에 의해 세워진 것인데, 플라테레스코 양식의 종루는 16세기에 덧붙여졌다 한다. 꼭대기에 세워져 있는 상像이 바람을 맞으면 회전해서 탑 이름이 히랄다Giralda(바람개비)가 되었다 한다. 안은 역시 계단이 아니라 나선형 비탈로 되어 있어, 옛날에는 왕도 말을 타고 오르내렸다고 한다.

과달키비르 강가에는 황금 탑도 있다. 이 탑은 우람한 탑신 위에 어울리지 않게 날씬한 종루가 덧붙여져 있다. 십이면으로 각이 진 탑신이 너무 우람한데 종루 부분이 갑자기 좁아져서, 하마의 몸집에 뱀머리 같은 것이 얹혀 있는 형상이라 비율이 맞지 않았다. 옛날에는 금빛의 도자 기와가 덮여 있었다 하니 지금보다는 좀 나았을까?

히랄다 탑 뒤쪽에 높이 솟은 것이 세계에서 세 번째로 크다는 카테드랄의 첨탑이다. 톨레도나 코르도바의 카테드랄보다 규모가 훨씬 크다. 세비야의 구시가지는 톨레도처럼 산등성이가 아니라 평지였고 건물들의 높이가 균등한데, 돌연할 정도로 큰 첨탑이 껑충 솟아 다른 건물들과 조화가 되지 않았다.

프랑스에 갈 거니까 여기에서 고딕 성당 안을 볼 필요가 없어서 내부 관광을 생략했다고 가이드가 말한다. 그건 납득하겠는데 알카사르는 왜 안 보느냐고 물었더니, 알람브라 궁전과 비슷한 양식인데, 미적 완성도는 그보다 떨어져서 안 봐도 무방하다고 한다. 그 말이 맞는 것 같다. 사진을 통해서 본 알카사르의 내부는 알람브라 궁전과 유사한 점이 많았다. 벽면을 메꾼 알라베스타의 무늬판, 말발굽형 아치, 날씬한 기둥. 하지만 장식 과다였다. 아치도 강굴강굴한 반원이 수없이 많이 모인 요란스런 다엽식이 많았으며, 그 위를 장식한 도벨라르 양식도 너무 복잡해서 메스키타의 아치들이 지니는 단순형의 집합미에 못 미치는 것 같았다.

알카사르를 안 보여준 대신에 가이드는 우리를 1929년의 박람회

황금 탑

를 위해 복원해놓은 옛 양식의 건물들이 늘어선 스페인 광장 앞에 내
려놓았다. 스페인 광장 건너편에 마리아 루이사 공원이 있었다. 1893
년에 몽방시에 공작부인이 자기 궁전의 정원 절반을 시에 기증하면

서 생긴 공원이라 한다. 귀족이 세련된 안목으로 운치 있게 가꾸어놓은 다음 시에 기증해서 많은 사람이 그 결실을 즐기게 하는 건 바람직한 일인데, 우리나라는 귀족 문화도 제대로 발달하지 않아서 관광 자원이 너무 빈약하다.

분실한 여권을 다시 만드느라고 마드리드의 캄포 델 모로를 보지 못했기 때문에 마리아 루이사 공원은 보기로 했다. 우리가 스페인에서 처음으로 들어가보는 유명한 공원이다. 하지만 루아르 강가에 있는 빌랑드리 성의 정원이나 베르사유 궁전의 정원, 아니면 영국식 정원처럼 양식적인 특징이 두드러지는 정원은 아니어서 관광자원으로서의 값어치는 떨어져 보였다. 그러나 정원이 귀한 스페인에서 처음 만난 그 녹색의 드넓은 공간은 우리의 영혼에 안식을 가져다주었다. 나무들이 단풍이 들기 시작한 공원의 벤치에는 일상의 끈에서 풀려난 자유로운 시간이 가로놓여 있었고, 우리는 그것을 즐기며 마음껏 휴식을 취했다.

공원에서 산책을 하다가 큰길로 나오니 플라타너스 가로수가 장엄했다. 전신주를 방해한다고 성장을 억제받는 우리나라의 가로수와는 달리, 기죽을 펴고 하늘을 향해 자유롭게 발돋움한 플라타너스들은 우리 것보다 두 배나 키가 커서, 그런 거목들이 늘어서 있는 넓은 도로는 오래된 사원처럼 숭엄했다. 그 아름다움에 홀려서 우리는 마차를 타보기로 의견을 모았다. 스페인 광장 주변을 마차를 타고 돌면서 옛 건물들과 시원하게 뻗은 가로수 길을 마음껏 즐겼다. 10월 초라

마리아 루이사 공원에서의 마차 체험

키가 큰 플라타너스들은 풍성한 잎새들이 노랗게 물들기 시작해서,
너그러우면서도 풍요로워 보였다. 그것들은 내가 다니던 서울대 동
숭동 캠퍼스 앞길을 연상시켰다. 플라타너스의 거목들이 노랗게 물
들어가는 가로수 길을 그때는 동기였던 남편과 날마다 함께 걸었다.
할 말이 너무너무 많아서 종로5가까지의 두 정거장이 먼 줄을 몰랐
던 태평연월이다.

　나는 외국에 가면 쇼핑에 돈을 쓰지 않는 대신에 마차 타는 것을

좋아한다. 걸으면서 보는 것, 차를 타고 보는 것도 좋지만, 마차를 타고 보는 것을 가장 좋아한다. 마차의 속도와 높이가 관광 대상을 감상하는 데는 가장 적합해 보이기 때문이다. 로마에 갔을 때도 마차를 탔다. 남사스럽다고 꺼려하는 남편에게 떼를 써서 도돌도돌한 돌길을 마차를 타고 달리며, 팔라티노 언덕 근처의 유적들을 천천히 감상했다. 뉴욕의 센트럴 파크에서도 마차를 타겠다고 했더니 아들이 창피하다고 질색하던 일도 생각난다. 그전에 왔을 때 무역 센터에 가는 것을 촌스럽다고 말린 일이 있는 아들은, 내가 떠난 후 그 건물을 볼 때마다 가책을 느껴 혼났다면서, 이번에는 순순히 양보했다.

바람이 찬 겨울날이었는데 며느리가 머플러를 내주었다. 결국 우리 셋은 노래를 부르면서 센트럴 파크를 마차로 돌았다. 아는 사람이 없는 곳은 이렇게 자유로워서 좋다. 캘리포니아의 시카모어 근처에서는 형제들과 마차를 탔는데, 우리가 너무 신이 나서 행진곡을 불러대니까 마부도 덩달아 같이 노래를 불렀다. 하지만 제일 신났던 것은 룩소르에서 마차를 타고 나일강을 건넌 것이다.

내가 함경도 출신이니까 남편은 심심하면 내게 여진, 거란족의 피가 섞였을 거라며 놀리곤 했는데, 그 말이 맞는 것 같다. 우리는 본향이 진주지만, 조상들이 귀양 간 곳이 영달진이다. 만주와 붙어 있는 국경 지대였으니까 다음 세대에서 혼혈이 생겼을 가능성을 배제하기는 어렵다. 내게는 확실히 기마민족의 딸 같은 부분이 있기 때문이다. 여행을 좋아하는 것도 그중의 하나일 것이다. 어렸을 때는 말을 타고 달리며 사는 것이 꿈이었다. 그래서 60이 지나서도 마차만 타면 신명이 난다.

하지만 마차는 너무 비싸서 오래 탈 수가 없다. 게다가 말 구린내가 너무 심하다. 나는 언제나 마부 옆자리를 선호하는데, 말 구린내가 너무 고약해서 옛날의 귀족들도 별로 호사를 한 것은 아니구나 하는 생각을 한다. 아마 그들은 말을 매일 목욕을 시켜 타고 다녔을 것이다. 그렇다면 1분에 1불씩 받는 현대의 마부들도 말을 좀 더 청결하게 관리해야 되는 것이 아닐까.

#

플라멩코 춤

　호텔에 짐을 풀고 식사를 한 후 플라멩코 춤을 보기 위해 과달키비르강을 건너갔다. 플라멩코 춤은 세비야가 본고장이라고 해서 거기에서 보기로 스케줄을 짜놓은 것이다. 유명하다는 '엘 파티오 세비야노' 문 앞에 가니, 동생이 자기가 한턱내겠다며 입장료를 다 냈다. 1인당 100불이라고 했던 것 같다. 우리 동생은 그렇게 통이 커서 귀엽다.

　하지만 무용이 시작되자 이내 실망을 했다. 무용수 중의 대부분이 나이가 많았기 때문이다. 프릴이 층층이 달린 요란한 원색의 의상을 입은 것이 곱게 보이려면 무용수는 카르멘처럼 허리가 낭창거려야 하는데, 허리가 가는 여자가 적다. 남자 중에는 잭 니콜슨처럼 머리가 훌랑 까진 사람도 있었고, 아무래도 불혹의 나이를 지난 것 같은 남자가 둘이나 있었다. 플라멩코의 격렬한 리듬에 맞추어 춤을 추려면 버겁겠다는 생각을 했다. 하지만, 오래 숙성한 술이니 깊은 맛을 내겠지, 하고 기대를 걸어보기도 했다. 영혼의 밑바닥에서 우러나오는 것 같은 구성진 칸테와 플라멩코 춤의 리듬은, 언제 어디서 보아도 좋아서 나쁘지 않았다.

남녀 여섯 명씩 열두 명인 무용수 중에서 절반 정도는 춤을 잘 추었지만, 나머지는 기교가 썩 훌륭해 보이지 않았다. 하지만 예전에 코리아 하우스에서 보던 고전무용의 수준이 생각나서 참기로 했다. 국영 기관이니 예산 관계로 1급 무용수를 구하기가 어려웠는지 춤이 썩 좋지 않았던 것이다. 그러니 코리아 하우스보다 더 상업화된 곳에 와서 일류 무용수만 만나려 하는 건 어쩌면 망발일지도 모른다.

마드리드의 마요르 광장 한구석에서 혼자 기차게 춤을 추던 젊은 남자의 플라멩코 춤 생각이 났다. 아마추어일 텐데 그는 완전히 플라멩코 속에 몰입되어 있어 신이 오른 무당처럼 보는 사람을 경건하게 만들었다. 조명도 없는 곳에서 청바지에 헐렁한 셔츠를 입고 전신으로 격렬한 리듬을 만들어내던 외로운 무용수의 탁월한 춤 솜씨, 날씬한 몸매가 그리던 상큼한 실루엣…… 제물에 신이 나서 미친 듯이 춤을 추는 그런 무용을 다시 보고 싶었다.

1999년 10월 12일

# #
"나 여기 왔다네"

아침에 세비야를 떠나 남쪽으로 차를 몰았다. 지브롤터에 가기 위해서다. 닷새째가 되니 모두 지쳐 있어서 차의 빈칸에서 교대로 자면서 갔다. 한참 자다가 눈을 뜨고 보니 차가 산마루 근처에 가 있었다. 그 산 너머에 바다가 있단다. 동쪽으로 저만치에 있는 야산 마루에 바다를 향해 풍력발전기들이 한 줄로 세워져 있는 것이 보였다. 그것들은 팔이 세 개밖에 없어 좀 허전한 형상을 하고 있었지만, 나무도 없는 헐벗은 산꼭대기에 줄을 맞춰 늘어세우니 희한한 집합미가 생겨났다. 그 위에 펼쳐져 있는 하늘의 코발트빛 청정한 배경색과 매치되어, 마치 회색을 주조로 한 설치미술 같아서 신선하고 아름다웠다. 고개를 넘으니 지중해가 나타났다. 하늘을 반영하여 쪽빛으로 빛나는, 풍랑을 모르는 가을의 지중해가 드디어 눈앞에 나타난 것이다. 지브롤터는 바다로 난 그 길의 남쪽 끝에 있는 바위산에 있었다.

'지브랄탈(지브롤터)'이라는 지명은 교과서에 나오는 다른 지명보다 외우기 쉬웠다. 사내아이들이 쥐부랄이 탈을 쓴 곳이라고 신이 나서 낄낄거렸기 때문이다. 중학교 때도 같은 일이 되풀이되었다. 모든 지명을 희화화해서 재미있게 가르치던 역사 선생님 때문이다. 곰 같은 체구에 시커먼 입술을 가진 분이었는데, 애교가 있어서 연세가 많은데도 별명이 '구마짱(곰돌이의 일본어)'이었다. 그분은 능숙한 코미디언처럼 당신은 절대로 웃지 않으면서, 웃기는 이야기만 늘어놓으셨다. 에게해에는 섬이 없단다. 그래서 어느 날 하나님이 내려다보다가 "에게! 섬이 저것밖에 없네" 해서 그런 이름이 붙었고, 사르디니아(사르데냐)는 '사루(원숭이)'가 많아서 사르디니아가 되었고, 시실리는 이태리의 장화 끝에 '시리(궁둥이)'를 내밀고 있어 시실리가 되었으며, 옴마이야(우마이야, 엄마) 왕조가 생기니 그다음에는 아빠스(아바스, 아빠) 왕조가 나타난다는 식이다. 지브랄탈도 예외는 아니다. 쥐부랄만 한 바위산이 말썽이 하도 많아서 '탈' 자가 덧붙여졌다는 것이 선생의 주장이다. 거짓말이다. 이곳에 처음 상륙한 타리크라는 베르베르인 장군의 이름을 따서 붙여진 지명이기 때문이다. 원래는 칼페Calpē였는데, 아랍인들이 그곳을 타리크의 산Jabal Tariq이라 부른 것이 와전되어 지브롤터가 된 것이란다. 하지만 거짓말인 줄 알면서도 웃다보면 그냥 외워져서, 50년이 지나도 잊혀지지 않는다.

역사 선생님의 재미있는 교육법을 추억하고 있으려니까 가이드가 와서 갑자기 여권을 내놓으란다. 그 조그만 바위산이 영국령이어서 입국 수속을 해야 한다는 것이다. 역사 선생님 말씀대로 이곳은 참 탈도 많은 고장이다. 6세기간의 무어인의 지배를 거쳐 15세기에 스페인령이 되었다가, 18세기 초부터는 영국의 지배하에 들어갔다. 왕위 계승 전쟁에 참여한 영국이 지브롤터를 지분으로 챙겨간 후 돌려주지 않아서, 지금도 반환 문제로 두 나라가 실랑이를 벌이는 중이라고 한다.

지중해와 태평양 사이에 놓여 있는 이 작은 도시는 유럽의 남서쪽에 있는 마지막 땅이어서 아프리카 대륙이 바로 눈앞에 누워 있다. 그런 전략적 가치 때문에 지브롤터는 열강이 호시탐탐하는 곳이었고, 많은 전쟁을 치른 곳이기도 해서, 여기저기에 옛날의 대포들이 전시되어 있다. 경치가 특별히 아름다운 것도 아니니 관광객들은 결국 그 대포들을 구경하러 온 셈이다. 입국 수속까지 해가면서 말이다. 케이블카를 타고 바위산에 오르니 카페테리아가 있어서, 해협과 아프리카 대륙을 바라보며 차를 마실 수 있었다. 언니들이 세인트미카엘 동굴을 보러 가자는데 이번에는 내가 동생 곁에 남기로 했다. 큰언니가 가고 싶어 하는 눈치였기 때문이다.

동생은 자기가 지브롤터까지 올 수 있었다는 사실에 감격하고 있었다. 죽을 고비를 수없이 넘어온 그 애는, 자기가 살아서 유럽의 땅 끝에 있는 바위산에 올라와 있다는 사실이 그저 흐뭇해서, 혼자 두어도 충분히 즐거울 것 같았다. 하지만 나는 그 옆에 남았고, 다시 올 가망이 없는 유럽의 땅끝과 그 해협을 오래 바라보게 된 것을 행운으로 생각하기로 했다.

한 시간이나 있다가 돌아온 언니들은 그 동굴 안이, 콘서트가 열릴 정도로 크다는 것과 아프리카로 통하는 해저 통로의 전설이 있을 정도로 바닥을 알 수 없는 깊이를 가졌다는 것, 외적과 싸울 때 그곳은 완벽한 요새가 되지만, 안에 배신자가 있어서 전쟁에 졌다는 사실 등을 열심히 알려주었다. 외적을 막기 위해 아무리 견고한 요새를 만들어놓아도 안에서 문을 열어주는 자가 있으면 방호벽은 무용지물 된다는 것은 만고의 진리인 것 같다.

다시 출국 수속을 밟고 그 작은 곳을 빠져나오니 해협에 저녁노을이 장엄했다. 우리와 무관한 곳인데도 땅끝 마을은 왜 이렇게 사람의 마음을 설레게 만들까? 해남에 있는 땅끝土末 마을에서 친구들과 "바다야 어쩌란 말이냐?" 하는 유치환의 시구를 읊조리던 일을 생각하면서, 바다로 나 있는 잔교를 향해 한없이 걸어 나갔다. 그 바다 밖에 우리가 가본 일이 없는 아프리카 대륙이 놓여 있어서, 이 이쁠 것도 없는 바위산을 명소로 만드는가보다. 동생처럼 병약하지 않더라도 누구나 "나 여기 왔다네" 하고 외치고 싶어질 역사적 현장이다.

우리는 코스타 델 솔의 해변을 끼고 계속 동쪽을 향해 달리다가 토레몰리노스의 엘 피나르(소나무라는 뜻) 호텔에 숙박했다. 마침 세일을 하고 있었다. 스웨터를 도둑맞은 나는 해변에서 걸칠 빨간 스웨터를 50불에 사고, 언니들은 선물로 줄 부채들을 샀다. 오늘은 별로 걷지 않아서 기력이 남아 있어 관광객들이 모여 춤을 추는 홀에도 가보았다. 세계 각국에서 온 가지각색의 사람들이 사이좋게 손을 잡고 춤을 추고 있었다. 조물주가 내려다보면 흐뭇한 웃음을 웃을 평화로운 광경이다.

1999년 10월 13일

# #
코스타 델 솔과 말라가

"말라가는 환희의 고장이다"라고 여행 안내서에 씌어 있었다. 1년
내내 온화한 날씨에 지진도 없고 태풍도 모르는 축복받은 고장이란
다. 장마와 폭설의 피해와도 무관한 천혜의 땅⋯⋯ 파도가 없는 코발
트빛 바다와 씻은 듯이 구름 한 점 없는 청명한 하늘이 있고, 사탕수
수가 무럭무럭 자라는 비옥한 대지에 산까지 이웃에 있어 경치가 기
가 막힌다. 낙원의 여건을 고루 갖춘 곳이라 할 수 있다. 그래서 말라
게니아(말라가 사람)들은 명랑하고 친절하단다. 피카소가 나고 자란
곳은 이렇게 컬러풀하고 아름다운 고장이었다.

지중해의 그 빛을 뿜는 태양 아래에 새로 지은 별장촌이 산재해 있
었다. 품위 있는 스페인 기와를 인 하얀 집들이 즐비해 있는 풍경은

탄성을 지르게 인상적이었다. 제가끔 크기와 모양은 다른데도 벽의 색깔과 지붕이 통일되어 있어서 스페인만의 건축미학을 과시한다. 창틀에 올려놓은 붉은 제라늄이 그 청결한 백색 벽에 점묘화를 그린다. 백사장과 녹지와 별장들이 어우러진 코스타 델 솔의 드라이브웨이는 너무나 깔끔했고, 완벽했고, 아름다웠다.

하지만 내게는 그곳이 바다가 가장 아름다운 고장으로 각인되었다. 바다 미치광이인 나는 코스타 델 솔의 아름다운 바다를 평생 잊지 못할 것 같다. 바다빛과 하늘빛은 그리스의 그것과 다르지 않았지만, 육지가 그곳보다 풍요롭고 아름다워서 바다가 돋보였다. 가능하다면 죽기 전에 한여름만 여기에 와서 쉬다 갔으면 하는 열망이 생긴다. 하지만 그런 일은 생길 가망이 없고, 나는 잠시 스쳐가는 길손일 뿐. 이제 곧 스페인을 떠나서, 신이 내게 허락한 땅으로 돌아가야 한다. 장대비와 혹한이 교체되는 격렬한 내 나라로. 돌아갈 곳이 확실해서, 남의 나라의 아름다운 해변 길이 이렇게 편안한 건지도 모르겠다.

1999년 10월 14일

# #
알람브라 궁전 이야기

그라나다. 석류라는 뜻이다. 그 말대로 그라나다는 석류알 같은 도시다. 달빛이 스치면 "커다란 튀르키예석 구슬빛이 된다는 시에라네 바다산맥"(로르카) 자락에 있는 무어인의 도시, 그라나다는 무슬림 스페인의 예술이 마지막으로 무르익어 석류알처럼 빛과 향기를 발산하던 고장이다. 세계에서 가장 아름다운 도시라는 그라나다…… 그곳에 드디어 우리가 왔다. 가르시아 로르카가 고향 그라나다에 바친 노래 생각이 난다.

그 빛깔은 은색, 진한 초록빛
라 시에라, 달빛이 스치면

커다란 터키 구슬이 되지
실편백나무들이 잠 깨어
힘없는 떨림으로 향을 뿜으면
바람은 그라나다를 오르간으로 만들지
좁다란 길들은 음관이 되고
그라나다는 소리와 빛의 꿈이었다네.*

기독교인들에게 쫓겨 수도가 코르도바에서 세비야로 바뀌었다가 다시 그라나다로 옮겨가는 4세기 동안에, 무슬림 스페인의 판도는 나날이 줄어들었다. 하지만 그 비좁은 마지막 고장에서 나스르 왕조는 1230년부터 1492년까지 200년을 버텼고, 패배해서 떠날 때에도 알람브라 궁전이라는 보석 같은 건축물을 상처 없이 후세에 남겨놓았다. 기적 같은 일이다.

마지막 국왕 보압딜이 성문의 열쇠를 적에게 내주고 떠나면서, 그라나다를 지키지 못한 것을 한탄했다는 탄식의 벽이 시에라네바다 산자락 어디엔가 있다고 한다. 하지만 그는 패배한 것이 아니라고 할 수 있다. 그가 떠나고 500년이 지난 오늘도 그라나다는 옛 모습을 그대로 간직하여, 그가 남긴 문화적 유산을 만방에 과시하고 있기 때문

---

* 고종석, '이사벨 여왕에 관한 기사'에서 재인용.

이다. 알람브라 궁전을 지키기 위해 왕은 전투를 포기했다. 공격하는 측인 이사벨 여왕도 이 궁전의 아름다움을 훼손하지 않으려고 무력 사용을 자제하게 해서 전쟁이 지지부진했다는 것이 알람브라 궁전의 전설이다. 세상에는 바미안 석불을 폭파하는 인간들도 있는데, 이교도의 문화를 지키려고 노력한 이사벨 여왕은 얼마나 문화적인 정복자인가.

도심에 있는 아벤 휴메야Aben Humeya 호텔에 짐을 부리고 우리는 곧 거리에 나왔다. 제일 먼저 찾아간 곳이 도심 한복판에 있는 카테드랄이다. 이사벨 여왕 부부가 묻혀 있는 왕실 예배당도 그 근처에 있었다. 카스티야의 황량한 영토를 다스리던 여왕 이사벨은 수목이 우거지고 대지가 풍요로운 그라나다를 사랑했지만, 생존 시에는 많은 임무 때문에 카스티야를 떠나지 못하다가 죽어서야 이 땅의 주민이 된 것이다. 유럽 어느 나라에 비해도 손색이 없는 그녀 가족의 호화로운 왕실 묘지를 나는 전에 사진에서 본 일이 있다. 관 위에 죽은 이들의 모습이 너무 리얼하고 크게 부각되어 있어서 놀랐다. 인물의 자잘한 부조들이 4면에 베풀어져 있는 호화로운 2층의 대좌 위에 관이 놓여 있고, 관 위에 홀을 들고 왕관을 쓴 왕 둘이 누워 있었다. 그래서 꼭 보고 싶던 곳이다.

그런데 주차할 곳이 마땅치 않아서 무리를 하다가 충돌 사고가 발생했다. 두 차가 모두 찌그러져서 한참 실랑이를 하느라고 시간을 빼앗겼다. 언니들이 차 수리비 때문에 가이드의 수입이 줄까봐 걱정을 하자, 보험에 들어 문제없다고 그는 오히려 우리를 안심시키려 했다. 하지만 문제가 왜 없겠는가? 결국 차 세울 곳을 찾지 못해서 우리는 카테드랄의 내부를 보지 못하고 말았다. 당초무늬의 스페인식 그릴이 유명하다는 왕실 예배당도 보지 못했으며, 승자인 가톨릭 왕의 영광을 과시하기 위해 아낌없이 투자하여 세워졌을 크리스천 그라나다의 정수를 결국 모두 놓치고 만 것이다.

하지만 고딕 사원은 그라나다에만 있는 것이 아니라는 사실이 우리를 위로해주었다. 스페인의 기독교 사원들은 이탈리아나 프랑스의 영향 아래 세워졌기 때문에 스페인의 기독교 문화는 양식 면에서 두드러진 특징이 별로 없다. 무데하르 양식의 도입과 세밀한 장식 등이 변별 특징이 되기는 하는데, 그것은 알카사르나 궁전에서도 볼 수 있는 것이니 참을 만했다.

스페인의 문화적 매력은 유럽에서 유일하게 이슬람문화를 꽃피운 나라라는 점에 있다. 무슬림 스페인의 문화적 정수가 안달루시아에 있고, 그 정점이 알람브라 궁전이다. 스페인이 아니면 볼 수 없는 유니크한 예술이 거기 있는 것이다. 카를로스 5세의 말을 빌리자면 알람브라 궁전도 코르도바의 메스키타처럼 '유일무이한 건물' 중의 하나인데, 카테드랄은 마드리드의 왕궁처럼 유럽이면 '어디에나 있는 양식'의 변종에 불과하니 아쉬워하지 말기로 했다.

카테드랄을 포기한 우리는 알바이신을 향해 언덕을 올라갔다. 도중에 있는 성 니콜라스 전망대에서 보는 알람브라 궁전의 파노라마가 가장 아름답다고 해서, 거기에서 한참을 쉬면서 궁전의 이모저모를 멀리서 감상했다. 아랍인들이 모여 살던 지역인 알바이신 언덕에는 스페인 기와를 인 2, 3층 높이의 하얀 집들이 산비탈에 가득 차 있었다. 지배층이 살던 곳이라 집들은 모두 크고 칸살도 넉넉했다. 하지만 원래가 산기슭에 세운 성채 도시여서, 길이 석굴암 가는 길처럼 꼬불꼬불해 건물의 좌향이 조금씩 달라 지붕선이 고르지 않았다. 그래서 한 사람의 마스터플랜에 의해 평지에 새로 지어진 말라가의 휴양지처럼 일사불란한 통일된 아름다움은 없었다. 하지만 하얀 집들은 잘 손질되어 있어 나름대로 독특한 집합미를 만들어내고 있었다. 스페인 기와의 깊이 있는 뉘앙스와 하얀 벽이 합쳐져서 빚어내는 스페인 가옥의 아름다움은 일품이다. 그것은 언제 어디서 보아도 평화롭다.

알바이신 언덕은 아랍인들의 마지막 저항 거점이기도 했다. 국토 회복의 마지막 대상이었던 그라나다에서 아랍인들은 조국을 지키기 위해 있는 힘을 다해 마지막까지 저항했다. 그 치열한 전투로 알바이신의 하얀 집들이 피범벅이 된 때도 있었다 한다. 어찌 그때뿐이겠는가? '그라나다의 두 강'이 "하나는 울고 있고 또 하나는 피로 물드는"(가르시아 로르카, 『세 강의 발라드』) 사건은 그 후에도 많았다. 그런데 오늘 이 청명한 하늘 아래에 있는 알바이신은 평화로워 보인다. 사람들이 많이 살지 않기 때문인지도 모르겠다.

하얀 집은 습기가 적고 태양이 빛나는 이런 곳에 지어야 하는 거라는 사실을 나는 지중해 연안을 여행하면서 겨우 터득했다. 습기가 없으니 먼지가 묻지 않고, 지붕이 깊숙이 내려 덮어 보호해주니 벽이 더러워지지 않는다. 1년 내내 하늘이 청명한 것도 그 흰색을 살리는 천혜의 여건이다. 그런데 나는 대기가 오염되어 있고 습기가 많은 서울에 처마도 없는 하얀 집을 지어놓고 고전하고 있다. 해마다 새로 칠해도 비가 한 번 오면 문틀에 쌓여 있던 먼지가 흘러내리면서 검은 줄을 사방에 그어놓는다. 건축양식은 풍토의 여건과 조응해서 생겨나는 것인데, 그 이치를 거스른 벌을, 늘 더러운 흰 벽을 보는 것으로 갚고 있는 셈이다.

꼬불거리는 좁은 길을 따라 겨우 언덕 위에 올라가니 쌈지 마당 같은 좁은 공원에 많은 사람들이 모여 있었다. 내려가 걸어보겠느냐고 가이드가 물었다. 위험하지 않으냐고 묻자 그는 자신이 없다는 표정으로 어깨를 으쓱했다. 알바이신의 포장된 골목길은 한없이 걷고 싶게 만드는 인력이 있었지만, 우리는 두말하지 않고 드라이브만 하고 그곳에서 내려왔다. 자라에 놀란 가슴이 솥뚜껑만 보고도 놀란다는 말이 생각났다. 백치기 하나 때문에 가는 곳마다 관광하는 일에 이렇게 제동이 걸리니 화가 났다.

다음으로 집시들이 굴을 파고 살고 있는 사크로몬테 언덕을 찾아갔지만, 역시 치안이 미덥지 않다길래 차 안에서 보는 것으로 만족하기로 했다. 호기심이 많아 무모한 짓을 잘 저지르는 우리 자매로서는 이례적인 조심성이 발휘된 것이다. 나중에 텔레비전에서 그곳을 상세히 보도하는 프로를 보았다. 굴속에는 가전제품들이 놓여 있고, 카페 같은 곳도 있었다. 땅속이어서 겨울에는 훈훈하고 여름에는 시원해 살기 좋다는 해설도 곁들여 나오니, 그때 그곳에 들어가보지 못한 것이 더욱 한이 되었다.

다음에 찾아간 곳이 알람브라 궁전으로 올라가는 고메레스 언덕길이다. 우리는 정문 옆을 지나 언덕의 높은 곳에 있는 빈터에 차를 세우고 한적한 그 공지에서 오래오래 알람브라 궁전의 파노라마를 즐겼다. 저녁노을을 받아 황금빛에 물든 알람브라 궁전은 너무나 섬세하고 평화로워 보였다. 레콩키스타를 위한 전쟁에서 시작해 스페인 내란에 이르는 500여 년의 세월 동안, 정권이 바뀔 때마다 학살이 자행되었을 거리들이 오렌지색 노을에 감싸여 인상파의 풍경화처럼 비현실적인 미감美感을 자아내고 있다.

이 고장 태생인 시인 가르시아 로르카가 그토록 사랑했던 이 궁전은 미국인인 워싱턴 어빙에게서도 헌신적인 사랑을 받은 건축물이다. 여기 머물면서 『알람브라 이야기』를 쓴 어빙은, 황폐해진 궁전의 복원을 위한 캠페인에 몸과 마음을 다 바쳤다. 지금은 세계문화유산이 된 이 궁전은 그런 사랑을 받을 만한 가치를 지니고 있었다.

하지만 그 한복판에 이사벨 여왕의 외손자인 카를로스 5세가 기독교의 권위를 과시하기 위해 세웠다는 장대한 르네상스식 건물은, 섬세한 궁전의 외관을 완전히 망쳐놓고 있었다. 우선 크기가 너무 달랐다. 알람브라 궁전의 건물들은 크지 않다. 스페인 기와로 지붕이 통일된 아기자기한 건물들이 엄정한 구도 아래 정연하게 배치되어 있을 뿐이다. 그런데 그 한복판에 돌연한 크기의 정방형 건물이 떡 버티고 있다. 꽃밭에 침입한 장갑차 같다.

양식이 엄청나게 다른 것도 통일미를 크게 해치는 요소였다. 비단 실로 짠 레이스 같은 섬세함이 알람브라 궁전의 특징인데, 그 한복판에 르네상스식의 남성적 건물이 버티고 있는 것이다. 그것은 파티 드레스 자락에서 삐져나온 군화처럼 이질성을 밉게 노출시킨다. 피렌체를 그토록 참신하게 느끼게 만들던 르네상스식 건축양식도, 다른 양식의 건축물 사이에 억지로 끼워 넣고 규모를 확대하면 저렇게 밉상을 부릴 수 있다.

양식이나 크기만이 아니라 좌향도 문제였다. 정연하게 배치된 다른 건물들의 라인을 무시하고 카를로스의 궁전은 좌향이 왼쪽으로 약간 틀어져 있어, 멀리서 보면 그 부조화가 눈에 크게 거슬린다. 미美는 균형과 통일 속에 있다고 본 고전주의적인 미학이 맞는 것 같다. 경복궁을 막아섰던 총독부 건물 생각이 났다. 총독부 건물은 아예 우리의 궁전을 시야에서 지워버리는 횡포를 부렸다. 광화문 거리에서 북악을 바라보면, 물결치는 기와지붕의 율동이 북악산까지 이어지는 경복궁의 격조 높은 아름다움이 총독부 건물에 가려 보이지 않게 되었던 것이다. 그건 용납할 수 없는 횡포였다. 하지만 조선총독부는 건축미학의 관점에서는 카를로스 5세의 궁전보다는 문제가 적다. 총독부 건물은 경복궁 한복판에 세워지지는 않았기 때문이며, 그 건물

카를로스 5세 궁전

은 그 자체로서의 건축미학을 지니고 있었고, 좌향도 어긋나지 않았다. 카를로스의 궁전은 인류의 문화유산 중 하나인 알람브라 궁전을 짓밟는 것 같은 건물이다.

# #
사자의 뜰에서 본 기둥의 미학

다음 날은 종일 알람브라 궁전에 가 있었다. 스페인인 가이드가 합
세해서 우리는 두 그룹으로 나뉘었다. 작은언니와 나는 영어로 설명
하는 스페인 여대생이 맡고, 큰언니와 동생은 우리 가이드가 맡았다.
인원이 적어지니 설명을 더 오붓하게 들을 수 있어 좋았다.

무슬림 스페인 문화의 가장 빼어난 건물인 알람브라 궁전은 건축
미의 진수를 간직하고 있었다. 잔잔한 당초무늬와 기하학적 문양이
조화를 이루면서 레이스처럼 감싸고 있는 벽들이 저마다 디테일이
달라서 다양성이 생겨난다. 점토판을 사용하여 찍어냈다는 벽면은,
자연 소재만이 지니는 유현幽玄한 크림빛 톤이어서 부드럽고 아늑했
으며, 깊이가 있었다. 말발굽 모양의 아치와 잎사귀 모양의 아치, 반

원형 아치 등도 조화롭게 섞여 있다. 그 여러 양식이 끝없는 변주를 통해 건물 전체로 퍼져 나가면서 교향악적 조화를 이루어냈다. 스페인 기와의 깊이 있는 색상과 점토판의 자연스러운 크림색의 조화, 그것은 점토와 설화석고와 벽돌을 가지고 만들어낸 낙원의 영상이다.

코마레스 탑 아래의 아치들은 단순한 반원형으로 보일 정도로 선이 단순화된 말편자 모양을 하고 있는데, 그 바로 앞에 장방형 못이 파여 있어, 건물이 물에 비치는 구도가 인도의 타지마할을 연상하게 한다. 규모나 자재, 완성도나 호화로움 등에서는 나중에 세운 타지마할 쪽이 우세하지만, 거기에는 점토판의 무늬 벽이 지니는 유현한 흡수력과 스페인 기와의 깊은 맛이 자아내는 친밀감이 없다. 하얀 대리석으로 되어 있기 때문이다. 대리석으로 만든 타지마할이 다이아몬드라면 알람브라 코마레스 탑 밑의 아라야네스의 파티오는 진주와 같다.

사자의 뜰에도 알람브라 궁전의 다른 파티오들처럼 분수가 있다. 열두 마리의 사자들이 밖을 향해 둥글게 둘러서서 물을 뿜어내는 양식의 분수다. 하렘인 이곳에 사자의 분수가 있는 것도 의외였지만, 이슬람 궁전에 사자상의 분수가 있는 것도 예외적이다. 이슬람교는 성상이나 성화icon를 만들지 않는 점에서 유대교와 비슷하기 때문이다. 사람의 형상뿐 아니라 동물의 형상도 우상이라 여겨 금기시되었기 때문에, 이슬람의 건물에는 인물화나 인물 조각이 없다. 마드리드 왕궁과 베르사유 궁전을 가르는 가장 큰 변별 특징은 신들의 조상彫像의 유무에 있다고 할 수 있다.

아라야네스의 파티오

　베르사유에는 헬라인의 신들의 나체 조각상들도 널려 있다. 신들 뿐 아니다. 여유 있게 자리 잡은 넓은 뜨락을 온통 조각들이 차지하고 있다. 사람뿐 아니라 동물들도 풍성하다. 큐피드가 해룡을 타고 있는가 하면, 다섯 마리의 말이 끄는 마차를 타고 수면에서 솟아오르는 영상을 재현한 아폴로의 분수가 있고, 뱀에 휘감긴 라오콘의 장대한 조상彫像도 있다. 적절한 배경 속에 안치된 신들과 동물들의 정선된 조각들이 베르사유 궁전에 역동적인 입체미를 선사하고 있는데,

사자의 뜰

알 안달루스에는 이런 것들이 존재하지 않는다.

18세기에 세운 마드리드 왕궁에는 기마상이 더러 있지만, 알 안달루스에는 조각 문화가 없다. 이슬람의 건물들이 정적靜的인 이미지를 지니는 것은 식물 도안이나 코란의 성구들로 평면적인 장식만 베푸는 데 원인이 있다. 그런데 여기에는 사자상의 분수가 있는 것이다.

하지만 사자의 파티오에서는 분수가 매력의 핵심이 아니다. 아기자기한 아치들이 세모꼴의 지붕을 이고 서 있는 건물들이 예술품처럼 아름답기 때문이다. 언니와 나는 아예 그곳에 자리를 잡고 앉아버렸다. 안마당 4면을 싸고 도는 회랑의 말편자 모양 아치들과 그 밑으로 뻗어 내린 사슴 다리 같은 날씬한 기둥에 사로잡히고 만 것이다. 장방형의 파티오를 삥 둘러싸고 있는 회랑의 기둥들이 모두 사슴 다리처럼 날씬해서 건물 전체가 고깔모자 같은 지붕을 이고 훌쩍 하늘로 날아오를 것 같은 상승의 환각을 자아낸다.

그러나 알람브라 궁전의 백미라 불리는 사자궁의 벽 장식들은 여기에만 있는 독창적인 것은 아니다. 아라베스크 문양과 기하학적 문양의 어울림, 말발굽 아치와 잎사귀형 아치의 조화로운 혼합, 스페인 기와와 크림빛 벽면의 매치, 사슴 다리 같은 기둥의 미학 등은 안달루시아의 여기저기에 많이 있는 것들이다. 그런데도 알람브라 궁전이 닭 무리 속의 학처럼 격이 높아지는 것은 절제와 균형의 미학 때문이다. 사자의 뜰에 있는 세 개의 삼각형 지붕과 아치, 기둥 등이 아름다운 것은 더할 수 없을 정도로 절제된 공간 속에 꼭 필요한 적정선의 장식만을 베푼 그 절제의 미학에 기인한다.

세비야의 페드로 1세의 궁궐도 거의 같은 양식으로 지어져 있다. 하지만 기둥이 살짝 더 굵어서 비상하는 것 같은 이미지가 손상되고, 레이스 같은 무늬를 지닌 벽면이 너무 넓어 질펀한 데다가 아치의 곡선이 강굴강굴하게 요란한 다엽식이며, 그런 장식 벽이 포개지는 경우가 많아 복잡하다. 적색과 백색이 교차하는 도벨라르 양식의 경우에도, 면마다 다른 장식이 잔뜩 붙어 있어, 과식한 뒤끝처럼 개운하지 않다. 과식성過飾性 때문이다.

스페인에는 이탈리아나 프랑스처럼 장식이 과다한 건물이 많다. 외벽부터 내실까지 어느 한구석도 가만히 놓아두지 않는 그런 과식성은 보는 이를 피곤하게 만든다. 어느 일본 작가가 유럽을 거쳐 그리스에 들어갔는데, 아테네에 닿자마자 "아, 여기에는 그 지긋지긋한 바로크의 과식성이 없구나!"라며 감탄했다는 글을 읽은 일이 있다. 그 말은 맞다. 헬레니즘에는 과식 취미가 없다. 간결하고 명료한 것을 지향했기 때문이다. 우리도 마찬가지다.

바로크 양식은 스페인에서 가장 일찍 개화한 양식이다. 스페인에서는 바로크가 전통적인 츄리게레스코Churrigueresco 양식과 결합하여 더 위세를 부린다.* 그런 과식성은 절제의 부족 때문에 혐오감을 자아내기 쉽다. 그런데 알람브라 궁전에는 그것이 없다.

그리스의 규모가 작은 신전들이 그 엄정한 절제의 미학으로 청량감을 자아내듯이 알람브라 궁전의 사자의 파티오는 보는 이의 영혼을 긴장시키는 간결성과 완벽성을 지니고 있다. 마지막 죽음의 자리에서 절창을 뽑는다는 백조처럼, 알 안달루스의 700년의 문화가 그 마지막에 가서 하나의 절창을 뽑아낸 것이다.

---

* 마상영, 『스페인 문화예술의 산책』, p.32 참조.

# #

알람브라 궁정에서 듣는 물소리의 의미

알람브라 궁전은 그 정원 때문에 천국의 이미지와 연결되는 곳이기도 하다. 나무가 드물고 물이 귀한 스페인에서 정원수와 분수는 그 자체가 기적적인 존재이기 때문이다. 하지만 조원술의 측면에서 보면 스페인은 이탈리아나 프랑스에 뒤진다. 추운 계절이 긴 한국에서 조경술이 발달하지 않는 것과 같은 이치일 것이다.

알람브라 궁전에는 여기저기에 분수가 있다. 하지만 그 분수들은 건물보다는 등급이 낮다. 분수에 환장한 사람이 만든 것 같은 티볼리 분수가 지니는, 그 요란스러운 다양성과 넘치는 풍요성을 여기서는 찾기 어려우며, 베르사유 궁전의 라토나 분수의 물줄기가 간직한 역동성도 찾아보기 어렵다. 여기는 티볼리나 파리가 아니다. 전국적으로 물이 귀한 반사막지대와 같은 건조한 나라다. 그래서 스페인에서는 물이 지니는 의미 자체가 프랑스나 이탈리아와는 달라진다. 물의 희소가치가 너무나 높기 때문이다. 물론 사막에 녹지를 만든 로스앤젤레스 같은 도시도 없는 것은 아니다. 하지만 여기는 500년 전의 스페인이다. 그래서 물을 예찬한 시가 많다.

무슨 화음이
바위에서 쏟아져 나오는가!
기분 좋은 리듬으로 그건
자기를 사람한테 준다.

아침은 밝다.
연기는 집집마다 피어오르고
안개를 품에 안아 들어 올린다.

물이 포플러 아래서 노래하는
발라드를 들으라:
그건 날개 없는 새들이며
풀 속에서 길을 잃는다.

노래하는 나무들은

말라서 떨어지고;

조용한 산들은

나이 들어 평원이 된다.

허나 물의 노래는

영원한 것.

(…)

신이 물이 되신 것 말고

뭐가 성스러운 세례이랴,

그의 은총의 피로

우리 이마를 씻는 것 말고?

뭔가를 위해서 예수는

물과 같아졌다.

뭔가를 위해서 별들은

물결 속에 쉰다.

뭔가를 위해서 어머니 비너스는

물의 가슴에서 태어났다:

(…)

우리가 물을 마실 때, 우리의

그 상태만큼 완전한 상태는 없다.

우리는 더 어린애다워지고,

더 착해지며, 근심 걱정은 지나가,

장미 화환으로 치장된다.

그리고 우리의 눈은

황금계黃金界를 떠다닌다.

누구도 모르지 않는

오 신성한 부富여!

많은 정신을 씻는

신선한 물,

어떤 것도 그대의 신성한

가슴에 어울릴 수 없으리

깊은 슬픔이

그 날개를 우리한테 주었다면.

– 「아침」(정현종 역, 『강의 백일몽』, p.20~23)

가르시아 로르카가 물에 바친 찬가다. 여기에서 물의 노래는 영원과 이어지는 성가聖歌로 격상되며, 물은 신의 은총이 육화가 된다. 물은 어머니 비너스를 낳은 생명의 모태. 그것은 인간의 내면에서 악을 몰아내는 정화 작용을 하며, 신성神性을 지닌다. 물은 모든 사람이 알고 있는 거룩한 부富다. 그래서 스페인에서는 물이 있는 곳이 곧 낙원인데, 알람브라 궁전에는 물소리가 풍성하다.

다리가 아파서 헤네랄리페Generalife로 올라가는 돌계단에 앉아 눈을 감고 사방에서 들려오는 물 흐르는 소리에 귀를 기울인다. 이 궁전은 곳곳에서 물 흐르는 소리가 나도록 설계되어 있다. 물소리라야 경사면을 타고 시냇물처럼 졸졸 흘러내리는 소리에 불과하지만, 그것은 시에라네바다산에서 눈 녹은 물을 수도교로 모셔다가 만든 인공의 값비싼 물소리다. 아직도 대부분의 고장에서 푸성귀 하나라도 인공의 물을 주지 않으면 자라지 않는 스페인에서, 500년 전 그 옛날에 그 넓은 왕정의 구석구석을 물 흐르는 소리로 덮었다는 것은 얼마나 놀라운 기적이며, 얼마나 엄청난 사치인가?

이 나라에서는 물만 귀한 것이 아니다. 귀하기는 나무도 마찬가지다. 여기는 우리나라처럼 사방에서 잡초가 정신없이 돋아나 농부들을 애먹이는 온대 지방이 아니다. 이곳의 나무들은 하나님이 무상으로 키워주지 않는다. 이 나라의 나무들은 성채처럼 공들여 만든 수도교가 산에서 날라다주는 물을 먹고 자란다. 귀한 나무들이다. 나무 자체가 귀물이기 때문에 조원술은 뒤질 수밖에 없다. 유명하다는 세비야의 마리아 루이사 공원을 보아도 조원술은 어수선하다. 독자적인 양식을 지니지 못하기 때문이다. 영국식, 프랑스식 정원은 있어도 스페인식 정원의 유형은 없다. 겨울이 길어서 조원술이 발달하지 않는 우리나라처럼 이곳 사람들도 정원에 미학을 구할 여유는 없어 보인다. 나무가 있다는 것, 분수가 있다는 것, 그 자체가 기적으로 간주되는 고장이니, 나무와 물은 그 자체가 환희와 평화의 상징이 될 수밖에 없다.

술탄의 여름 궁전인 헤네랄리페는 본궁과는 멀리 떨어진 남쪽 언덕 위에 자리 잡은 하얀 건물이다. 그곳에는 점토로 만든 앨러배스터 벽토가 거의 쓰이지 않았다. 밋밋한 백색 벽의 단순함을 통해 본궁과의 차이가 나타나는 것이다. 두 궁궐 사이에 가로놓인 넓은 정원에 수목이 가득 심어져, 헤네랄리페를 시야에서 가린다. 두 궁전 사이에 계곡이 있어 빙 돌아가야 이궁이 나타날 정도로 거리가 멀어서 술탄들은 숲속 같은 정원 길을 즐기며 가마나 말로 이 두 궁궐 사이를 이동했다 한다.

온갖 기화요초를 심은 술탄의 정원에는 이국종 식물도 많고, 직선으로 자른 사이프러스 벽도 있으며, 양면에서 포물선을 그으며 물줄기가 뻗어나와 서로 어울리는 분수가 길게 이어진 옆에 좁은 산책길이 나 있어서 분위기가 아주 다르다. 바요의 정원 너머로 헤네랄리페의 하얀 건물들을 바라보면서 가이드인 마리아가 탄식한다. 본래는 지상 2층이던 건물을 기독교인들이 한 층 높이는 바람에 건물의 비율이 망가져서 조상들에게 미안하다는 이야기다. 기독교 왕들이 변형한 부분이 많다지만, 숲속에 가리워진 헤네랄리페는 나무 사이로 보이는 건물의 하얀 벽과 인공적인 정원이 모두 아름다웠다.

이제 돌아갈 시간이어서 궁 안에 있는 기념품 가게로 들어갔다. 언니들은 채색 타일 제품과 머플러 같은 것을 사는데 나는 열쇠고리만 샀다. 돈도 없었지만 들고 갈 기운도 없어 먼저 밖으로 나왔다. 다시는 오기 어려운 알람브라 궁전의 정교하고 아늑한 건물들을 잠시라도 더 즐기기 위해서다.

# #

남자 가이드와 여자 가이드

— 바르셀로나

이베리아항공 5251기로 그라나다를 떠난다. 밤 7시 20분에 출발하면 1시간 15분 만에 바르셀로나에 닿는다. 그동안 같이 다니던 가이드와 이별해야 할 시간이 왔다. 그런데 언니들이 팁을 너무 많이 주려 해서 나와 실랑이를 벌였다. 애초에 약정한 액수의 세 배를 주겠다고 했기 때문이다. 언니가 내 몫은 자기가 낼 테니 잔소리하지 말란다. 나는 무언가가 불균형하게 진행되면 불편하다. 지나친 것은 모자란 것과 같이 많은 부작용을 낳기 때문이다. 하지만 내 주장이 먹혀들 것 같지 않아 내버려두었다.

이베리아항공의 비행기는 노스웨스트보다 깨끗했고, 인테리어도 삽상했다. 시각예술이 발달한 나라라 지하철이나 비행기의 인테리어

189

가 모두 새롭고 아름답다. 모데르니스모(모더니즘)가 발달한 나라는 뭐가 달라도 다르다는 생각을 했다. 스페인 노래가 흘러나오는 캐빈에 들어가니 피로가 몰려온다. 스페인에 온 지 벌써 일주일이 지난 것이다.

바르셀로나에 가니 피아트 7인승 밴을 가진 50대의 여인이 마중을 나와 있었다. 그녀의 차 뒤 칸에는 가리개가 있어 밖에서 짐이 보이지 않는다. 짐을 실은 차를 아무 데나 주차해놓을 수 있으니 얼마나 편한지 모른다. 역시 여자다 싶었다. 그녀는 음식부터 잠자리까지 입의 혀처럼 날렵하게 보살펴주어 여러모로 우리를 편하게 했다. 스페인에 처음 온 손님을 우범 지역에서 기다리라고 하면서, 그곳이 우범 지역이라는 말을 하지 않아서 고객이 봉변을 당하게 만든 남자 가이드, 길을 물으면서 끝까지 듣지 않고 시동부터 걸던 남자 가이드 생각이 났다. 상대방의 말이 채 끝나기도 전에 그는 '발레! 발레!' 하면서 시동부터 걸어서, 여러 번 길을 찾느라고 고생을 했다. 오죽했으면 순둥이인 큰언니 입에서 "이보오 김 선생! 발레 발레 하지 말고 잘 듣고 떠나요" 하는 말이 나왔겠는가. 여자 가이드는 운전도 잘하지만 길도 잘 알았다. 자기 고장이어서 그렇기도 하겠지만, 어쨌든 자상하고 깐깐해서 불편한 일이 없게 했다. 그래서 나는, 가이드는 여자의 적성에 맞는 직업이구나, 하고 감탄할 뻔했다.

그런데 여자는 남자와는 다른 면에서 신경이 쓰이게 했다. 쓸데없는 호기심과 수다와 신세타령 같은 것이다. 그녀는 우리를 보자마자 얼굴을 하나하나 뜯어보면서 무언가를 탐색하려 들었다. 얼굴도 닮았고 나이도 두 살 터울이라 자매 같은데, 제가끔 성이 다른 것이 이해가 되지 않았던 모양이다. 셋이 미국에 살며 남편 성을 따라 네 여자가 모두 성이 달랐으니 궁금하기도 했을 것이다. 나중에 들으니 스페인에서는 결혼해도 한국처럼 남편 성을 따르지 않는다고 했다. 하지만 설사 네 자매가 모두 복잡한 사연으로 성이 다르다 한들 자기와는 무관한 일이니, 모르는 체하는 것이 가이드의 도리다. 그런데 그녀는 참을성이 없었다. 왜 다르냐고 실례가 되는 질문을 했기 때문이다.

다음 문제는 자기가 가이드한 한국인의 정보를 자꾸 흘리는 버릇이다. 연세대 어느 교수가 누구랑 와서 어디서 어떤 노래를 불렀고, 국회의원 아무개가 와서 어떤 곳을 좋아했다는 식의 '쓰잘데없는 가십' 말이다. 나는 재빨리 형제들에게 눈짓을 해서 우리의 신분을 노출시키지 않도록 단속했다. 누구 부인이 어쩌고저쩌고 하는 가십에 휘말리고 싶지 않아서였다. 그다음은 가족들과의 전화질이다. 딸에게 남편 밥상 차림에 대한 지시를 하느라고 거는 긴 전화 같은 것. 모두 남자 가이드에게서는 문제가 되지 않던 부분들이다.

다음 날 아침에 서둘러 일어나느라고 코 속 청소를 미처 못 하고 나갔더니 그녀가 재빨리 발견하고 지적했다. 축농증 수술을 한 뒤부터 코 안이 늘 메마른데, 건조한 지방에 오니까 그 증세가 더 심해져서 밤에 몇 번 코에 바셀린을 발랐더니 코지가 생겼다. 아침에 닦아내야 하는 건데 서둘러 나오느라고 깜빡 잊었다고 내가 변명을 하고 있는데 그녀가 말을 탁 자르더니 "아! 일부러 놔둔 거군요. 알았어요" 하고 차에 시동을 건다. 일부러 코지를 간수한다는 말에 폭소가 터졌다. 조카들의 말대로 가뜩이나 수다스런 네 자매가 타서 차 속이 시끄러운데, 사사건건 말참견하는 여자가 하나 덧붙여졌으니 문제는 문제였다.

# #
바르셀로나의 야경

밤이어서 스포트라이트를 받은 사그라다 파밀리아 성당이 멀리에서부터 보였다. 상식을 초월한 높이 때문이다. 콜론(콜럼버스를 스페인에서는 그렇게 부른다) 광장과 분수와 오페라하우스와 람블라 거리⋯⋯ 밤의 바르셀로나는 생기가 넘쳤고, 스페인 안에서도 이국적이었다. 가우디 등의 모데르니스모 그룹이 손을 댄 건물들이 여기저기에서 각광을 받고 있는 밤의 바르셀로나는 세상 어디에도 없을 유니크한 얼굴을 가지고 있었다. 안달루시아와는 영 다른, 스페인의 또 하나의 새로운 얼굴이다.

밤거리를 한 시간쯤 드라이브하고 나서 '한국식당'이라는 개성 없는 이름의 한식집에 가서 상추쌈을 먹었다. 본국보다 더 본격적인 된

장찌개를 내놓는 그 한식집은, 한국적인 실내장식에 스페인풍이 가미되어 있었다. 한국인과 현지인을 같이 끌려는 상술이겠지만, 한식집은 한국적인 것으로 사람을 끄는 편이 더 고급한 상술이라고 할 수 있지 않을까? 이국적인 장소에서 이국적인 음식을 먹으러 오는 사람들도 있을 것이기 때문이다.

식사 후에 길을 건너다가 잘못해서 미국에서 온 형제들 셋이 겹겹으로 넘어지는 사고가 벌어졌다. 신호가 끊어진다고 내가 뒤에서 재촉하자 다리가 부실한 동생이 서둘다가 먼저 넘어졌고, 바짝 뒤따르던 언니들이 그 위에 겹겹이 포개졌다. 늘 떨어져서 혼자 다니는 버릇 때문에 백치기는 당했지만, 이번에는 그 덕에 나만 무사해서 그들의 넘어지는 모양을 보고 웃기 시작했다. 웃음이 삽시간에 전염돼서 거리가 시끄러워졌다. 어렸을 때 너무 웃어서 밤마다 야단을 맞던 우리 집 풍속도가 재현된 것이다.

호텔은 상당히 먼 곳에 있었다. 덕택에 한적한 변두리의 야경도 구경했으니 나쁠 것은 없었지만 좀 피곤했다. 여행사가 약속을 잘 지켜서 호텔은 계속 괜찮은 편이었다.

1999년 10월 15일

# #
바르셀로나! 스페인의 또 하나의 왕국

바르셀로나는 안달루시아의 도시들과는 다른 분위기를 가지고 있다. 이곳의 관광 코스에는 이슬람 건축물이 거의 없다. 스페인의 동쪽 끝에 붙어 있는 바르셀로나는 이슬람의 영향을 받은 기간이 아주 짧다. 716년에 이슬람에게 정복당하지만 801년에 프랑크 왕국으로 편입되어 아랍의 영향권에서 벗어난 후 곧 독립하여 자치국이 되기 때문이다. 그래서 로마 시대부터 중세까지의 건물들이 밀집한 고딕 지구에도 메스키타나 아랍식 알카사르 같은 것이 없었다. 바르셀로나는 스페인에서 이슬람의 영향을 가장 적게 받은 도시인 동시에, 스페인에서 가장 유럽적인 도시이기도 하다. 프랑스와 국경이 맞붙어 있고 한때는 프랑스령이었던 적도 있어서, 프랑스의 영향을 많이 받왔고, 지중해를 통하여 이탈리아와도 교섭이 잦았기 때문이다. 중세에는 제노바, 베네치아와 교역한 항구도시로, 지중해 교역의 중심지여서 경제적 기반이 튼튼했다. 아메리카 대륙이 발견된 후, 교역의 중심지가 지중해에서 대서양으로 이동하자 큰 타격을 받지만, 산업혁명에 성공하여 근대적 상공업 도시로서 활기를 되찾은 것이다.

그 면면히 이어져 내려온 경제력이 바르셀로나가 문화도시로 발돋움하는 원동력이 되고 있다. 구엘 백작의 재력이 없었으면, 가우디의 건물들도 빛을 보지 못하고 말았을 것이기 때문이다. 부유한 도시답게 이 도시는 시원하게 뚫린 도로망과 아름다운 주택들로 채워져 있다. 이곳 사람들은 자기 고장의 고유한 문화에 대한 자부심이 아주 강하다. 그들은 스페인의 공용어인 카스티야어를 쓰는 대신에, 카탈루냐어를 공용어로 만들었다. 카탈루냐어는 프랑스어와 스페인어를 섞어놓은 것 같은 언어지만, 카탈루냐 사람들은 그 언어를 자신들의 문화적 심벌로 삼고 있는 것이다. 그들은 스페인 사람이 아니라 카탈루냐 사람이어서 계속 독립할 궁리를 하고 있다.

이런 특징은 도시의 외관에서도 나타난다. 카탈루냐의 주도인 바르셀로나는 세계에서 가장 모데르니스모풍의 건축이 많은 곳이다. 바르셀로나 관광 코스의 대부분이 가우디의 전위적 건물로 채워져 있다. 오늘날의 안목으로 보아도 놀라지 않을 수 없는 아방가르드적인 건물들을 그들은 1세기 전에 소화할 능력을 가지고 있었던 것이다. 피카소와 미로 등의 전위적 화가들과 관련된 장소가 그다음을 차지한다. 반종교개혁으로 인해 근대화가 뒤늦게 진행된 스페인에서, 바르셀로나는 산업혁명에 성공하여 상공업을 발달시킨 예외적인 도시다.

예술의 경우는 그 선진성이 더 돋보인다. 바르셀로나는 예술적 근대화를 가장 일찍 쟁취하여 정점까지 끌어올린 특이한 도시이기 때문이다. 길거리에 미로와 가우디가 디자인한 포석이 깔려 있는 이 놀라운 도시는, 지중해를 끼고 있으면서 토지까지 비옥하다. 여러 가지 면에서 스페인적이지 않다. 정신적으로는 스페인 안에 있는 또 다른 나라인 카탈루냐 공화국 소속인 것이다.

다음 날(10월 16일) 가이드는 우리를 몬세라트로 데리고 갔는데, 안개가 점점 짙어져서 산 중턱에 있는 카페에서 기다리다가 도로 내려왔다. 검은 마리아상이 있다는 몬세라트 수도원과, 기암괴석의 그로테스크한 형상을 육안으로 확인 못 한 아쉬움을 안은 채 우리는 시내로 들어왔다. 오르막이라 길은 꼬부랑거리는데 하늘이 안개를 거두기를 거부하니 별 도리가 없었던 것이다.

시내 관광의 우선순위는 가우디에게 주어졌다. 우리는 북쪽에서 오는 중이었기 때문에 성가족성당(사그라다 파밀리아)부터 찾아갔다. 성가족성당은 시내 한복판에 있었다. 아직도 건축 중인 그 성당의 엄청나게 높은 여덟 개의 탑은 에펠 탑처럼 시내 어디서나 보이는 경이적인 랜드마크였다. 알을 파먹은 옥수숫대를 확대해서 세워놓은 것 같은 형상을 갈색 돌로 만든 탑들은, 키가 170미터나 되는 파격적인

성가족성당(사그라다 파밀리아)

높이이니, 평지에 있는 바르셀로나 시에서는 어디서나 보일 수밖에
없다.

　그런데 그 무뚝뚝하고 기이한 탑신 꼭대기에 유치원 아이들이 춤

성가족성당 첨탑 장식

출 때 들고 흔드는 것 같은 유아스런 장식이 달려 있다. 오렌지빛 둥근 타일 판에 파꽃 같은 흰 방울들이 불규칙하게 둘러쳐져 있고, 그 원 한복판에 꽃술 같은 십자가 형상이 들어 있다. 탑을 여러 쌍으로 만들어 절대종교의 정점을 분산시킨 것도 놀라운 일이지만, 하늘을 향하여 날카롭게 올라가야 하는 첨탑 끝을 둥근 타일로 장식한 것은 더욱 파격적이다. 오렌지빛 채색 타일이라는 소재 역시 의표를 찌르는 것인데, 그것이 별처럼, 꽃처럼 하늘 끝에서 반짝이는 건 동화 속에서나 있을 수 있는 발상이다. 모데르니스모의 나라 스페인만이 만들어낼 수 있는 기발한 콤비네이션이었다. 정면에서 본 생탄生誕의 파사드는 너무나 복잡하게 장식되어 있었다. 종유석 같은 장식이 몇 겹으로 뒤덮고 있고, 사이사이에 인물상이 배치되어 있어 스페인식 과식주의過飾主義를 실감하게 했다.

그런데 뒷면은 그렇지 않았다. 네 개의 탑신 아래에 노트르담 대성당의 뒤쪽 지붕 같은 간결한 라인의 ㅅ자형 지붕선이 쳐져 있었고, 비스듬히 뻗어 내려간 기둥들도 단순한 직선으로 되어 있다. 흐슨한 ㅅ자형 지붕 중심점 아래의 그늘 속에 예수의 십자고상이 있다. 모든 디테일을 생략해버린 간결한 선의 추상 조각이다. 머리가 숙여져 내려와 얼굴은 보이지도 않는데, 그 속에서 육체를 가진 인간 예수의 감각적인 고통의 무게가 너무나 절박하게 비쳐 나와, 차마 그 자리를 떠날 수가 없었다. 플라멩코 의상같이 요란한 생탄의 파사드 뒤편에, 이리도 간결하게 저며낸 십자고상이 있는 것이다. 가우디는 역시 천재다.

사람이 세상을 사는 것은 제가끔 다른 것 같지만 사실은 크게 차이가 나지 않는 것 같다. 오죽하면, 60이 지나면 배운 여자나 안 배운 여자나 같아지고, 80이 지나면 산 여자나 죽은 여자나 다 같아진다는 익살맞은 우스갯말이 유행하고 있겠는가. 하지만 바르셀로나에 가면 남들과 아주 다르게 산, 희한한 사람도 있다는 생각을 하게 된다. 안토니 가우디 때문이다. 그는 혼자서 아우구스투스 시대부터 있어왔던 오래된 한 도시의 스카이라인을 완전히 바꿔놓았다. 스카이라인뿐 아니다. 공원과 빌라와 수도원과 굴뚝 같은 것의 패러다임도 휘저어놓았다.

나는 거대한 갈색의 사그라다 파밀리아 성당을 그다지 좋아하지 않는다. 그로테스크하기도 하고 너무 복잡하기 때문이다. 구엘 공원 입구에 있는, 도자기 파편의 모자이크로 만든 거대한 도마뱀도 마찬가지다. 균형과 조화를 바탕으로 한 고전적 미학을 좋아하는 나는 가우디를 감당하기에는 너무나 상식적이고 구식이다. 하지만 고딕과 로마네스크 양식이 지배하던 거리의 구석구석에 그가 저질러놓은 장난들이 얼마나 그 낡은 도시를 생동감 있게 변화시키고 있는지를 목격하니 부러운 생각이 앞섰다. 이 세상에는 세계의 판도를 확 바꾸어놓은 놀라운 정복자들도 많고, 교향곡을 아홉 개나 남긴 음악가도 있지만, 한 도시에 이런 엄청난 가시적 변화를 일으킨 건축가는 찾아보기 어렵기 때문이다. 가우디는 네모나야 한다는 집의 개념을 파기하여, 건물 전체가 파도처럼 물결치는 집을 도심 한복판에 지어놓았다. 6층짜리 아파트 까사밀라다. 건물에서 '모서리를 없애야 한다'는 그의 집념이 까사밀라에서 현실화된 것이다.

까사밀라

난간이 없는 그 건물의 옥상에, 가우디는 〈가면 속의 아리아〉에 나오는 오페라 가수 같은 형형색색의 인물을 조형한 굴뚝들을 세워놓았다. 베네치아의 카니발용 마스크에서 힌트를 얻어 만들었다는 그

까사밀라 굴뚝

굴뚝들은 너무나 표정이 풍부해서, 까사밀라의 옥상은 마치 가면극 무대 같다. 나는 그의 작품 중에서 인간의 형상을 닮았으면서도 인간답지 않은 그 굴뚝의 인물 형상을 제일 좋아한다. 그것들은 한국에서도 전시된 일이 있다.

오페라 무대 같은 까사밀라의 지붕 위를 올려다보면서 우리는 구엘 공원 쪽으로 이동했다. 구엘 공원은 채색 타일의 유희장이다. 담장도 의자도 건물 벽도 모두 형형색색 채색 타일 파편의 모자이크로 되어 있다. 바닥도 마찬가지다. 구엘 공원은 전체가 가우디의 캔버스였던 것이다. 공중에 떠 있는 쟁반 같은 형상의 구엘 공원에 빙 둘러 설치한, 모자이크로 장식된 벤치에 앉아본다. 예상 외로 안락하고 편안하다. 가우디는 옷을 벗은 사람을 실지로 앉혀보면서, 인체 공학에 맞게 그 기상천외한 크기를 가진 벤치를 만들었다 한다. 그의 고삐 풀린 상상력을 이런 현실적 배려가 밑받침해주고 있어, 작품의 생명을 영구화시키고 있는 것이다.

내려오는 길에 가우디에게 다시 한번 놀랐다. 마당을 떠받치는 기둥 중의 일부분인 자연석으로 된 주랑柱廊에서였다. 살짝 한쪽 변이 길게 빗나가는 변형 아치로 이루어진 주랑이다. 가우디는 그런 자연친화적인 공간에서도 한 변을 살짝 길게 뻗치게 함으로써 새로운 이미지를 창출해냈다. 낯설게 하기에 성공한 것이다.

그는 10여 채의 건물을 남겼는데, 그 건물들은 각각 서로 다른 양식을 지니고 있어 같은 사람의 작품인데도 유사성이 적다. 가우디의 상상력의 넓이를 가늠하게 하는 대목이다. 그의 건물들은 구석구석에서 바르셀로나에 새 빛을 더해준다. 그로 인해 바르셀로나는 고딕과 모데르니스모가 한데 어울리는 건축양식의 교향악적 향연장이 되고 있다. 그가 아니었으면 바르셀로나 하나를 보려고 그라나다에서 한 시간 반이나 비행기를 탈 관광객은 많지 않을 것이다. 서울에서 동경으로 가는 거리와 맞먹기 때문이다. 관광 수입이 시 수입의 17퍼센트가 되는 것도 그 덕분이다. 그건 가우디가 불러들인 손님들이 뿌

리고 가는 돈이기 때문이다. 가우디의 천재를 살려줌으로써 바르셀
로나가 함께 산 것이다.

교통사고로 죽긴 했지만 그는 참 운이 좋은 예술가라고 할 수 있
다. 자신이 원하는 것을 다 이루도록 소리 없이 뒷받침해주는 구엘
백작 같은 부유하고 이해심 많은 후원자를 가졌고, 어떤 변형 건물을
지어도 용납해주는 너그러운 정부를 가졌기 때문이다. 도시 전체가
그의 전시장 같은 거리에 서니, 안토니 가우디를 제일 좋아한다던 아
이 생각이 났고, 그 뒤를 이어 자기가 만약 서울 시장이 되면 미치고
말 거라던 남편 생각이 났다. 뜯어고치고 싶은 간판들과 다시 짓고
싶은 집들이 너무 많은데 마음대로 할 권한은 없으니 미칠 거라는 이
야기다. 그에게도 구엘 백작 같은 사람이 나타나주었으면 좋겠다.

뜻을 마음대로 펴지 못해 미치겠는 사람이 어찌 내 남편뿐이겠는가?
토머스 그레이의 말대로(『묘지에서 쓴 엘레지』) 세계의 모든 공동묘지
에는 얼마나 많은 무명의 밀턴Milton과 무명의 셰익스피어Shakespeare
가 묻혀 있을 것이며, 아무도 모르는 허허벌판에서 얼마나 많은 꽃들
이 움트고 개화하여 그 진귀한 향기를 허공에 헛되이 흩어버리고 있
을 것인가? 누구나 천재를 타고나는 것은 아니지만, 재능이 있다고
누구나 가우디처럼 마음 놓고 하고 싶은 일을 하다 가는 일은 지극히
드물다. 만약 그것이 가능하다면, 세상은 얼마나 놀라운 곳이 되어
있을까?

다음에 간 곳은 오래된 건물들이 들어찬 몬카다 거리에 있는 피카

소 미술관이다. 피카소 미술관은 14세기에 지은 고딕 건물이다. 베렌겔 데 아가랄궁을 수리하여 박물관을 만들었다는데, 전시 공간이 모자라서 그 옆의 카스텔레 관도 함께 쓰고 있었다. 오래된 건물인 데다가 길도 좁아 주차하기가 불편했다. 균형의 미학으로 세워진 옛 건물들과, 균형 깨뜨리기의 기수인 피카소 그림의 콤비네이션이 재미있었다.

이 박물관에는 9세 때의 데생을 시작으로 그의 전 생애에 걸친 작품들이 모여 있었다. 초기의 작품들에서는 그의 모색 과정이 드러났다. 다른 화가들처럼 피카소도 처음에는 리얼리즘에서 시작하고 있었기 때문이다. 그가 겸허하고 진지하게 선배 작가 하나하나를 연구하고, 그것을 극복하면서 자기 길을 찾아간 자취를 그림들을 통하여 볼 수 있었다. 그 시기의 작품 중에는 벨라스케스의 대작 〈시녀들〉을 대본으로 한 연작도 수십 점 들어 있었다. 어떤 천재도 전통의 뒷받침이 없이는 새것을 만들 수 없음을 가우디와 피카소가 보여준다. 가우디의 작품 구석구석에 녹아 있는 것이 카탈루냐의 자연과 스페인 예술의 전통인 것처럼, 피카소도 선배 예술가들의 기법을 마스터하면서 자기 세계를 구축한 것이다.

그다음 코스는 몬주익 언덕이었다. 이 도시의 발상지라는 몬주익 언덕에서 우리는 먼저 몬주익 요새에 올라갔다. 15세기에 세운 돌로 만들어진 견고한 옛 성벽에 담쟁이가 올라 운치를 더해주고 있었다. 여기는 한때 군사 감옥으로도 쓰였던 곳이라 한다. 요새 안에는 군사

몬주익 요새

박물관이 있었다. 세르반테스도 참여했던 레판토 해전의 유품과, 카탈루냐와 이슬람 시대의 유품, 대포 등이 진열되어 있었다. 그 박물관에서 화장실에 간 큰언니를 잃어버려 한참 애를 먹었다. 우리는 모두 지쳐서 그 마당에 오래 주저앉아 있었다. 바르셀로나 시내와 바다가 보여 전망이 너무 좋았다.

요새에서 내려와 올림픽 스타디움을 향해 언덕을 올라간다. 1992년 바르셀로나 올림픽 때 황영조 선수가 선두를 달리던 언덕길이다.

바르셀로나 정부는 반대 여론을 무릅쓰고 마라톤 코스를 시내의 명소를 다 돌도록 계획했다. 마라톤 경기를 본 세계의 사람들에게 가우디의 건물들과 바르셀로나를 수십 번 보여준 것이다. 그러자 관광객이 급증해서 올림픽 덕을 톡톡히 보았다고 한다. 국토의 동쪽 끝에 치우쳐져 있는 지리적 불리함을 아이디어로 상쇄시킨 작전이다. 올림픽이 끝나자마자 5공 청문회를 한 달이나 계속해서 올림픽 열기에 찬물을 퍼붓던 우리나라 생각이 났다.

그 언덕 오른편에 올림픽 시설이 있었다. 건물들은 규모가 크고, 지은 지 얼마 되지 않아 넓고 깨끗했다. 거기에서 한참 어슬렁거리다가 우리는 평지로 내려왔다. 시간이 늦어서 카탈루냐 미술관에 들어가는 것이 불가능하기도 했지만, 기운이 없어 스페인촌도 대강 겉으로만 훑어봤다. 체력에 한계가 온 것이다. 우리끼리 다니니 지치면 관광 코스를 하나쯤 줄여도 되어 편리했다.

1999년 10월 16일

\#

다음 날 아침에는 바닷가를 드라이브했다. 항만 시설이 있는 해변도로 바깥에 있는 바닷속에, 자동차가 다닐 수 있는 넓은 도로가 등대 있는 곳까지 뻗어 있었다. 만든 지 얼마 되지 않은 듯 길은 깔끔했고, 사람도 적어 드라이브하기에 적합했다. 그 도로 바로 옆에는 바다가 펼쳐져 있었다. 코발트빛을 자랑하는 지중해다. 작은언니와 나는 차에서 내려 그 길을 한참 걸었다. 조난당한 헤라클레스가 남은 선원들과 만든 도시라는 설이 있을 정도로 역사가 긴 바르셀로나 항구는 규모가 크고 위엄이 있었다. 근처에 공업지대를 끼고 있고, 국립조선소도 자리 잡고 있어서, 현대적인 항구의 요건도 두루 갖추고 있는 것 같았다.

무적함대를 가지고 있던 해양 국가 스페인의 동쪽을 대표하던 바르셀로나 항은, 중세에는 제노바, 베네치아 등과 활발하게 교역을 했고, 사르디니아, 코르시카는 물론 그리스까지 세력을 미치던 지중해 제일의 무역항이었다. 그런데 콜럼버스가 아메리카를 발견하자 해운의 주 무대가 서쪽 항구들로 옮겨간다. 바르셀로나 사람들은 그들이 너무나 좋아했던 아메리카의 발견으로 인해 큰 타격을 받게 된다. 하지만 카를로스 3세 때부터 다시 기력을 회복하기 시작하고, 산업혁명에 성공하면서 공업 도시로서 급성장을 하게 된 것이다.

휴게소에 들어간 우리는 대형 선박들이 정박해 있고, 기중기들이 짐을 옮기느라고 부산한 항구 쪽을 피해서 바다만 보이는 곳에 자리를 잡았다. 거기에서 한 시간쯤 바다를 보다가 걸어서 돌아오는데, 동생이 갑자기 반지 알이 빠져 없어졌다고 비명을 질렀다. 가이드가 차로 되돌아가서 반지 알을 찾아왔다. 바닥을 찾아보니 우리가 앉았던 자리에 그대로 떨어져 있더란다.

50미터 상공에 콜럼버스상이 모셔져 있는 광장을 지나 람블라 거

람블라 거리의 광고판

리 입구에서 내렸다. 미로가 그린 아름다운 그림이 길바닥에 박혀 있
는 구역이다. 길 건너편을 보니 흰 바탕에 감색으로 "Por ti Por mi"란
말을 되풀이하여 디자인한 재미있는 광고판이 서 있었다. "너를 위
해, 나를 위해"라는 뜻이란다. 너를 위해 무얼 하는 거냐고 가이드에
게 물으니, 콘돔 광고란다. 디자인이 심플하면 오히려 눈을 끄는 것
일까? 양모음이 많아서 읊어보니 음이 아름다운데, 같은 모음이 많
아 시각적으로도 아름답다.

옛날의 수로를 복개하여 만들었다는 람블라 거리Las Ramblas는 샹젤리제처럼 넓지는 않았지만, 중앙에 사람들이 걸을 수 있는 넓은 보도를 마련해놓아서 보행자들의 천국이 되어 있었다. 꽃과 새를 파는 작은 가게들 사이를 사람들이 가득 메워 평화로워 보였다. 거니는 사람들이 모두 명랑해서 거리에 활기가 넘쳤기 때문이다. 나폴레옹이 심게 했다는 플라타너스 가로수들이 즐비해 있는 그 길을 천천히 걸어가다가, 약속대로 우측으로 도는 모퉁이에서 가이드와 합류해 고딕 지구에 있는 성당 앞에서 내렸다. 마침 일요일이어서 카탈루냐 고딕 양식의 장중한 성당 안에서는 미사가 집행되고 있었다. 우리는 아무도 가톨릭 신자가 아니지만, 교인들이 앉았다 섰다 하며 예배를 보는 뒤에서 성당 구경도 하고 기도도 드렸다.

나는 종교가 없지만 예배 의식에 참여하는 것은 좋아한다. 어머니가 교인이어서 예배 보는 일에 길들여졌기 때문이다. 카테드랄에서는 보이지 않는 높은 곳에서 들려오는 성가대의 합창을 듣는 것이 좋다. 합창 소리가 너무 맑고 고와서, 무슨 복에 이런 고운 소리 속에 파묻혀 있나 싶어 황감해하고 있으면, 따뜻한 물에 몸을 담근 것처럼 기쁨이 차오르는 것이다. 나는 불교의 오래된 사찰에 가는 것도 역시 좋아한다. 열린 문밖에 금수강산이라 불리우는 자연을 둘러두고, 독경 소리를 듣는 시간은 또 얼마나 축복받은 시간인가? 모든 종교 양식은 영혼에 기쁨을 주는 의식으로 채워져 있어서 어느 종교의 것이든 예배 의식은 경건하다.

바르셀로나의 카테드랄

　바르셀로나의 카테드랄은 하나님의 자비와 사랑을 감각으로 느끼
게 하는 아늑한 내부 공간을 가지고 있어, 눈을 감고 앉아 있으니 영
혼이 정화되는 느낌이 들었다. 강론 내용을 알아듣지 못하니 눈을 감

고 있으면 설교도 음악 소리처럼 들렸다. 두 주째 예배를 못 본 언니들은 열심히 기도를 하고 있었다. 강론을 알아듣지 못하는 예배였지만, 그런 식으로 저들은 일요예배를 보고 있는 것이다.

동생은 눈이 나빠서 어두운 데 들어가면 머리가 아프다고 카테드랄에는 들어가지 않는다. 그래서 밖에 앉혀놓았는데, 나와보니 거지들이 그 애를 둘러싸고 있었다. 그 애는 거지 중에서 눈이 나쁜 사람만 골라 1불씩 나누어주고 있었다. 어려서 녹내장에 걸려, 눈 수술을 수없이 하고도 평생 시력이 시원치 않은 자기의 아픔을, 그런 식으로 같은 고통을 가진 사람들과 나누고 있는 것이다. 나는 주사 맞는 게 너무 무서워서 발발 떨며 세브란스병원의 페치카 뒤에 옹크리고 있던 열두 살짜리 소녀를 아직도 잊을 수 없다. A라인의 짧은 원피스를 입은 날씬했던 여자아이. 눈은 보는 기관이라 마취를 해도 째러 들어오는 칼이 보인다고 한다. 겁이 많고 섬약했던 그 애는 10대의 어린 나이에 그런 수술을 수없이 받았다. 주사 맞는 것도 감당하지 못하던 아이가 겪은 수술이라는 이름의 고문 자국들. 다행히도 그 엄청난 고통을 잘 극복하고, 그 애는 배포가 크고 낙천적인 어른으로 환생했다. 어떤 원시인들은 현실을 생각하면 미치니까 슬픔을 모두 저만치에 밀어놓고, 항상 웃고 사는 지혜를 터득해서 낙천적이라고 한다. 내 동생도 같은 케이스가 아닌가 싶다. 하지만 울어도 울어도 풀리지 않는 악운들을 웃으며 견디는 비법을 터득하는데 걸린 세월이 10년이었다. 웃으며, 큰소리치며 사는 그 뒤안 깊숙한 곳에, 책을 읽을 수 없는 삶을 살아야 하는 사람의 깊은 상처가 그대로 남아 있어 이따금 이런 식으로 고개를 내미는 것이다.

#

언니와 사르다나 춤

카테드랄 앞에는 광장이 있었다. 사람들이 그 광장에서 손을 맞잡아 둥근 원을 만들며 사르다나 춤을 추고 있었다. 처음에는 느리지만 차츰 빨라지는 3박자 스텝의 민속춤이다. 관광객은 지도교사를 따라 계단 아래에서 서클을 만들어 따로 춤을 배우도록 되어 있었다. 우리는 거기에 끼었고, 무용 선생인 작은언니는 과감하게 바르셀로나 주민들이 추는 그룹에 들어가 춤을 추기 시작했다. 춤 맵시가 곱고 스텝이 정확하니까, 처음에는 꺼리던 사람들이 환호를 지르며 그녀를 환영했다.

제대로 춤출 줄만 알아도 세계 어느 나라에서든지 친구를 만들 수 있을 것 같다는 생각을 했다. 육체 언어인 춤은 언어보다 훨씬 직접적이어서, 사람과 사람을 쉽게 친숙하게 만든다. 거기에 음악이 곁들여지면 같이 추는 사람들에게 일체감을 심어준다. 스페인어를 좀 하는 언니는 어느새 그들과 친구가 되어 명함을 주고받고 있었다. 결혼식 후에 모인 사람들이 모두 춤을 추는 서양식 결혼식의 뒤풀이를 나는 좋아한다. 마주 잡고 춤을 추는 동안에 일상성 속에 매몰되었던 신혼 시절의 사랑의 감정이 되살아날 것 같아서다. 우리나라에서도 강강술래 같은 군무라도 자주 출 수 있는 기회를 만들면, 사람들이 훨씬 더 부드러워지지 않을까?

평생 일벌로 앞만 보며 고지식하게 살아온 어머니가 칠순 잔치 때 처음으로 춤을 추시던 생각이 난다. 그 며칠 후에 쓰러졌으니까 그날은 어머니의 마지막 생신이었다. 생전 처음으로 춤을 추기 시작한 어머니는, 춤 한번 신나게 추어보고는 총총히 이승을 떠나셨다. 삶의 아름다운 피날레였다고 생각한다. 춤이라고는 시골 소학교의 학예회에서밖에 추어본 일이 없지만, 나는 손자 손녀들과 손을 잡고 춤추는 것을 아주 좋아했다. 춤은 많은 사람을 함께 즐겁게 만드는 가장 직접적인 예술인 것 같다.

사르다나 춤은 카탈루냐 사람들의 민족적 동질성을 확인해주는 일종의 의식과 같은 것이라 한다. 항상 독립을 갈망했고, 수도 없이 독립을 시도했으면서도 끝내 독립을 쟁취하지 못한 카탈루냐 사람들은 언어도 춤도 자기만의 것을 가지고 있어, 아직도 카탈란(카탈루냐 사람)으로서의 긍지 속에 살고 있다고 한다.

고딕 지구

　오후에는 한가롭게 고딕 지구를 돌면서 시립역사박물관, 카탈루냐 시청사 같은 곳을 기웃거리고, 비스베 거리의 고전적인 집들도 감상하면서 시간을 보냈다. 골목 위로 앞뒷집 사이에 통로가 나 있는 곳이 있었다. 2층과 3층에 층마다 통로가 나 있는데, 검은 쇠로 레이스처럼 섬세한 무늬를 만든 난간의 디자인이 눈을 끌었다. 무뚝뚝한 벽면 사이에서 살짝살짝 드러나는 섬세한 당초무늬들이 너무나 세련되었다. 우리는 걸으면서 그것들을 즐기다가 앤티크 숍에서 자잘한 기넘품을 사기도 하고, 광장에 앉아 쉬기도 했다.

그 거리에서 나는 50불짜리 열쇠고리를 하나 샀다. 열쇠고리 컬렉션을 하는 나는 가는 곳마다 그 고장의 특징을 나타내는 열쇠고리를 사는데, 10불이 넘는 것은 사지 않는다. 그런데 작은언니가 비싼 것도 더러 있어야 한다고 야단을 쳐서 그 이쁜 열쇠고리를 사게 만들었다. 돈을 꿔가면서 그걸 산 것은 나로서는 용단이다. 스페인의 유명한 디자이너가 손으로 만든 작품이라는데, '야드로Iladro'라는 상표가 붙어 있었다.

"물건을 사려면 비싼 것을 사라. 비싼 것은 그 값을 지니고 있는 법이야"라고 말하던 친구 생각이 났다. 석주선 선생님도 그러셨다. 아는 사람의 작품이라도 자기는 반드시 전시회에 나온 비싼 작품을 산다고 하셨다. 그래야 그 사람의 베스트를 구할 수 있다는 견해다. 그건 나도 안다. 하지만 나는 물건 값에 부담을 느끼는 것이 싫어서 비싼 것은 사지 않는다. 물건의 미학을 그만큼 경시하는 셈이다. 자주 아프기 때문인 것 같다. 하지만 그밖에도 분수를 지키려는 의도가 거기 들어 있다. 남편의 수입과는 관계없이 나는 언제나 내 수입에 맞추어 살아왔기 때문에, 훈장의 월급으로 사기 어려운 물건은 사지 않는 것을 원칙으로 하고 있다. 좋아하는 옛 목기를 고를 때도, 원고료 같은 부수입이 있을 때만 샀으니, 베스트 구하기는 틀린 일이다. 하지만 오늘은 그 친구의 말에 찬성하기로 했다. 내가 산 열쇠고리가 비싼 값을 충분히 하고 있었기 때문이다. 디자인만 잘하면 열쇠고리

하나가 50불, 100불에 팔리기도 한다는 것은 고무적이다. 우리나라
처럼 관광자원이 빈약한 나라의 관광 상품 개발의 방향이 보이기 때
문이다.

## 2

20년 만에 보는 파리

1999

# #

20년 만에 보는 파리

점심을 늦게 먹고 거리에서 어슬렁거리다가 공항으로 나갔다. 3시 45분발 비행기를 타야 다음 목적지인 파리에 갈 수 있기 때문이다. 에어프랑스를 타니 기내 분위기가 이베리아항공과는 다름을 알 수 있었다. 무언가 흥겨우면서 들떠 있던 이베리아항공과는 달리 에어프랑스는 안정되어 있고, 예술적 분위기가 구석구석에 스며 있었다. 좌석도 훨씬 편안했고, 인테리어도 세련되었으며, 샹송이 흘러나왔다. 음악으로 확연히 구별되는 기내 분위기다. 드디어 프랑스에 온 것이다.

1977년 봄에 나는 파리에 혼자 온 일이 있다. 동생이 근육무력증 수술을 한대서 미국에 갔다가 귀국하는 길에 들른 것이다. 그때 나는 일주일 동안 혼자 파리에 머물면서 루아르강의 성들도 보았고, 볼쇼이 발레단의 〈지젤〉 공연도 보았으며, 마지막 날 저녁에는 코메디 프랑세즈에서 코르네유의 「르 시드」도 관람했다. 늦게 도착해서 극장의 뒷문으로 몰래 들어갔더니 무대에서는 이미 "원수를 갚아다오, 로드리고!"라는 늙은 배우의 대사가 들려오고 있었다. "Venge moi, Roderigo!(방쥬 모아, 로드리고!)" 손우성 선생이 제스처를 써가면서 그 대목을 읊으시던 대학 강의실 생각이 났다. 미운 음은 모두 묵음黙音을 만들어버려서 불어의 운문은 음악성이 풍부하다. 도브 그레이의 스프링코트를 입고 개나리가 핀 샤요궁에 갔던 생각도 났다. 처음으로 집을 떠나 혼자 하던 여행의 추억이다. 샹송을 들으니 프랑스에 대한 그리움 비슷한 감정이 움트기 시작했다. 그건 20여 년 전의 내 젊음에 대한 그리움이었는지도 모른다.

# #
이 여자가 부시럭거려서

프랑스에서는 가이드를 쓰지 않기로 했다. 부전공이 불문학이라 내가 불어를 좀 하고, 영어도 통하니까 큰 문제는 없을 것 같았고, 이틀밖에 머물지 않을 예정인 데다가 모두 초행이 아니니 우리끼리 다녀보기로 했다. 그러니 말하자면 내가 가이드인 셈인데, 너무 오래간만에 오니 넋이 나가서 택시 잡는 곳을 찾는 것부터 힘들었다. 5시 40분에 내리니 거리는 이미 어둡기 시작하여, 그 낯설음을 배가시켰다. 다음으로 문제가 된 것은 택시 요금이다. 프랑스의 택시는 세 명이 타는 것이 정상이어서 네 명이 타려면 1인분을 더 내야 한다는데, 그걸 납득하는 데도 시간이 걸렸다. 지난번에는 혼자 왔기 때문에 택시 요금 할증제에 신경을 쓰지 않았던 것이다.

택시 하나에 네 명분의 짐을 실으니 자리가 옹색했다. 그래서 뚱뚱한 동생을 앞자리에 앉히고 셋이 뒤에 탔다. 그런데 겨우 자리를 정돈하고 파리 교외의 밤 풍경을 즐기려고 하는 순간에 택시가 갑자기 길가에 멈춰 섰다. 동생이 옆에서 부시럭거려 운전을 할 수 없으니 모두 내리라는 것이다. 택시 정류장도 아닌데 밤에 그 많은 짐을 가진 노인들을 아무 데나 내리라니, 말이 안 된다. 나는 그에게 다시는 부시럭거리지 않도록 할 테니 그냥 가자고 사정했다. 그러다가 화가 나서 "정 싫으면 도로 공항에 데려다놓고 가라"라고 언성을 높였더니 운전수는 겨우 잠잠해졌다.

40대쯤 되어 보이는 그 찬바람이 나는 파리지앵은, 파리에 와서 막 신이 나 있던 우리 모두의 기분을 완전히 죽을 쒀버렸다. 그가 동생을 가리키면서 '이 여자(cette dame)'라고 하는 어조가 어찌나 냉혹한지 등에 찬물을 끼얹은 기분이었다. 같은 내용이라도 "죄송하지만 좀 가만히 있어줄 수 없어요? 운전하기가 불편하네요" 했더라면 얼마나 좋았을까? 자기 나라를 보겠다고 멀리서 온 손님들인데 말이다. 물론 문제는 동생에게도 있었다. 몸이 비둔하고 동작이 느린 데다가 추위를 타서 옷을 막 껴입었더니 벗으려면 좀 시간이 걸린다. 그런 점을 감안하더라도 그 운전수는 너무했다. 타인에 대한 배려 같은 것이 전혀 없어 보였기 때문이다.

그 후 우리는 일본 하코네에서 5인승 택시에 조카까지 다섯 명이 타고 관광을 한 일이 있는데, 동생과 내가 앞에 앉아 다녔어도 기사가 그런 식으로 건방지게 구는 것을 본 일이 없다. 워낙 개인주의적인 사람들이 사는 나라인 데다가 사회당이 집권하면서 종신고용제를 채택해, 파리의 운전사들은 무슨 짓을 해도 쫓겨날 염려가 없어 불친절하다고 누가 말했던 생각이 난다. 그 사람만이 아니고 프랑스에서는 서비스업 종사자들이 대체로 그렇게 콧대가 높다. 역시 종신고용제 때문인가보다. 제왕처럼 코를 치켜들고 자기주장을 절대로 양보하려 하지 않으니 일본에서처럼 멸사봉공의 서비스를 기대하기는 어렵다. 물론 다 그런 것은 아니다. 어느 나라에나 더 이기적인 사람이 있게 마련이고, 그런 몇 사람이 개울물을 흐려놓는 것뿐이다.

#

Hotel Royal Monceau와 Résidence Monceau

작은언니가 사무적이지 않아서 나는 여행 일정표를 받지 못했다.
달라고 해도 자꾸 잊어먹으니까 일일이 물어가며 다니는 게 불편해
서, 어느 날 말도 안 하고 언니 백에 두 벌 있던 일정표 중 하나를 슬
그머니 집어냈다. 내내 그 일정표대로 다녔기에 파리에 와서도 그걸
꺼내보니 우리가 묵을 호텔 이름이 로얄 몽소Royal Monceau라고 씌어
있었다. 그래서 '37 Avenue Hoche'라고 적힌 주소를 기사에게 주었
더니 택시는 거기에다 짐을 부려놓고 가버렸다.

그런데 살펴보니 호텔이 너무 좋았다. 제복을 입은 보이들이 짐수
레를 들고 나와 서비스를 하니 기분이 괜찮았다. 한데 리셉션 데스크
에 가니 예약이 안 되어 있다고 한다. 그제야 작은언니가 나서서 자

기 일정표를 보여주었다. 그 일정표에는 호텔 이름이 로얄 몽소가 아니라 레지던스 몽소Résidence Monceau로 되어 있었다. "아! 그 호텔은 85 rue de Rocher에 있습니다." 같은 사람이 경영하는 체인점인 듯, 보이가 친절하게 주소를 적어주고 택시도 불러주었다.

나중에 보니 우리 호텔 옆에는 몽소 공원도 있었다. 몽소라는 이름을 가진 귀족의 집무실과 주택이 각각 다른 호텔이 되었고, 정원은 공원이 된 모양인데, 여행사가 처음에는 로얄 몽소에 예약했다가 너무 비싸니까 레지던스 쪽으로 옮기는 과정에서 두 가지 스케줄 표가 만들어진 것이다. 할 수 없이 또 4인분의 요금을 지불하고 우리는 뒷골목에 있는 좀 후진 호텔에 짐을 풀었다. 언니한테 확인해야 하는 것을 그냥 지나친 건 나의 잘못이다. 나는 이따금 이렇게 덜렁거려서 실수를 한다. 기력이 모자라거나 피곤할 때 일어나는 증상이다.

밤길이 제일 무서운 72세의 여인

대충 씻고 나서 저녁을 먹으러 거리에 나섰다. 여덟 시가 넘어 인적이 드물어진 파리의 뒷골목에서 음식점을 찾아야 하는 것이다. 호텔에서 가르쳐준 대로 두 번째 골목에서 우회전하려는데, 큰언니가 갑자기 무섭다면서 멈춰 서더니 그냥 굶고 자면 어떻겠느냐고 한다. 길에 사람이 없으니 기분이 좋을 것은 없지만, 지친 몸으로 굶고 잔다는 건 말이 안 된다. 애초에 파리에는 며칠 있을 예정이라, 아이들이 1000불을 프랑화로 바꾸어준 것이 있어서, 아무도 환전을 하지 않았기 때문에 그때 언니는 수중에 돈도 없었다. 언니뿐 아니다. 나도 저녁 먹을 돈만 들고 나왔으니 우리에게는 도둑맞을 재물이 없었다. 게다가 우리는 모두 이미 남자들이 노릴 연령층도 아닌데, 72세의 여인을 저토록 무섭게 만드는 항목은 대체 무엇일까?

옛날 성안의 외딴집에서 살 때, 엄마가 늦게 돌아오면 어둠이 무서워서 마주잡고 울던 생각이 났다. 도둑이나 짐승의 습격 같은 구체적인 위협이 없었는데도 우리는 그저 어둠이 무서워서 몸을 떨었다. 그때도 마음이 약한 큰언니는 우리보다 더 어둠을 무서워해서 우리에게 도움이 되지 못했다. 그런 심약한 성격에 범죄자가 우글거리는 로스앤젤레스 다운타운의 밤거리 체험이 포개져서, 저런 무섬증이 빚어진 모양이다. 낯선 고장의 어둠에 대한 언니의 원초적인 두려움이 우리를 잠시 난감하게 만들었다.

이럴 때는 대응을 하지 않는 게 상수다 싶어, 작은언니와 나는 못들은 척하고 길을 건너버리는 극약 처방을 썼다. 이미 호텔에서는 멀어졌는데 늙은 여자 넷이 웅숭그리고 두려워 떠는 모습을 보이면, 도둑이 아니라도 공격의 대상이 되기 쉽다고 판단했기 때문이다. 길을 건너니 저만치에 '富京酒家 - La Maison du Bonheur(행복의 집이라는 뜻)'라는 중국집 간판이 보였다. 음식점에 '행복의 집'이라 써 있으니 웃음이 나왔다.

거기에서 돌아서서 우리는 언니에게 빨리 오라고 신나게 손을 흔들어댔다. "봐, 행복의 집이 여기 있잖아!" 그렇게 말하면서 작은언니와 나는 우리 안에도 도사리고 있던 빈 거리에 대한 두려움을 털어냈다. 우리 모두에게 그 음식점은 몸과 마음을 다 충족시키는 '행복의 집'이었던 셈이다. 중국 음악이 흘러나오는 환한 홀에 들어서자 큰언니의 불안도 가셔서, 우리는 오래간만에 만나는 중국 요리를 마음껏 즐겼다. 식후에는 간이 커져서 번화한 큰길까지 걸어 나가 파리의 밤거리를 산책하는 만용도 부렸다.

다음 날(10월 18일)은 일찍 호텔을 떠났다. 관광버스 정거장이 있는 피라미드 광장까지 가기 위해서다. 호텔 현관에서 바로 택시를 타서 잘 몰랐는데, 피라미드 광장에 내리니 날씨가 추워서 몸이 오그라들었다. 뼛속까지 스며드는 그 추위는 끔찍했다. 10월 중순인데 이게 웬일이냐고 화를 내봤자 받아줄 사람도 없다. 30년째 로스앤젤레스에 살고 있는 작은언니는 밍크 롱코트가 왜 필요할까, 하고 늘 이상하게 생각했는데, 파리에 와보니 그 필요성을 알 것 같다는 말을 되풀이했다. 같은 말을 같은 톤으로 되풀이하는 것은 작은언니의 젊은 시절부터의 특기다.

몸이 약한 나는 옷을 무거워해서 추운 때도 얇게 입고 나가 벌벌 떠는 일이 많다. 문단 행사가 있을 때는 그 문제가 쉽게 해결된다. 몸이 약해서 우리 동생처럼 옷을 겹겹이 껴입는 손소희 선생이 옷을 하나 벗어주면 되기 때문이다. 손소희 선생 장례식 날도 날씨가 추웠다. 나는 으슬으슬 추워지니까 습관적으로 옷을 얻어 입으려고 손 선생을 찾다가, 그분이 관 속에 누워 있다는 사실을 재확인하고 새삼스럽게 깊은 상실감에 휩싸인 일이 있다.

택시 값을 50프랑이나 줘버려 다시 갔다 올 수도 없어 난감해하는

데, 작은언니가 밖에 나갔다 오더니 길에서 파는 숄을 사라고 권했다. 값이 120프랑밖에 하지 않으니 왕복 택시비와 거의 맞먹는다는 것이다. 언니의 의견에 따라 검은 바탕에 노란 당초무늬를 크게 그린 판초를 샀다. 싸구려지만 전신이 덮이는 스타일이어서 따뜻했고, 디자인도 마음에 들었다.

형제들에게 그들이 가보지 못한 몽생미셸이나 루아르 강가의 성들을 보여주고 싶었는데, 화요일에는 거기 가는 버스 편이 없었다. 할 수 없이 퐁텐블로와 바르비종에 가는 버스를 예약하려는데, 동생이 내리지 않고 시내를 도는 관광버스를 타고 싶다고 했다. 지난번에 딸하고 같이 왔는데, 그 애가 갑갑하다고 싫어해서 못 탔다는 것이다. 알 만하다. 아이들과 같이 다니면 그런 식의 제동이 자주 걸린다. 자식 시집살이다. 나도 뉴욕에 가서 월드 트레이드 센터에 가려다가 아들이 창피하대서 못 간 일이 있다. 그 후 아들은 그 건물을 볼 때마다 그 일이 마음에 걸려서, 다음번에는 대낮에 센트럴 파크를 마차로 돌겠다고 하는데도 군소리가 없었다. 다른 세대 간의 여행은 서로의 취향이 달라서 그런 문제들이 생겨난다. 여행은 모름지기 같은 연배에, 취향이 같은 사람끼리 가는 게 좋다.

우리는 모두 노인들이었으니까 누구도 이의를 제기하지 않아서 퐁텐블로행은 한 시 것을 예약하고, 오전에는 두 시간이 걸린다는, 앉아서 하는 시내 관광을 하기로 했다. 나도 언니들도 다리가 시원치 않아 앉아서 도는 것도 나쁘지 않았고, 파리의 파노라믹한 면을 복습

하는 데도 도움이 되었다. 일본에 가 있을 때 내가 하고 싶었던 일도 '야마노테선'을 타고 동경을 한 바퀴 도는 것이었다. 그 전철은 지상에서 동경을 돌기 때문에 그 도시의 전모를 파악할 수 있을 것 같았는데, 아직 그 소원을 이루지 못하고 있다.

동생 덕에 소설 속에 나오던, 가보지 못한 거리들을 두루 구경할 수 있었다. 지난번에 보지 못한 강 남쪽 구역도 두루 다니면서 파리의 도시 미학을 즐겼다. 여러 양식이 혼합되어 이루어진 바르셀로나나 로스앤젤레스 같은 도시들과 비교할 때, 파리는 너무나 양식이 통일되어 있어 압박감 같은 것을 느끼게 하는 도시다. 태양왕 루이 14세 시대부터 나폴레옹 3세 때까지 프랑스의 국력이 유럽을 제패하던 그 절정기에, 엄밀한 계획에 의해 통일된 양식으로 세워지고 다듬어진 이 계획도시는, 세계에 유례가 없을 정도로 통일된 도시 미학을 가지고 있다. 가지런한 높이로 개선문을 중심으로 하여 방사선으로 퍼져나가고 있는 파리 중심가는 개인 주택까지 양식이 통일되어, 르네상스-고전주의 스타일 건축물의 산 전시장을 이루고 있다.

그래서 새 건물이 들어서려 하면 말이 아주 많다. 에펠 탑이 들어설 때도 그랬고, 사크레쾨르 성당이 들어설 때도 그랬다. 심지어 앙드레 말로가 건물의 외벽을 청소하려 했을 때도 말이 많았을 정도로 프랑스 사람들은 파리의 고전적인 도시미에 대한 긍지가 높다. 아이러니한 것은 도시 전체가 같은 양식으로 지어져 있어, 새로 지은 건물이 오히려 파리의 상징물로 빛을 발한다는 사실이다. 파리의 심벌

마크가 에펠 탑이나 사크레쾨르 성당 같은 신축 건물이 되는 경우가 많은 것은 그 때문이다. 그 새 건물들은 시 전체가 같은 양식으로 되어 있는 데서 오는 단조로움을 보완해주는 역할을 하면서, 배경의 통일성을 돋보이게 하는 기능도 한다. 새 건물들이 옛 건물과의 조화와 균형에 많이 신경을 쓰며 지어졌기 때문이다. 어제와 오늘이 조화를 이루면서 상승하는 곳에서 그 나라의 미적 수준의 높이를 가늠할 수 있다.

우리가 탄 파리 비전에는 희한하게도 관광을 안내하는 한국어 채널이 준비되어 있었다. 우연히 리시버를 조정하다가 한국어를 들었을 때의 감격은 감당하기 어려울 정도로 컸다. 식민지에서 자라 엽전 의식에 짓눌려 있던 우리 세대는, 한국이 국제도시에서 자국어 채널을 배정받을 만큼 커진 것이 너무 고맙고 대견하게 느껴졌다. 우리는 외산 차를 사지 못하는 세대다. 한국에서 자동차를 생산하는 것이 너무 자랑스럽고 고맙기 때문이다. 나중에 탄 택시의 기사가, 자기 차가 대우 제품이라고 자랑해서 우리는 더 신이 났다.

어떤 사람이 자금성에 비하면 경복궁은 변소간만 하다고 했다는 말을 들은 일이 있다. 양적인 면에서는 그 말이 맞다. 하지만 월드 트레이드 센터가, 비행기가 허리를 관통하고 나갈 만큼 키가 높다고 해서 파르테논 신전보다 훌륭한 건물이라고 할 수는 없다. 그리스인들은 장대함보다는 사람 크기에 어울리는 예술을 사랑했다. 파르테논 신전이 중세의 고딕 건물처럼 높거나 크지 않은 이유 중의 하나가 거기에 있다. 그런데 성 베드로 대성당은 그렇지 않다. 마니에리슴의 과장벽 때문에 지붕 위에 세워진 사도들의 조상彫像이 엄청나게 크고, 바닥에서부터 천장까지 요란한 장식이 가득 들어 있어 위압적이다. 그런데 파리도 아테네처럼 거대 취미가 없다.

성 베드로 대성당의 그 엄청난 예술품들 속에서 내가 가장 좋아한 것은, 나만 한 크기의 여자가 별로 크지 않은 아들의 시체를 안고 비탄에 젖어 있는 미켈란젤로의 〈피에타〉였다. 휴먼 사이즈에 대한 미켈란젤로의 집착이 성 베드로 대성당에서처럼 빛을 뿜는 것을 본 일이 없다. 베드로 성당은 어부인 베드로나 목수의 아들인 예수님이 보시면 실색할 만한 크기와 현란함을 지니고 있다. 중세에는 교황들이 어느 제왕보다도 사치한 옷을 입고, 십자가까지 금은보화로 치장하는 일이 있었다. 왜 그래야 했느냐고 묻고 싶다. 커야 좋은 교회가 되는 것은 아니기 때문이다.

한국도 전통적으로는 휴먼 사이즈를 선호한 나라다. 이는 우리의 건축 문화에서도 나타난다. 북악산과 조화를 이루고 있는 경복궁 전각들의 기와지붕의 파도치는 것 같은 자연스러운 선, 반듯반듯하게 다듬은 화강석 궁장宮墻의 단정한 모습 같은 것들은, 배경이 되는 자연과 완벽하게 조화를 이룬다. 중국에서도 찾아보기 어려운 중용과 절제의 미학이 거기에 있기 때문이다. 그것을 어찌 작다고 폄하할 수 있는가? 작은 나라 사람의 오기가 아니라 진심으로 나는, 사방에서 발가락을 다섯 개나 벌리고 꿈틀대는 용의 조각들이 난무하는 자금

카루젤 개선문

성을 좋아할 수 없었다.

시내 관광을 끝내고 비는 시간을 이용해서 『25시』의 작가 게오르
규 씨의 부인에게 전화를 했다. 씨암 가 16번지라고 외우고 있던 주
소를 알려주니까 관광 회사 직원이 전화번호를 알아내주었다. 게오
르규 씨의 집필실이 기념관이 되어 있다길래 밤에 가서 잠깐 볼 수
없느냐고 물었더니, 오늘은 선약이 있어 곤란하지만 내일은 가능하
다신다. 내일은 떠나는 날이어서 그 일은 포기했다. 수첩을 도둑맞아

바르셀로나의 붉은 개선문

미리 연락하지 못해서 이런 차질이 생긴 것이다. 피라미드 광장 근처에서 햄버거로 점심을 때우고, 루브르 박물관 정원에 있는 카루젤 개선문과 유리 피라미드를 보면서 예약한 한 시가 되기를 기다렸다.

　나폴레옹의 개선을 기념하여 세웠다는 카루젤 개선문을 보니, 어제 보고 온 무데하르 양식의 붉은 바르셀로나 개선문 생각이 났다. 1888년 박람회 때 입구에 세웠다는 그 개선문은, 레이스 같은 자잘한 릴리프가 살짝살짝 베풀어져 있을 뿐 비교적 심플하게 만들어졌는데도, 양쪽에 양파를 엎어놓은 것 같은 귀여운 주두柱頭가 둘씩 솟아 있고, 곡선의 장식이 많아서 여성적이었다. 파리의 에투알 개선문은 남성적이다. 결연한 직선의 테두리를 가진 하얀 개선문은 군더더기 하나 없이 중후하다. 카루젤 개선문은 그보다는 규모도 작고, 석재도 살짝 살빛을 띠고 있어 그것보다는 감성적이고 아름답다.

유리 피라미드는 생각보다 규모가 작아서, 애초에 사람들이 우려했던 것처럼 그 이질성으로 루브르 궁전의 경관을 해치지는 않았다. 유리 피라미드가 오래된 궁전에 젊음을 보태주는 것처럼 보였기 때문이다. 그토록 오랜 심의 과정을 거쳐서 새 건물을 세우기에, 파리의 새 건물들은 언제나 옛 건물에 빛을 더하는 역할을 하게 된다. 도시 전체를 예술품처럼 아끼고 가꾸는 파리지앵들의 안목과 열정에는 탄복을 금할 수 없다.

# #
퐁텐블로의 성과 숲

한 시에 퐁텐블로를 향해 떠났다. 파리에서 60킬로 떨어진 곳에 있는 퐁텐블로 성은 평지에 있었다. 2700헥타르의 울창한 숲에 둘러싸인 왕들의 이궁인데, 멀리에서 보니 무성한 활엽수의 수해에 가려져 보이지도 않았다. 프랑스는 유럽의 여러 나라 중에서도 특별히 평야가 많고 대지가 기름진 나라여서 시골 경치가 평화롭다. 루아르 강변에 성들을 보러 갔을 때도 나는 그 고장의 풍요로운 대지와 강물에 먼저 매료되었다. 저마다 양식이 다른 개성적인 성들은, 자연과 조화를 이루어 더욱 빛을 발했다. 신과 인간이 사이좋게 의논하여 만들어놓은 지상의 에덴이다.

토양이 비옥하기는 퐁텐블로도 마찬가지여서, 이곳의 나무들도 루아르의 수목들처럼 태양과 물을 마음껏 흡수하여, 잎이 풍성하고 허우대가 늠름했다. 신이 손수 키운 나무들이다. 잘 자란 활엽수의 거목들이 여유 있는 모습으로 메운 숲을 보고 있으니 스페인이나 로스앤젤레스의 나무들 생각이 났다. 스페인에서는 나무를 특별 관리하는 알람브라 궁전 같은 곳의 수목들도, 어딘가 목말라하는 것 같은 느낌을 준다. 인공의 물을 마시며 자라기 때문이다. 로스앤젤레스도 마찬가지다. 로스앤젤레스는 끝도 없는 평원 지대이고, 수원지도 스페인보다는 커서, 묘지까지도 스프링클러가 공급하는 물을 흠씬 받아 윤기 있는 잔디밭을 키우고 있다. 하지만 바닥이 사막이어서 인공의 물이 닿지 않은 부분은 금세 사막의 황막함을 노출시킨다. 바로 밑에 베벌리힐스의 호화 주택가를 거느리고 있는 할리우드의 산들도 마찬가지다. 대문자로 'HOLLYWOOD'라 새겨져 있는 그 산이 얼마나 메마르고 헐벗은 산인지를 확인하고 기함을 한 일이 있다. 그런데 1년 내내 비가 내려서 나무들이 쑥쑥 자라는 영국이나 일본 같은 나라에는, 로스앤젤레스 같은 넓은 평야가 적다. 그러니 넓은 평야에 제힘으로 자란 풍성한 숲을 수없이 가지고 있는 것은 프랑스가 지닌 얼마나 큰 천혜天惠인가. 산악이 국토의 대부분을 차지하고 있는 나라에서 자란 나는, 지평선까지 이어지는 평지의 풍성한 숲들을 보면 언제나 부러워서 가슴이 아리다.

드디어 성관 앞에 내리자, 머리가 어수선하게 흐트러진 여자 가이드가 나타나, 된소리가 섞인 프랑스식 영어로 설명을 하기 시작했다.

그녀는 머리가 가려운지 이따금 손을 넣어 머리를 긁적거렸는데, 성격이 깔끔한 큰언니는 그걸 못 견뎌했다. "아이유, 저 가시나 머리를 오래 안 감았나보다." 그녀의 손이 머리로 올라갈 때마다 언니는 질색을 했다. 언니가 싫어하건 말건 그녀는 여전히 머리를 긁적거렸고, 그럴 때마다 작은언니와 나는 웃음을 참느라고 힘이 들었다.

퐁텐블로는 원래 왕실의 수렵장이었다는 그녀의 말을 듣자, 서양 영화에 곧잘 나오는 화려한 사냥 출정식이 생각났다. 그러고 보니 붉은색 승마 재킷을 멋있게 차려입은 기수들이 수십 마리의 사냥개와 함께 대문에서 쏟아져 나오는, 신나고 역동적인 출정식 장면은 대개 평지에 있는 성을 배경으로 하고 있었던 것 같다.

나는 귀족 취미가 없는 범속한 인간이지만, 귀족 문화가 이루어놓은 예술적 성과물은 편견 없이 즐긴다. 키츠의 말대로 아름다운 것은 영원한 기쁨이기 때문이다. 어느 나라나 관광자원은 귀족 문화의 유물이고, 그 유물이 먹여 살리는 것은 후세의 시민들이니, 서민의 후예들도 억울할 것은 없을 것 같다. 그런 문화유산을 많이 가지고 있는 나라의 후손들은 축복받은 사람들이다. 하지만 그 축복은 건물들을 짓던 시대의 그 나라 시민들의 노력에서 나온 것이다. 경복궁 하나를 짓는 데 당백전이 나돌아야 했던 가난한 우리나라의 왕실을 생각해본다. 베르사유 같은 궁전을 짓거나 피라미드 같은 기념비적인 분묘를 만들려면, 얼마나 많은 부가 요구되겠는가. 평지에 있는 퐁텐블로의 풍요한 숲은 그 자체가 충만한 생명의 향연이기 때문에, 세계

각국의 사람들을 끌어들인다. 그 숲이 아파트로 변하는 것을 누군가가 영원히 방지해주었으면…… 하고 빈다.

세고비아나 톨레도의 성들이 산둥성이에 세워진 방어용 성채인 데 반해, 화약이 발명된 후에 세워진 프랑스의 15, 16세기 성들은 대부분이 평지에 세워진 거성居城들이 많다. 산꼭대기에 성을 세우고 해자를 두르는 중세의 성들은 적을 방어하는 일이 급선무여서, 정원이나 내부 장식 같은 것에 신경을 쏠 겨를이 적다. 밖에서 보기에는 아름답지만, 창문이 적은 중세의 성들은 들어가보면 습하고 어두워서 살기 좋은 주거 공간은 아니다. 그런 불편을 감수할 각오를 하고 지은 성들이지만, 대포가 나오자 해자도 성벽도 무용지물이 되고 말았다. 성들이 평지로 내려오고 담이 낮아지는 시대가 온 것이다.

중세에는 스페인보다 나을 것이 없었던 프랑스는, 르네상스도 이탈리아보다 2세기나 늦어서 16세기에야 유럽을 주도하는 문화가 개화된다. 그 늦음이 프랑스의 성들에는 축복이 된다. 루아르 강가의 아름다운 성들은 평지에 세워졌고, 정원도 내부 장식도 호화로워서 지금은 프랑스를 빛내는 건축물이 되고 있다. 다빈치나 미켈란젤로 같은 이탈리아의 거장들을 모셔다가 성을 만드는 동안에, 프랑스에서는 프랑스만의 새로운 양식이 활발하게 성장하고 있었던 것이다.

루아르 지방에도 앙제 성 같은 성채 양식의 성이 많지만, 그 고장을 대표하는 재건된 성들은 대부분이 거성 형식이고, 슈농소처럼 다리의 아치 위에 세워져서 수면에 성 전체가 반영되는 멋을 부리기도 한다. 루아르의 성들은 파리에 가까워 올수록 이탈리아풍을 벗어나다가, 루이 14세의 치세가 되면 유럽에서 가장 전형적인 고전주의 양식을 창출해내는 것이다. 그 정점에 파리라는 도시가 있고, 베르사유라는 궁전이 있다. 파리는 고전주의를 시각화한 도시라고 할 수 있다. 그래서 거기에서는 모든 것이 기하학적 구도의 정확성을 지닌다. 균형과 조화의 미학이 지배하기 때문이다.

숲속에 있는 퐁텐블로 성은 그 역사가 베르사유보다 오래된 것이지만, 16세기 초 프랑수아 1세 때 오늘날과 같은 본격적인 성으로서의 기반이 잡혔다. 이탈리아에 침공한 프랑수아 1세가, 프랑스보다 2세기나 앞서 개화한 이탈리아 르네상스에 매혹당하여, 그곳 예술가들을 모셔다가 성을 세우고 내부를 장식한 것이다. 이탈리아 마니에리슴의 거장들은 프랑스에 와서 그곳에 르네상스를 꽃피우게 했다. 그들의 활동 무대 중의 하나가 퐁텐블로 성이어서, 그들의 화풍을 이어받은 화가들을 퐁텐블로파라 부른다.

그들이 와서 치장해놓은 성 내부에 들어가기 전에, 가이드는 우리를 앞마당에 정지시켰다. '백조의 정원'이라 불렸다는 성의 앞마당은 돌로 포장되어 있었지만, 볼 것이 별로 없었다. 이 성의 특징이라는 말편자 모양의 계단은 아무리 좋게 보려 해도 아름답지 않았다. 하지만 그곳은 나폴레옹이 귀양을 가던 역사가 서려 있는 장소다. 1814년 4월 20일 아침에 나폴레옹이 엘바섬으로 귀양을 가기 위해 이곳에서 부하들과 고별식을 가졌다. 말편자 모양의 계단을 그가 나폴레옹 스

풍텐블로 성

타일의 복장을 하고 내려오는 그림이 팸플릿에도 찍혀 있었다.

성의 내부에는 발루아가家와 부르봉가의 여러 왕들과 나폴레옹 같은 역대 통치자들이 자신의 취향을 마음껏 살려서 경쟁적으로 치장한 예술적인 방들이 있었다. '아파르트망'이라고 불리는 그 방들은 미술의 경연장 같았다. 그중에서도 나폴레옹의 아파르트망은 18세기 실내장식의 극치를 보여주고 있었으며, 앙리 2세의 무도장과 프랑수아 1세의 갤러리 등은 르네상스 미술의 정수를 전시하고 있었다.

하지만 바닥부터 천장까지 빈틈없이 예술품으로 장식하는 그런 스타일의 인테리어에는 좀 문제가 있는 것 같다. 마니에리슴과 바로크 시대에 지어진 건물들에는 장식이 너무 많다. 사원이건 궁궐이건 귀족의 저택이건 이 시기 유럽의 건물들에서는 일제히 바로크식 장식 과다 현상이 나타난다. 바티칸도 마찬가지다. 사원 건물은 더 말할 필요가 없지만, 사제들이 쓰던 성구를 진열해놓은 박물관에까지 과식주의가 들어차 있었다. 옷의 장식에서 시작해 양피지 성서에 이르기까지 한 곳도 가만히 놓아둔 구석이 없다. 아무리 좋은 것도 넘쳐나면 염증이 생긴다. 어떤 일본 작가가 그리스에 갔더니 바로크식 과식주의가 없어서 살 것 같더라는 말을 한 일이 있는데, 바로크식 건물과 실내장식을 볼 때마다 그 말에 동감한다. 일본은 우리보다는 장식성이 진한 예술을 가진 나라다. 그런데도 그런 느낌을 받았으니, 절제와 단순미를 즐기는 한국인은 더 말할 필요가 없다. 파리는 바로크 초기에 만들어져서 클래식하면서도 생동감이 도는 절제된 건물들을 지을 수 있었던 것이다.

이슬람에는 성직자가 없고 성화聖畵나 성구聖具가 많지 않아서 사원 안은 비교적 단순했다. 당초무늬와 코란의 구절들만 장식되어 있기 때문에 정적靜的이었다. 글자 쓰기가 예술이 되는 나라는 한자 문화권과 이슬람 문화권뿐이라는 말을 들었는데, 아랍 글자들은 그림처럼 아름답게 도안화되어 있고 다양한 색채로 씌어져 있어서, 서예 작품들이 컬러풀하면서도 생동적이었다. 이슬람에는 성구聖具 외에도 없는 것이 많다. 인물의 그림이나 조상彫像이 거의 없는 것이다. 궁전의 내부도 마찬가지다. 똑같은 과식주의라도 식물만 대상이 되어서 포만감이 덜한 것 같다.

퐁텐블로 성의 정원은 장식적이지 않았다. 베르사유 궁전에 비하면 여기는 엉성하다고 할 만큼 빈 구석이 많았다. 영국식 정원과 프랑스식 정원이 혼합되어 있기 때문인 것 같다. 잔디밭에 삼각형 나무가 띄엄띄엄 심어져 있기도 하고, 교목들이 줄지어 심어져 있는 곳도 있어, 여유가 느껴졌다. 디안 정원 연못가에서 사진을 찍고 한참 쉬다가 밖에 나오니, 차체에 그림을 잔뜩 그린 네모난 버스들이 줄지어 서 있었다. 이 근처를 순회하는 셔틀버스였다.

바르비종―"나 여기 살고 싶네"

퐁텐블로의 숲 사이에 난 아름다운 길을 서북서 쪽으로 10킬로쯤 달려간다. 밀레와 루소 같은 '바르비종파' 화가들이 모여 살았다는 고장에 가기 위해서다. 숲속을 달리는 아름다운 길 끄트머리에 전원 도시가 나타났다. 조그맣고 조용한 전원도시에는 작고 이쁜 집들이 여기저기에 배치되어 있었다. 밀레나 루소의 그림 속에 나오는 것 같은 소박한 시골집이다. 그런 집에, 〈만종〉 〈씨 뿌리는 사람들〉 〈양 치는 소녀〉 같은 그림에 나올 듯한 사람들이 살았던 마을이다. 그곳도 상업화되어 전원파 화가들의 아틀리에는 카페나 기념품 가게로 변해 있었지만, 외형은 예전대로여서 숲을 원경으로 하는 그 시골 마을의 평화로운 파노라마는 인간의 영혼에 안식을 주고 있었다.

"언니! 우리 열심히 저축해서 내년에는 여기 와서 한 일주일 있다가자."

작은언니가 말하자 "나는 여기 살고 싶다네" 하고 동생이 맞받는다. 그 애는 큰 병을 끼고 사는 사람이어서, 어디에든 가기만 하면 스스로 감동해서 알프스라도 정복한 사람처럼 "나 여기 왔다네" 아니면 "나 여기 살고 싶네" 같은 거창한 성명을 발표한다. 죽지 않고 살아서 바르비종에 온 것이 킬리만자로에라도 오른 것 같은 성취감을 느끼게 하는 모양이다. 사실 나도 그때는 동생과 동감이었다. 경제만 허락한다면 거기 와 살았으면 좋을 것 같았다. 그래서 마을을 거니는 시간이 허락되자 신이 났다. 우리는 카페에서 차도 마시고 기념품 가게에서 머플러와 손수건 같은 것도 사면서, 집을 떠난 후 가장 한가한 시간을 보냈다.

돌아올 때는 좌석을 차지하는 데 문제가 생겼다. 동생이 앞자리에 집착해서 짐을 놓고 내렸는데, 와보니 일본 여인이 짐을 뒷자리에 옮겨놓고 동생의 자리를 차지해버린 것이다. 할 수 없이 동생을 뒷자리로 보내고 나는 그녀와 짝이 되었고, 우리는 곧 친해졌다. 줄담배를 피우고 일본 사람 같지 않게 부산스러운 인상을 주는 그 여인은, 이집트에 회의차 다녀오는 의사였다. 일본은 너무 꽉 짜인 사회여서, 상식의 범위를 벗어나는 삶을 사는 예외적인 사람들은 저렇게 불안정한 모습을 하고 있는 경우가 많다. 자유가 낯설고, 자유로운 생활 방식에 익숙하지 않아서 생기는 부작용인가보다.

몇 해 전에 이어령 선생이 일본에서 디자인상을 받았을 때, 그 시상식장에서 나는 저런 사람들을 보았다. 전통과 인습에서 일탈한 삶을 사는 예술가들 중에는 저 여인처럼 안정감을 잃어서 행동거지가 불안정해 보이는 인물이 많이 있었던 것이다. 대부분의 사람들이 전통적인 생활 규범을 고지식하게 따르는 나라에서, 그들처럼 살 수 없어 일탈하는 사람의 어려움이 그들의 모습을 통해 드러나 보였다. 일본에서는 그런 사람들을 '외톨이 늑대一匹狼'라고 부른다. 무리에서 떨어져 혼자 있는 외톨이 늑대같이 고립되어 있는 인간이라는 뜻인가보다.

그 여의사가 이제부터 남불을 거쳐 스페인에 간다고 하길래 핸드백을 조심하라고 했더니 허리에 찬 전대를 씩씩하게 두드려보였다. 전대가 거기 있는 것을 남에게 알리면 어쩐담! 그녀의 천진함이 사랑스러워 그녀와 함께 웃었다.

1999년 10월 18일

# #
유모차를 미는 멋쟁이 파리지앵들

아침에 일찍 일어나서 큰언니와 근처를 산책했다. 북쪽으로 조금
가니 큰길이 나타났다. 거기서 동쪽을 보니 멀지 않은 곳에 사크레쾨
르 성당의 하얀 돔이 불쑥 솟아 있었고, 서쪽으로 조금 걸었더니 몽
소 공원이 나타났다. 영국식으로 만든 조용한 공원이다. 어제보다는
좀 나았지만 여전히 날씨가 쌀쌀해서, 어제 길에서 산 판초를 펼쳐서
같이 두르고 언니와 가을의 몽소 공원을 한 시간이나 걸었다. 한참
걷다가 벤치가 있는 입구 쪽에 와 앉아 있으니까 여자들이 유모차를
끌고 나타나기 시작했다.

"언니, 세상에서 제일 이쁜 물건이 뭐라고 생각해?"

"글쎄…… 유모차?"

몽소 공원

우리는 의견의 일치를 보았다. 라틴계 어린이들은 아기 때 모습이 너무 이쁘고, 그들이 탄 유모차는 디자인이 세련되어서 스와로브스키 숍에서 본 크리스털 유모차를 연상시켰다. 유모차가 그렇게 이쁘지 않아도 좋고, 아이의 이목구비가 굴곡이 뚜렷하지 않아도 무방하다. 내게 있어서 세상에서 제일 이쁜 물건은 아이가 타고 있는 유모차다. 작년 봄 어느 날 손자의 유모차를 밀며 산책을 하다가 그런 생각을 하게 되었다. 햇빛 가리개가 달린 유모차에 태워놓으면, 아이들은 눈을 동그랗게 뜨고 거의가 다 환희에 찬 표정을 짓는다. 어쩌다 보는 바깥세상이 두루 놀랍고 신기한 모양이다. 세상에 유모차를 탈 나이의 아이들보다 더 이쁜 피조물이 어디 또 있겠는가. 세상에서 유모차를 미는 젊은 엄마처럼 행복해 보이는 여인들이 어디 또 있겠는가. 아기들과 눈 장난을 하고 있는 사이에 낙엽이 하나둘 우리의 머리 위로 떨어져 내렸다. 평화롭고 축복받은 시간이었다.

일어서면서 보니 유모차를 밀고 온 엄마와 할머니들의 옷차림이 눈에 들어왔다. 역시 '파리구나!' 하고 감탄했다. 평상복을 입고 있는 여인들의 의상 감각이 너무나 세련되었기 때문이다. 그들은 자신의 머리와 키, 피부색 그리고 계절과 어울리는 스웨터나 블라우스 같은 것을 입고 있었는데, 코디를 어찌나 잘했는지 모두 성장한 여인들처럼 시크chic 했다. 스웨터에 간단한 머플러나 핀 같은 것으로 악센트를 주고 있는 것뿐인데 멋이 있다. 모두 삼색 이상의 색채를 잘 소화해내고 있는 것은 오래 훈련된 세련된 안목 때문일 것이다.

옷을 입는 데도 그 나라의 예술적 전통의 두께가 나타난다는 사실을 다시 확인했다. 그러고 보니 요금을 더 받는데도 자신의 세계를 침해받는 것이 싫어서, 손님을 세 사람만 태우고 싶어 한 택시 기사의 마음도 이해가 갔다. 일하는 것을 즐기려면 옆자리에서 누가 부시럭거리지 않는 편이 나을 것 같았기 때문이다. 돈은 살기 위해 버는 거니까, 삶이 방해받는 짓은 안 하기로 한 결과가 부스럭거리는 손님을 도중에 내리라고 한 이유가 아니었을까? Savoir vivre. 살 줄 안다는 뜻이다. 프랑스 사람들은 그 말을 좋아한다. 그들은 자신들이 멋을 아는 안목을 지니고 삶을 즐기는 경지를 터득했다고 자부하고 있는지도 모른다. 생활의 예술화를 지향하는 그들의 모습을 보면서, 너무 많은 짐을 지고 정신없이 달려오느라 하고 싶은 여행도 못 하고 산 나를 되돌아본다. 자신에게 너무 소홀하게 산 것 같다는 후회가 생긴다.

#

광열이 소동

산책을 하고 메모에 남긴 대로 아홉 시에 돌아와보니 작은언니가 그동안에 문제를 하나 만들어놓았다. 파리에 닿자마자 언니가 찾고 싶어 했던 광열이라는 청년과 드디어 연락이 닿아서, 점심 약속을 해 버린 것이다. 작은언니 부부는 헤플 정도로 남의 치다꺼리를 하며 산 다. 슈퍼에 갔다가 잘 데가 없어 난감해하는 한국인을 만나면 데리고 와서 재우고 취직까지 알선하는 식이니까, 신세 진 사람이 사방에 널 려 있다. 한국에서 이웃에 살던 광열이 부친도 이민 초기에 언니의 그런 푸짐한 도움을 받은 분인 것 같다. 그분은 언니가 파리에 간다 는 말을 듣자 그 김에 신세를 갚으려고, 아들이 파리에서 잘 살고 있 으니 사모님께 점심이라도 사드리라고 연락을 한 것이다.

나는 여행지에서 어정쩡하게 아는 사람을 만나 시간을 보내는 것을 좋아하지 않는다. 먹는 일에 시간을 빼앗기는 것도 마찬가지다. 언니들은 두 시 전에 떠나야 해서 겨우 하루 반의 파리 관광인데, 그 금쪽같은 한나절이 점심 먹는 일로 달아나버리게 생겼으니 기분이 좋지 않다. 뿐 아니다. 저쪽 사람에게는 또 얼마나 폐가 되는 일인가? 일행이 많으니 그 사람은 남에게서 밴을 빌려가지고 온다고 했단다. 언니뿐이 아니고 군더더기로 세 식구가 붙어 있으니 부담은 또 얼마나 많겠으며, 이 하루에 그가 해야 할 사업상의 업무는 또 얼마나 지장을 받겠는가? 호텔에서 가까운 몽마르트르 묘지에 가서 내가 전공하는 자연주의계 작가들의 무덤을 찾아보고, 사크레쾨르 사원에도 들러 오전을 보내려던 나의 계획도 수포로 돌아갔다.

12년 전에 나는 그 사원에서 동생을 위해 초 하나가 다 탈 때까지 울며 기도를 드린 일이 있다. 근육무력증 수술을 앞두고 있었기 때문이다. 가슴뼈를 세로로 20센티나 자르는 큰 수술이어서 옆에 있어주려고 미국에 갔는데, 수술 일정이 연기되어 기다리지 못하고 돌아오다가 파리에 들렀던 것이다. 그 끔찍한 수술을 받고도 20년을 더 살아서 동생이 나와 함께 파리에 온 것을 감사하기 위해, 그곳에 가서 다시 촛불을 켜고 있으면 싶었던 것이다. 하지만 이미 약속을 해버렸다니 그를 기다릴 수밖에 도리가 없게 되었다.

광열이는 우리를 '보팽거Bofinger'라는 해물 전문의 유명한 레스토랑으로 데리고 갔다. 바스티유 거리에 있는 그 음식점은 1864년에 시작된 것이라는데, 실내장식이 클래식해서 품위가 있고, 음식도 맛이 있었다. 그 집에서는 손님들에게 자기 점포의 역사를 적은 팸플릿을 나누어주었다. 거기에는 그곳을 다녀간 명사들의 사인첩이 들어 있었다. 프랑스의 명사들뿐 아니라 스티븐 스필버그, 마돈나 같은 할리우드 예술가들의 이름도 적혀 있었다. 프랑스 사람들은 교양만 중시하는 것이 아니라 의식주의 모든 것을 예술화하고 싶어 하는 헬레니스틱한 면이 있다. 그들은 집의 양식과 인테리어를 취향에 맞추어 장식하는 일에 몰두한다. 주인의 문화 의식과 미의식을 나타내는 유니크한 주거 환경을 만들고 싶은 것이다. 퐁텐블로 성을 거쳐간 왕들이 독자적 취향을 드러내기 위해 각자의 아파르트망에 들인 돈과 정력은 경탄할 만했다.

어찌 주거 문화뿐이겠는가? 옷 입는 것도 다르지 않다. 자기에게 맞는 스타일과 색상을 알아내는 격조 높은 안목을 기르기 위해 노력하니까 기성품 스웨터를 사 입어도 시크한 멋이 생겨난다. 먹는 것도 마찬가지다. 프랑스에서는 음식을 주문하는 데 많은 시간을 할애하는 사람이 교양인이라 한다. 이웃 나라에서는 한 사람이 시키면, 요리하는 사람의 편의를 생각해서 나머지 사람들도 같은 음식을 시키는 일이 많다는데, 프랑스 사람들에게는 자기가 정말 먹고 싶은 음식을 정확하게 알고, 원하는 것만 먹는 일이 더 중요한 것이다. 그래서 요리사의 지위도 높다 한다. 지난번에 파리에 왔을 때 어떤 점잖은 신사가 아주 자랑스럽게 자기 직업은 요리사라고 소개하는 것을 들은 일이 있다. 와인 감정가나 미식가, 일류 요리사는 이 나라에서 예술 애호가와 마찬가지로 savoir vivre의 기수로 간주되는 모양이다.

그런 프랑스식 음식 문화의 미학을 육화시킨 영화로 〈바베트의 만찬〉이 있다. 전쟁으로 남편을 잃은 일류 요리사 바베트는 시골에 은거하며, 교회에서 익명의 자원봉사자로 잡일을 거들면서 살고 있다. 그러던 어느 날 그녀는 복권에 당첨되어 많은 돈을 갖게 된다. 바베트는 그 돈을 몽땅 들여서 마을 사람들을 위해 본격적인 만찬을 준비한다. 파리 일류 요리점의 메뉴를 그대로 재현하는 초호화판 만찬이다. 그녀의 희한한 요리들은 기적을 만들어낸다. 호화로운 기명에 담긴 최상급의 풀코스 식사를 하는 과정을 통하여, 바베트는 목사가 평생 노력해도 얻지 못한 것을 성취한다. 마을 사람들의 마음을 여는 일이다. 서로 으르렁거리며 살던 이웃들이 향기 높은 술을 마시며 담소하는 동안에 마음을 트게 되고, 불행에 짓눌려 삶의 가치를 의심하던 사람들이 삶의 기쁨을 되찾게 된다. 그리하여 마을 전체가 기쁨으로 호응하는 화합의 축제가 벌어진다. 바베트의 요리들은 성찬식의 빵과 포도주보다 더 큰일을 한 것이다. 그러니까 품위 있는 고급 음식점에, 시크한 옷차림을 하고 마음이 통하는 사람들과 같이 가서, 최고의 요리를 천천히 음미하는 일은, 정장을 하고 가서 오페라를 감상하는 것 못지않게 중요한 예술적 행위가 될 수 있다. 현세적 향락주의자들은 감각의 충족을 그렇게 높이 평가한다. 그래서 파리는 모든 예술의 수도가 되는 것이다. 예술은 감각에서 생겨나는 것이기 때문이다.

그런데 나는 향락주의자가 아니다. 검소함을 최고의 미덕으로 신봉하는 기독교인 어머니 밑에서 자란 데다가 위가 약해서 먹는 것에 별로 취미가 없다. 나에게 고급 레스토랑은 개 발에 편자다. 하지만 바베트의 만찬처럼 그날의 점심은 나를 변화시켰다. 나는 그 집의 모든 것을 눈과 귀와 혀로 마음껏 즐겼다. 은은한 음악, 세련된 손님들, 품위 있는 실내장식, 감미로운 술, 그리고 최상의 수프와 하늘거리는 따끈한 빵, 맛이 깊은 샐러드……. 그날 나는 고급 음식점에서 비싼 요리를 먹는 것은 인간이 누릴 수 있는 최상의 쾌락 중 하나라는 일에 기꺼이 찬성표를 던졌고, 광열이 만세를 불렀다. 그것은 내가 하기 어려운 파리 관광의 한 종목이었기 때문에 더 고마웠다. 광열이라는 청년은 파리지앵처럼 세련되고, 한국인답게 자상해서 나무랄 데가 없는 호스트였다. 젊은 나이에 이국에 와서 자리를 잡은, 패기 있고 교양 있는 옛 이웃을 만나는 것은 얼마나 큰 기쁨인가.

점심이 끝나니 언니들은 가야 할 시간이 되었다. 호텔을 체크아웃하고 나왔기 때문에 여기에서 공항으로 직행하면 된다. 그래서 우리는 바스티유 거리의 모퉁이에서 헤어졌다. 평생 처음 같이한 여행인데, 우리만의 이별 의식을 가지지 못한 것은 아쉬웠지만, 광열이가 언니들을 공항에 데려다준다니 한 가지 걱정은 덜었다.

모처럼 거기까지 왔으니 바스티유 근처에서 서성거리다가 몽마르트르나 소르본 쪽으로 가볼 예정이었는데, 광열이가 어느새 나를 위해 택시를 세우고 요금을 지불하고 행선지까지 말해버렸으니 호텔 쪽으로 갈 수밖에 없었다. 하지만 나는 호텔까지 가지 않고 루브르 박물관 근처에서 내렸다. 콩코르드 광장에서 개선문까지 걸어서 가보는 것도 괜찮겠다 싶어서였다. 혼자 여행하는 것을 즐기는 편인데도, 막상 같이 여행하던 형제들이 떠나고 나니 갑자기 버림받은 것 같은 막막한 기분이 되었다. 날씨도 흐리고 추운데 낯선 거리에 나를 혼자 두고 떠나야 하는 언니들의 표정도 울상이었다. 내가 떠날 시간은 밤중이었기 때문에 남은 시간을 혼자 보낼 것도 안쓰럽고, 언제 또다시 만나 이런 여행을 할 수 있을까 싶어서 심란하기도 했던 것이다. 튀일리궁의 정원 벤치에 앉아 나는 갈 곳을 잃은 방랑자처럼 처연한 기분에 휩싸였다.

한참 쉬고 천천히 걸어 콩코르드 광장으로 들어갔다. 'Concorde.' 화합이라는 뜻이다. 바스티유 감옥을 부수면서 일어난 프랑스 혁명은 '테러', '기요틴' 같은 살벌한 유행어를 만들어내면서 거센 피바람을 몰고 왔다. 사람을 무더기로 죽여야 하는데, 때를 맞추어 길로틴이라는 사람이 단두대를 만들어서 혁명군의 목 자르기 과업을 쉽게 만들었다. 옛날 우리 역사 선생님은 "칼을 매단 줄을 당기면, 사람의 목이 '찐토 키레루 노데(찡하고 잘려서: 일어)' 기요틴이라 한 거"라고 농담을 하셨지만, 기요틴은 광장에 매달기에는 너무 원시적이고 참혹한 처형 기구다. 흥분한 혁명군은 귀족과 왕족들뿐 아니라 같이 혁명을 일으킨 당통과 로베스피에르까지 이 광장에 세워 기요틴으로

콩코르드 광장

목을 쳤다. 2년 동안에 1343명이 단두대에서 처형되었다니, 그곳은 피의 광장이었던 것이다.

　'빵을 달라'고 외치는 군중들을 보면서, 빵이 없으면 과자를 먹지 그러느냐고 철없는 발언을 해서 유명해진 루이 16세의 왕비 마리 앙투아네트가 남편과 함께 처형된 곳도 이곳이다. 외국에서 온 그 철부지 왕비는 혁명을 겪으면서 성숙해져서, 죽을 때는 의연하게 단두대로 걸어가며 "자유여! 너의 이름 아래 얼마나 많은 악이 행해지고 있는가"라는 말을 했다고 한다. 그래서 "부르봉 왕가의 유일한 남자는 마리 앙투아네트"라는 칭찬을 들었다는 것이다. 그 피비린내를 걷어내고 이곳이 화합의 광장으로 다시 태어나기 위해서, 얼마나 많은 희생제가 열려야 했던 것인가.

복잡한 신호등을 여러 번 건너서, 나는 드디어 광장 한복판에 있는 오벨리스크 앞에 섰다. 모처럼 한가해서 오벨리스크에 다가가 거기 쓴 해설을 천천히 읽어나갔다. 그러다가 나는 하마터면 비명을 지를 뻔했다. 오벨리스크는 원래 탑처럼 하나만 세우는 것인 줄 알고 있었는데, 그것이 사실은 룩소르 신전의 문 양쪽에 하나씩 세워져 있던 쌍둥이 탑의 하나였다고 씌어 있었기 때문이다. 이집트의 메흐메드 알리 부왕副王이 프랑스의 샤를 10세에게 기증한 것이라는 말도 있었다. 역부족이어서 마지못해 한 일이겠지만, 쌍둥이 탑 중 하나를 빼면 자기네 신전의 건축미가 와해되는데도 그런 짓을 한 건 통치자로서 용서받지 못할 짓이다. 균형을 중시하는 이집트에서는 있을 수 없는 폭행이기 때문이다. 나는 이집트인이 아니지만, 자신이 살겠다고 그것을 내준 이집트 왕을 용서할 수 없었다. 용서할 수 없기로는 프랑스 왕도 마찬가지였다. 자기네 것은 거리 하나하나까지 균형을 챙겨 건물에 엘리베이터도 못 달게 하면서, 아무리 군사력이 우위에 있다고 해도 남의 나라 신전 앞에 쌍으로 서 있는 탑 하나를 뽑아오는 것은 해서는 안 되는 야만적 행위이기 때문이다.

미셸이라는 이름을 가졌던 내 불어 회화 선생은, 오벨리스크를 가져온 사람을 서슴지 않고 '도적'이라고 불렀다. 그녀의 말에 전적으로 동의한다. 세상에는 훔쳐가도 되는 물건과 훔쳐서는 안 되는 물건이 있다. 금이나 돈은 훔쳐가도 된다. 하지만 예술품이나 기념품은 훔쳐가서는 안 된다. 그것은 돈으로 환산할 물건이 아니기 때문이다. 금으로 된 잉카의 오랜 예술품들을 용광로에 넣어 녹여 금괴로 만든 짓, 바미안 석불을 망가뜨리는 짓 같은 것은 절대로 해서는 안 될 종목에 속한다. 쌍둥이 오벨리스크를 하나 뽑아오는 행위도 마찬가지다. 히틀러도 파리를 불태우는 일은 마지막까지 유보했으며, 이사벨 여왕도 알람브라 궁전을 불태우는 일은 하지 않으려고 노력했다. 남의 나라 신전의 쌍기둥 중 하나를 뽑아온다는 것은 산 사람에게서 눈하나를 빼는 것과 같은 행위다. 둘 다 가져오는 것보다도 더 나쁜 짓이라 할 수 있다. 그것은 한 문화의 받침대가 되는 균형의 미학을 망가뜨리는 행위이기 때문이다.

금빛으로 새겨진 설명 판에는 그 오벨리스크가 높이 23미터에 무게 230톤의 살색 화강암 하나로 만들어진 것이라는 말이 적혀 있었다. 그것을 훼손하지 않고 파리까지 날아와서 세우는데 아주 많이 힘이 들었다는 공치사도 들어 있었고, 소비된 시간이 4년이라는 말도 씌어 있었다. 오벨리스크의 기단에는 그것을 옮겨오는 과정이 여러 장의 그림으로 그려져 있다. 자기 나라의 기술력에 대해 자랑을 하고 있는 모양이다.

그 오벨리스크에는 히에로글리프로 람세스 2세의 업적이 기록되어 있다고 한다. 상형문자는 그림 같아서 그 무미건조한 내용을 미술작품 같은 형상으로 상형화시킨다. 콩코르드 광장의 오벨리스크는 이집트 작품답게 완벽한 조형미를 지니고 있었다. 워싱턴에서 본 오벨리스크의 모조품을 생각해보았다. 아무것도 씌어 있지 않은 채 외형의 선만 닮은 그 모조품은 너무나 싱겁고 허허로웠다. 이집트와 미국의 문화적 질량의 차이가 오벨리스크를 통하여서도 노출된 것이다. 하지만 짝을 잃은 채 유형지에 홀로 서 있어도 오벨리스크는 예술품으로서 완벽했다. 광장 전체를 채우고도 남는 카리스마를 지니고 있었던 것이다.

다행스럽게도 프랑스 사람들은 그 오벨리스크에 최대의 대접을 해주고 있었다. 콩코르드 광장 한복판에 그것 하나만 세워준 것은 오벨리스크에 대한 최고의 오마주다. 광장 전체를 대지臺地로 제공한 셈이기 때문이다. 이집트에는 건물 사이에 설치되어 잘 보이지 않는 오벨리스크도 있었는데, 이 광장에서는 시야가 그렇게 시원스럽게 열려 있으니, 오벨리스크는 하나만으로도 이집트 5천 년의 역사를 대변하기에 부족함이 없었다. 모르긴 해도 유럽 사람들이 이집트에서 약탈해온 오벨리스크 중에서 파리의 것이 가장 좋은 대접을 받고 있는 것이 아닌가 싶다. 이집트 신전에는 그렇게 대접해줄 만한 가치를 가진 유물들이 아직도 너무 많다. 신전의 기둥 하나하나가 그런 무게를 지니고 있으니, 모두 콩코르드 광장만 한 대지에 세워서 그 진가를 감상하게 하면 얼마나 좋을까, 하는 생각도 든다.

다시 복잡한 횡단보도를 건너서 개선문을 향하여 샹젤리제 거리를 걸었다. 마로니에 가로수들이 단풍이 들어 아름다웠다. 가로수 밑에는 1미터쯤 거리를 두고 전위 조각 작품들이 한 줄로 진열되어 있어 볼거리가 많았고, 주변 상가의 쇼윈도들도 너무나 세련되어서 보고만 있어도 즐거웠다. 가다가 피곤하면 노천카페에서 카페오레를 마시며 쉬기도 하면서, 나는 두 시간이나 걸려 에투알 광장에 있는 개선문 앞에 섰다. 혼자 어슬렁거리며 길거리에서 자유롭게 보낸 그 한나절은 외로웠지만 풍성했다.

　공항 셔틀버스 시간이 가까워지자 택시를 타려고 거리에 나섰다. 시간도 넉넉하고 거리 구경도 재미있어서 걸어서 가면 좋겠는데, 피곤해서 택시를 잡기로 했다. 다시 복잡한 건널목을 수없이 건너 동쪽 가도로 갔다. 그러나 아무리 둘러보아도 택시 정류장이 눈에 띄지 않았다. 비로소 나는 택시를 태워준 광열이에게 고마움을 느꼈다. 그가 거기에 나를 그냥 두고 갔더라면, 바스티유에서도 택시를 잡으려고 고생했을 것이다. 겨우 물어가며 정류장을 찾아 택시 안에 들어앉으니 기사가 너무 고맙게 생각되었다. 택시를 잡으면 기사가 내게 특혜를 베푸는 것처럼 황감하게 느껴지는 건 서울에서도 때마다 느끼는 감정이다. 늙으니까 체력이 달리는데, 피곤할 때 앉아갈 수 있는 차를 제공해준다는 것은 너무나 고마운 일이기 때문이다. 기사는 다행스럽게도 친절한 사람이었다. 내가 한국에서 왔다니까 우리나라에 대해 이것저것 물으면서 호텔까지 데려다주었다.

공항에 가는 차는 미니버스였다. 비행기는 열 시에 떠나는데, 다섯 시 반에 출발하는 것이 공항행 마지막 버스라고 해서, 할 수 없이 그 차를 예약해둔 것이다. 사람이 많지 않아서 경치가 잘 보이는 앞자리에 앉을 수 있었다. 관광버스를 탄 셈 치고 저녁의 파리 거리를 마음껏 감상했다. 차가 동쪽으로 조금 가니까 아침에 가려 했던 사크레쾨르 사원이 보였다. 고전주의 양식의 회색 건물군 위에 높이 솟아 있는 비잔틴 양식의 하얀 바실리카는, 무거운 돔을 인 채 유난히 돋보였다. 이색적이기 때문일 것이다. 지난번에는 그 언덕을 푸니쿨라를 타고 내려왔다. 관광버스를 타고 올라갔는데, 혼자 돌아가겠다고 하니 순순히 내려놓고 가준 것이다. 워싱턴에서는 티켓만 있으면 아무 관광버스나 타도록 시스템이 되어 있어서 편리했는데, 파리에서는 그게 되어 있지 않았다. 그때 나는 사크레쾨르에서 긴 시간을 보내고 푸니쿨라를 타고 내려와서 시내버스로 돌아왔다. 3·1절 날이었는데, 파리에는 개나리가 만개해 있었다.

그 근처에 생 라자르 역이 있었다. 졸라의 『인간 짐승』에 나오는 정거장이다. 승객이 있는 호텔마다 돌아서 셔틀버스는 시간이 많이 걸렸지만, 시간이 남아도니 문제가 없었다. 덕택에 못 가본 골목들을 두루 구경할 수 있어서 좋았고, 파리의 호텔들을 여럿 볼 수 있는 것도 괜찮은 관광이었다. 석양을 받아 어둡게 그늘이 진 에펠 탑과 그리스 신전 양식으로 지은 마들렌 성당, 앵발리드 등이 낮과는 또 다른 뉘앙스를 드러내고 있어 새로웠다.

공항에 닿으니 시간이 너무 많이 남았다. 가지고 온 1000불로 스페인에서 언니들에게 빌려 쓴 돈을 갚고, 형제들의 파리 관광비를 다 내주었는데도 돈이 남았다. 호텔 값이 선불되어 있었기 때문이다. 남은 돈으로 선물을 사야 하는데, 면세점은 여덟 시가 돼야 연단다. 여기서부터는 대한항공 구역이라 비행기표가 업그레이드되어 있어서, 스카이라운지에 짐을 맡기고 자잘한 선물들을 샀다.

이제 20일 만에 집으로 돌아간다. 청구서와 편지 더미와 할 일들이 쌓여 있을 텐데도 돌아갈 집이 있다는 사실이 너무나 기뻤다. 거기에는 친숙한 일상이 기다리고 있을 것이다. 혼자 외로웠을 남편과 키가 한 치는 컸을 손녀들, 그리고 아들과 며느리…… 그들이 거기 있는 것이 너무나 고마웠다. 사람들은 집의 고마움을 알기 위해 여행을 떠나는 것 같다. 기차로 한강철교를 지나갈 때의 해방감은 다시 그 철교를 넘어올 때의 안도감을 전제로 해서 생겨나기 때문이다.

이 세상 어디에 가도 보들레르가 노래한 것 같은 "질서와 조화, 그리고 쾌락"이 어우러진 이상향은 없었지만, 남의 나라에 가보는 것은 참으로 놀라운 경험이다. 나와 다르게 사는 사람들이 만든 새로운 문명을 보면서, 자기 나라 문화의 위상을 가늠할 수 있으며, 나와 내 생활도 다른 각도에서 조명해볼 수 있기 때문이다.

샤를 드골 공항에서 이륙한다. 조명을 받은 에펠 탑과 사크레쾨르 사원, 그리고 조명을 받아 휘황찬란해진 밤의 파리 시가가 내려다보인다. 조명에 의해 일상성이 말소된 그림엽서 같은 파리다. 살아서 다시 여기 오는 일이 있을 것 같지 않다. Adieu Paris.

1999년 10월 19일

3

로스앤젤레스에 두고 온 고향

1977

# #
불안한 출발

생전 처음 바다를 건너는 여행을 하려니까 아들아이가 혼자 있는 시간에 와서 자신이 있느냐고 묻는다. 자신 같은 것이 있을 리 없다. 나는 집의 텔레비전도 제대로 다룰 줄 모르는 기계치다. 그런데다가 몸이 부실하다. 항상 저혈압이고, 식사와 잠자리가 까다롭다. 나쁜 여건만 고루 갖추고 있는 셈이다. 그래서 감히 혼자 나설 엄두를 내지 못했다. 해마다 미국에 있는 언니가 초청장을 보낸다고 하는 것을 늘 미루기만 한 것은 그 때문이다. 그랬는데, 로스앤젤레스에 있는 동생이 근육무력증 수술을 해야 한다는 소식이 왔다. 가슴뼈를 20센티나 세로로 갈라야 하는 큰 수술이다. 어쩌면 수술하다 죽을지도 모른다는 생각이 들어서 더 이상 주저할 수 없게 되었다. 수술 전에 그 애를 꼭 한번 보아야겠다는 절박한 생각이 내게 용기를 주었다. 그래서 영어에서는 '정화淨化한다'는 아름다운 의미를 지니고 있는 2월에 집을 떠나기로 작정을 했다.

막상 집을 나서려니까 다리가 후들후들 떨리기 시작했다. 열두 살 때 처음으로 학도 징용을 간 오빠를 면회하러 원산에 가던 때와 똑같은 불안이 엄습해왔다. 밤 기차를 탄 내게 그 밤은 영원히 계속될 것 같았고, 내릴 역을 지나칠까봐 잠도 잘 수 없어서 밤을 꼬빡 새웠었다. 더구나 이번에는 외국이다. 불안이 그만큼 더 클 수밖에 없다. 존재의 뿌리가 송두리째 흔들리는 것 같은 불안이 소화 기능을 마비시켜서, 이가 들뜰 것 같은 상태가 되었다. 그러는 내 모양이 한심스러워 보였는지 아이가 걱정을 해준 것이다. 남편은 남편대로 주의 사항을 잔뜩 적어주고도 마음이 안 놓여서, 게이트 넘버에 주의하라는 둥 여권을 잘 간수하라는 둥 걱정이 태산 같다.

하지만 일단 떠나고 나면 나는 그들이 도울 수 있는 권역에서 벗어난다. 싫건 좋건 내 문제는 나 혼자 처리해야 하는 준엄한 현실 앞에 서야 하는 것이다. 예년에 없는 강추위 속에 보름달이 둥실 떠 있는 램프에 나서니 모든 것이 어느새 낯설게 느껴졌고, 기이한 실루엣을 그리며 비행기 트랩에 오르는 사람들은 모두 어딘가 먼 곳으로 귀양살이라도 떠나는 무리처럼 처량하게 느껴졌다.

1977년 2월 2일

# #
며루치와 밥 딜런

그런데다가 짐이 너무 많았다. 로스앤젤레스를 거쳐서 버펄로와 뉴욕에 가야 하니까 두 계절의 옷이 필요해서 내 짐만 해도 적지 않은데, 미국에 스무 명이 넘는 가족이 있으니 그들에게 가는 짐도 많다. 그중에서도 제일 골치 아픈 것은 며루치와 오징어 같은 식료품을 부탁받은 것이다. 큰언니가 그곳의 한식 식재료가 맛이 덜하다고 한다면서 조카딸이 며루치와 오징어 같은 것을 잔뜩 사왔다. 할 수 없이 그것을 돌로 눌러서 최대한 미학적으로 처리하려고 애를 썼다. 하지만 그래 봤자 오징어는 오징어여서 냄새가 강렬했다. 작은언니 가족과 동생들 가족도 모두 건어물을 부탁해서 짐은 자꾸 늘어났다. 다섯 가구가 거기 있으니 한두 개로 해결될 문제가 아니었다. 그렇다고 누구 것은 되고 누구 것은 안 된다고 할 처지도 못 된다.

호놀룰루에 내리니까 가공식품을 신고하라는 지시가 내렸는데, 나는 또 며루치나 김이 가공식품인지 판단이 서지 않아서 마음이 불편했다. 그런데다가 짐이 한도를 넘쳐서 할 수 없이 더러는 들고 다녔더니 무겁고 냄새 나고…… 평생 다시는 며루치와 상면할 마음이 나지 않을 정도로 넌더리가 나서, 그런 것을 보내라고 한 언니들의 까다로운 한국적 식성을 저주하고 싶어졌다.

그러다가 문득 아이들의 주문 사항이 생각나자 나는 고소를 금치 못했다. 밥 딜런과 핑크 플로이드 등의 레코드를 원하는 딸아이, 보이스카우트 용품만 찾는 둘째의 항건과 나침판 타령, 공룡에 미친 막내의 티라노사우루스와 프테라노돈…… 올 때는 또 비행기를 네 번이나 갈아타야 하는 복잡한 여정에서 그들의 주문품이 나를 수없이 괴롭혔다. 깨질까봐 꼭 들고 다녀야 하는 레코드판, 같은 짐에 둘을 넣으면 안 된대서 갈라서 들고 다닌 두 개의 실버 컴퍼스, 플라스틱제를 구하기 어려워서 사기로 된 것을 산 꼬마의 브론토사우루스 상자들이 부담이 되었다. 하지만 그것들은 며루치처럼 생활의 냄새를 피우지는 않는다. 수챗구멍에서 나는 것 같은 구저분한 살림의 냄새……. 현실과 한참 떨어진 자리에서 살고 있는 아이들의 주문품은 그 거리 때문에 선물답고 멋이 있었다. 며루치와 밥 딜런. 선물의 세대 차다. 나는 그 두 세계에 다리를 조금씩 걸치고 사는 중간치기여서 어느 하나도 내 것으로 확정 짓지 못하고 살고 있다. 그래서 그 두

세대의 요구에 모두 휘말리게 되고, 그러면서 끝내 하나에 정착하지 못해서 나의 첫 여정은 고달프고 어수선했다.

#

로스앤젤레스의 상공에서

내내 몸이 불편해서 눈을 감고 있는데 로스앤젤레스가 보인다고 옆의 여인이 일깨워준다. 곧이어 기류가 순조로와 30분 일찍 도착한다는 안내가 나오고, 벨트를 매라는 지시가 내려졌다. 소스라쳐 일어나 창밖을 내다보니 눈 아래 불빛의 바다가 무한대로 펼쳐져 있었다. 계획도시 로스앤젤레스의 현란한 불빛이다. 이름 그대로 천사들의 마을다운 환상적인 아름다움이다. 불모의 사막 위에 세운 인공 도시라는 사실이 믿어지지 않을 정도로 풍요롭고 장엄해 보이는 야경에 놀라서 벌어진 입이 다물어지지 않았다.

계획도시의 바둑판같은 가로 위에 휘황한 수은 등이 끝없이 도열해 있고, 그 가장자리를 수놓은 불빛은 오렌지빛이다. 공항 울타리에

켜놓은 녹색등들, 집집에서 새 나오는 백열등과 형광등의 홍수. 오색등이 빛을 뿜어대고 있는 장엄한 대평원의 밤은, 검은 비로드의 들판에 오색의 비즈를 뿌려놓은 것 같은 현란한 야경을 만들어내고 있었다. 끝도 없이 펼쳐져 있는 불바다 사이를 헤드라이트와 테일 램프의 희고 붉은 불줄기가 은하수처럼 흘러가고 흘러오는 광경은 경이로웠다. 충청도 출신인 동생의 남편이 김포를 떠나자마자 떠나온 것이 후회되어 내내 찌푸리고 있더니, 캘리포니아의 끝도 없는 불바다가 나타나자 처음으로 "저건 보고 죽어야 해! 한번은 보고 죽어야 한다구" 하며 신명이 나서 식구들을 웃게 했다던 이야기 생각이 난다.

그 불빛에 넋을 잃고 있는데 갑자기 아랫배 부근에서부터 서서히 오한이 치밀어 오르기 시작하더니 등줄기를 타고 올라오며 척추를 경직시켜버렸다. 조카 생각이 났기 때문이다. 거리가 저렇게 아름다워 보이는 밤의 바로 이만한 시각에, 내 조카 건이는 저 거리 한구석에서 갱단의 총에 맞아 즉사했다. 방년 34세. 다섯 살 난 아이의 아버지, 서른 살짜리 새댁의 지아비, 다섯 고모의 첫 조카였던 서울대 출신의 팽팽한 젊은이가, 서로 구역 다툼을 하고 있던 갱단의 총질에 목숨을 잃은 것이다. 스무 살도 안 된 젊은 아이들이 장총을 들고 나타나, 안전벨트 때문에 꼼짝도 못 하고 있는 차 속의 사람을 난사해서 죽였다는 것이다. 뮤직박스에 흥건히 고였더라는 피, 머리 모양이 망가져버렸다는 참담한 주검…… 사람을 쏘아 죽이며 흰 이를 드러내고 즐겁게 웃는 악마 같은 젊은이들의 영상이 떠오르자 나는 이를 악물고 시트에 매달렸다.

저 영롱한 불빛의 질서정연한 그물코 밑을 지금도 범죄자들은 들쥐처럼 기어다니고 있을 것이다. 보복이 두려워 증인이 행방을 감추어서 그들은 잡히지도 않은 채 저 거리에 그냥 남아 있다. 오늘은 또 누구의 생명을 노리며 그들은 밤거리를 서성대고 있을 것인가?

갑자기 그 거리에 내릴 수 없다는 결의가 생겨났다. 저 끔찍한 고장, 조카의 피가 적셨을 그 대지를 내 발로 디딜 수는 없을 것 같았다. 나는 두발에 있는 힘을 다 모아 미친 것처럼 비행기의 하강下降에 저항하기 시작했다. 다리의 감각이 없어질 때까지 진땀을 흘리며 계속 비행기가 내려가지 못하게 전신으로 막고 있었다.

그런데 공항의 관제탑이 나타나자, 또 하나의 내가 벌떡 일어나 출구를 향해 달려가고 있었다. 벨트를 묶고 움직이지 말라는 지시를 어겨가며 위험 속을 비틀비틀 걸어 나가는 또 하나의 나. 그건 4년간 만나지 못한 형제들의 피의 부름 소리가 시키는 마술이다. 혈육이 혈육을 당기는 본능적이고 맹목적인 그리움.

우리는 그 낯선 땅에서 만나 스무 명이 한 덩어리가 되어 슬프게 슬프게 울었다. 3년 동안에 세 명의 육친을 연거푸 잃은 애통함을, 두 나라에 흩어져 만날 수 없는 나머지 가족들에 대한 그리움을, 낯선 땅을 맨손으로 파서 뿌리를 내리는 피나는 세월들을, 제가끔 등에 짊어진 외로움과 고달픔과 아픔을…… 그리고 얼마 후에 있을 우리의 이별을…… 태평양 연안에 있는 남의 땅에서, 열네 시간의 고달픈 여정의 종점에서, 나는 존재의 첫머리에서 만난 사랑하는 형제들과 다시 만났다. 하지만 대체 왜 우리는 그런 곳에서 만나야 하는가?

우리 형제는 대부분이 백두산 밑에 있는 혜산진에서 나고 자랐다. 마적이 드나드는 국경 지대, 입김이 고드름이 되어 수염에 매달리는 지독하게 추운 곳, 방황하는 유대인이라는 이름을 가진 자주빛 식물처럼, 허공에 거꾸로 매달려 살아야 하는 월남민 생활의 고달픔을, 미국에도 한국에도 소속되지 못한 채 발판을 잃고 살아가야 할 우리의 아이들을, 그 수난의 족속들의 고달플 앞날을 생각한다. 착잡하다.

1977년 2월 3일

종려나무와 극락조

아침에 눈을 떠보니 구름 한 점 없는 쾌청한 날씨다. 고층 건물이 적은 로스앤젤레스 교외의 알람브라라는 곳, 거기 프림로즈 거리에 동생은 살고 있었다. 계단을 오르지 못하는 근육무력증 환자여서 1층에 살고 있었고 커튼을 젖히니 스케일이 큰 하와이무궁화 꽃이 만발한 산울타리가 보였다.

스페인 기와가 아니면 검은색 나무판으로 지붕을 인, 장식이 없는 흰색 2, 3층짜리 집들이 잔디 위에 주욱 늘어서 있는데, 그게 모두 아파트라니 기분이 너무 이상했다. 땅이 좁은 한국에서는 평지붕의 높은 건물이 아파트이기 때문이다. 산책을 하려고 거리에 나오니 나무와 꽃들이 그곳이 이국임을 알려주고 있었다. 7, 8미터씩 뻗어 올라간

줄기 끝에 말총 같은 머리를 뻗히고 서 있는 가로수는 종려나무였다. 길옆에는 극락조 덤불이 있어 옆집과의 산울타리 역할을 하고 있었다. 포인세티아로 울타리를 한 집도 보였다.

그림엽서에서나 보던 종려나무가 가로수인 것만 해도 너무나 생소했다. 2미터씩 자란 거대한 포인세티아에 손바닥만 한 진홍빛 꽃이 더덕더덕 붙어 있는 광경도 충격적이었다. 난숙한 여인들이 목욕탕에서 벗고 설치는 장면 같기도 하고, 원자력의 열기 속에서 과육이 마구 팽창하던, 우주 영화 속의 이상 발육을 한 식물들 같기도 했다. 식물원에 가서도 구경하기 어려운 극락조 꽃들이 무더기로 피어 있는 것은 더 경이로웠다. 이국은 식물의 이질성에서부터 실감되는 모양이다.

2월인데 장미꽃을 손질하는 여인, 클로버로 된 부드러운 마당에 앉아 볕바라기를 하는 영감님들이 평화로워 보였다. 날씨는 따뜻해서 늦봄을 연상시키는데 하늘에는 씻은 듯이 구름이 없다. 그 청명한 밝음이 시차에 시달리는 찌뿌둥한 심신을 가뿐하게 다듬어주는 것 같았다. 몇 해 만에 형제들을 만나 식해젓과 나박김치를 먹으면서 떠들고 놀던 어제저녁에는, 거기가 세상 어느 곳보다도 친근한 고향 같았는데, 밖은 이렇게 이국적인 식물들이 늘비한 생판 낯선 이국이었다. 알람브라라는 이름을 붙인 걸 보니 여기 처음 정착한 것은 스페인 사람들이었던 것 같다. 그들은 여기에 알람브라를 만들고 싶었던 것이다.

물이 없는 사막인데도 이 도시의 자연은 무릉도원처럼 아름다웠다. 자연이 아름다우니 지명도 아름답다. 작은언니네 동네인 캐노우가 파크 쪽에 있는 Terra Bella라는 지명이 생각난다. 아름다운 대지라는 뜻이리라. 조카가 사는 샌디에이고의 마을 이름은 또 La Jolla Village다. 아름다운 마을이라는 뜻이란다. 종려나무 밑에 온갖 꽃이 풍성하게 피어 흐드러져 있는 해안 길, 조카의 하숙집 전망창에 가득 담겨 있는 바다. 그 마을은 정말로 그림엽서처럼 아름다웠다. 자연의 아름다움을 한껏 소유한 겨울의 캘리포니아. 온화한 기후 속에서 주눅이 들지 않고 겨울을 보내는 사람들은 피부까지 말갛고 윤택해 보였다. 반팔 옷을 입고 스케이트보드를 타는 아이들. 넓고 한적한 길에서 자전거 경주를 하는 소년들. 공원에 가니 박쥐 연을 날리는 아이들의 함성이 싱그러웠다. 나무는 울타리처럼 공원의 가장자리에만 심어져 있어 연은 호기 있게 날아올라 천애天涯를 핥는다.

벤치에 앉아서 눈을 감으니 전신주와 담에 꽂은 쇠못에 걸려 종이 연이 마구 찢어져나가던 좁고 가난한 한국 생각이 났다. 연탄가스에 중독되어 죽어가는 사람들. 영양실조에 걸려 비틀거리는 판잣집의 아이들. 처음으로 지도책을 보다가 우리나라를 너무 작게 그렸다고 펄펄 뛰던 막내의 얼굴도 생각났다. 연탄재가 날아다니는 골목길, 수도가 얼어 터지는 길고 긴 겨울. 워싱턴에도 파리에도 잔디가 파랗게 살아 있는데, 장갑을 끼지 않고는 나다닐 수 없는 가혹한 서울의 추위. 디딜방아 같은 동작으로 지심에서 석유를 퍼 올리는 교외의 유전을 보았을 때 나는 너무 억울해서 신의 불공평한 처사를 원망했다. 유전까지는 바라지도 않는다. 땅만 조금 더 넓으면 된다. 아니면 기후만이라도 덜 추우면 좀 좋겠는가. 우리는 통곡의 벽조차 가지지 못한 불쌍한 욥들. 아직도 초식동물의 선량함을 그대로 지닌 채 끝이 없을 고난의 바다에 내던져진 욥들이다.

#

풍요 속의 빈곤

동생을 데리고 사회복지국에 갔다. 병이 많은 동생은 생명보험을 들기 어려운 중환자다. 다달이 내는 보험금이 엄청나기 때문에, 차라리 수술비를 한꺼번에 내고 마는 것이 낫겠다며 보험을 들지 않아 수술을 앞두고 걱정이 많았다. 가난하지는 않아서 무료 진료의 혜택을 받는 일도 불가능하다. 미국은 수술비가 비싸지만 각오하고 있었던 사항이어서 동생네는 오히려 조용했다. 그런데 몇 만 불이 드는 큰 수술을 받게 되니까 병원 측에서 사회복지국에 특별히 부탁해볼 테니 한번 와보라는 연락이 왔다. 수술비의 일부라도 혜택을 받도록 주선해보겠다는 것이다.

고마운 일이다. 그건 약소국가에서 이민 온 생면부지의 이방인 환자에게 베풀어지는 순수한 인간애였다. 가보아도 별수 없을 줄 알면서도 집을 나선 것은 그들에 대한 고마움 때문이다. 그런데 나중에 들으니 보건 당국이 수술 후에까지 여러모로 동생을 위해 손을 써서, 수술비 절반 정도는 국가가 부담해주더란다. 기독교 국가의 어머니 같이 인자한 정부다. 교포들이 고생하면서도 미국을 떠나지 못하는 인력 중의 하나가 정부의 그런 철저한 보호에 대한 신뢰에 있는 것 같다. 도움을 받고 나니까 다음 달부터는 남의 나라에 세금을 내는 것이 억울하지 않더라고 하니 그들의 사랑은 보상을 받은 셈이다.

사회복지국의 문에 들어서니 아침에 본 밝고 아름다운 미국의 어두운 얼굴이 거기에 있었다. 병들고 배고픈 제3국의 이민자들과 최저층의 미국인들이 대기실에 가득 차 있었다. 알코올중독에 걸려 궁상을 떨고 있는 남자들, 강아지처럼 애기를 옆구리에 꿰어 찬 색색의 얼굴을 가진 처녀들, 그리고 수전증에 걸린 노파들이 홀을 메꾸고 있었다. 그중에는 멀쩡해 보이는 젊은 백인들도 많이 섞여 있었다.

지평선까지 펼쳐져 있는 광활한 대지, 1년 내내 춥지 않은 온화한 기후, 사방에 유전이 널려 있고, 노동조건이 보장되어 있는 나라. 배고프면 먹여주고 추우면 입혀주는 후한 정부가 있는 미국 같은 복지 국가에도, 무료 치료의 혜택을 받지 않으면 살 수 없는 음지의 주민들이 이렇게 많다. 복지연금을 몽땅 마셔버리고 구걸하는 거지도 있다고 하며, 공원에는 거기에서 숙식하는 홈리스들이 생각보다 많았다. 어떤 하늘도 어떤 정부도 그늘 없는 완벽한 사회를 만드는 일은 불가능할 것 같다.

돌아와 실컷 자고 일어나보니 동생의 남편이 식사를 하고 있다. 늦게 일어난 게 미안해서 "굿 모닝" 하고 인사를 했더니 동생과 조카들이 뒹굴면서 웃는다. 아침이 아니라 밤 열한 시라는 것이다. 밤과 낮이 뒤바뀌어 낮에는 줄곧 졸고, 밤에는 정신이 초롱초롱해지는……그것이 여행자의 또 하나의 고충이다.

# #

근육무력증

의사와 예약된 날이 왔다. 동생 부부와 나는 식전에 집을 떠나 UCLA병원으로 갔다. 수술에 관한 의논을 하기 위해서다. 동생에게는 세 명의 아이가 있다. 그들이 아직 어리니 만약 위험 부담률이 크다면 아이들이 좀 더 클 때까지 기다리는 수밖에 없다. 그 뜻을 전하자 다행히도 위험 부담률은 5퍼센트 정도밖에 안 된다고 했다. 그렇다면 수술을 받기로 하는데, 내가 일부러 한국에서 왔으니 나 있는 동안에 수술해줄 수 없느냐고 물으니까 그건 어렵다고 했다. 수술실의 스케줄이 꽉 짜여 있어 마음대로 안 된다는 것이다. 하지만 노력은 해보겠다면서 그 의사는 동생을 보고 인자하게 웃었다. 마치 어린이를 대하는 어버이 같은 표정이다. 젊은 외국인 의사의 그 친절이

뼈에 사무치게 고마웠다.

Myasthenia gravis. 이 장중한 낱말이 동생의 병명이다. 이유도 없이 근육이 마비되는 병이다. 벌레가 된 그레고르 잠자처럼 동생은 물렁거리는 육체를 끌고 고생하다가, 미국에 온 덕에 알아낸 병명이 근육 무력증이다. 동생은 몸을 움직이기 어려워서 누가 벨을 누르면 문을 열어주기도 어렵고, 마비가 턱까지 와서 씹기도 곤란한 상태에 와 있었다. 입원해서 갖가지 검사를 다 하다가 마지막에 겨우 병명을 알아내서 수술이 가능해졌다고 한다. 그 난해한 병의 이름을 종이에 써 받아가지고 거리에 나오니 상인들은 밸런타인 카드를 파느라고 신이 나서 떠들고 있었다.

1977년 2월 8일

# #

그랜드 캐니언

수술 날짜 잡히기를 기다리는 동안에 작은언니가 둘이 라스베이거스를 거쳐 그랜드 캐니언에 다녀오자면서 예약을 했는데, 그 말을 들은 아이들이 모두 펄쩍 뛰고 난리다. 라스베이거스가 어딘 줄 알고 여자끼리 나서느냐는 것이다. "우리는 여자가 아니야. 그냥 사람이라구." 내가 우겨보았지만 소용이 없었다. 어떻게 생긴 나란지 여기에서는 택시가 휴업 중이라 관광버스를 타고 시내 관광을 하려 해도 질겁을 하고 못 하게 한다. 다운타운에 있는 버스 터미널에서 표를 사던 여인이 이유도 없이 칼침을 맞은 일이 있다는 것이다. 거리에 나갈 때면 현금을 들고 다니지 말라는 것도 여기 와서 배운 것 중의 하나다. 알코올중독자나 마약중독자가 득실거리는 다운타운에서는 10

불짜리 몇 장만 쥐고 있어도 칼이 등에 꽂히는 일이 있다고 한다. 올림픽 거리에서 슈퍼마켓을 한 일이 있는 동생의 남편은, 저녁때 두 차례나 관자놀이에 권총이 와 닿는 봉변을 당했고, 언니는 거리에서 백을 날치기 당했으며, 조카는 갱들의 총에 맞아 죽었고, 그의 친구는 새벽에 가게 문을 열다가 참살당했다. 그렇게 치안 상태가 불안정한 곳이 캘리포니아의 다운타운이라 한다. 더구나 라스베이거스가 어떤 곳이라고 여자끼리 떠날 엄두를 내느냐고 언니네 둘째가 펄쩍 뛴다.

모두 재난에 얼이 빠진 사람들이다. 그래서 나는 그런 걱정들이 조카를 잃고 신경과민이 된 우리 가족만의 기우이기를 빌고 싶었다. 그런데 사태는 비관적이었다. 뉴욕에 갔을 때도 혼자 워싱턴에 간다니까 친구가 남편을 일부러 결근시켜서 함께 종일 에스코트해주었다. 그리고 밤에는 나와 일면식도 없는 자기 시동생 집에서 자게 했다. 여자 혼자서는 호텔에 드는 것조차 안심이 안 되는 모양이다. 모골이 송연해지는 일이다. 일등 국가의 풍요성의 그늘에서 독버섯처럼 왕성하게 뻗어가는 범죄자의 무리, 발달한 기계문명의 발판 밑에 뚫려 있는 어두운 나락. 사람을 짐승처럼 우리에 가두고 족쇄를 채워 부려먹던, 가혹한 노예제도 위에서 피어난 번영이라서 그런 것일까? 아니면 그 번영의 버터 냄새가 파리를 부르는 육즙처럼 범죄자들을 유혹하는 것일까? 어쨌든 모처럼 세운 계획이 좌절되니 언니와 나는 입맛이 너무 썼다. 작은언니는 그 주말밖에 시간이 없었고, 나는 꼭 그 언니와 여행을 하고 싶었는데, 결국 스물네 살 된 조카가 대신 동반하게 되었다. 남자라고 별 뾰족한 수가 있을 것도 아니지만, 식구들을 안심시키기 위해 양보한 것이다.

　라스베이거스에서 하룻밤을 잤다. 밤의 라스베이거스는 극채색의 조명과 요란스런 불빛 속에서 원시인들의 횃불 무도회처럼 사람들이 광란하고 있었다. 거기는 무대에서 폭포가 쏟아지다가 곧이어 아이스쇼가 벌어지기도 하는 아라비안나이트의 세계다. 하루 사이에 거지가 부자로 변하기도 하고 부자가 거지로 전락하기도 하는 그 도박의 도시는, 룰렛과 슬롯머신이 새벽까지 광란하는 이상 열기에 휩싸여 있다. 한증탕 같은 느낌을 주는 광란의 불야성이다. 돈을 따면 반은 이모에게 드릴게, 하면서 100불을 꺼내 들고 카지노에 갔던 의대생 조카는 곧 빈손으로 돌아왔다. 한 번 더 시험해볼래, 하면서 내가 100불을 더 주었는데, 이번에도 꽝이었다. 그렇게 쉽게 돈이 없어지는 도박의 도시 라스베이거스는 고객을 유치하기 위해 호텔 값이 아주 쌌고, 비행기에서는 샴페인도 서비스했다.
　아침이 되자 라스베이거스는 환락에 지친 늙은 창녀 같은 몰골을 하고 있었다. 비행기에서 한 시간 동안 내려다보아도 물줄기 하나 보이지 않던 네바다 사막이 도심에까지 침식해서, 빈터에는 잿빛 관목이 부스럼 딱지처럼 붙어 있고, 스모그가 매연처럼 자욱해서 불 꺼진 조명등처럼 거리 전체가 퇴락해 보였다. 공항에 가서 그랜드 캐니언

그랜드 캐니언

행 비행기를 찾으니까 그건 'commuter'용 비행장에서 떠난다고 했
다. 나는 거기에서 'commuter'라는 단어를 배웠다. '통근하는 사람'이
라는 뜻이라니까 거리는 가까운가보다. 비철이라 그랜드 캐니언행
경비행기에는 승객이 우리 둘밖에 없었다. 기류에 휘말리면 속절없
이 곤두박질치게 생긴 장난감 같은 비행기를 타고 후버 댐을 지나니,
발아래 그랜드 캐니언이 나타나기 시작한다. 인공의 도시 로스앤젤
레스를 떠나 환락의 고장 라스베이거스를 거쳐, 우리는 지금 끝 간

데를 모르는 신의 영역으로 들어가고 있는 것이다. 도시는 인간이 만들지만 자연은 신이 만든다더니 그 말이 맞다. 나라 전체가 3천리 밖에 안 되는 곳에서 살다온 우리에게 그랜드 캐니언은 상상을 넘어선 크기를 가지고 있었다. 길이가 340킬로이고 협곡의 깊이가 1600미터란다. "비류직하삼천척飛流直下三千尺"이라던 이태백의 과장법이 오히려 무색해질 지경의 크기다.

크기만 문제가 되는 것이 아니다. 협곡 속의 광경은 더 경이롭다. '산'이나 봉우리라는 우리말과는 인연이 닿을 수 없는 괴이한 형상을 한 암벽의 연속이다. 지리학 책의 지층도를 연상시키는 그 암벽들은 수없이 옆으로 금이 가 있고, 무지개떡처럼 층마다 다른 색을 띠고 있다. 그 색색의 층들이 우리나라 암벽들처럼 비스듬히 아래로 흘러내리는 것이 아니라 각층마다 직선으로 구획된 채 포개져 있다. 지층의 강도에 따라 직선의 바위가 층층이 쌓인 잉카식 피라미드를 연상시키는 구역도 있다. 색색의 벽돌로 쌓아올린 사원의 유적 같다. 협곡 군데군데에 실제로 사원이라는 지명이 붙어 있는 곳도 있다. 이곳은 산이 아니라 고원지대다. 계곡은 침식되어 생긴 것이다.

같은 캐니언 지대라 해도 중국의 장가계에는 습기가 있어 훈훈했다. 침식된 계곡의 갈피마다 녹색 상록수가 조금씩 돋아 있다. 그런 곳은 골격만 남은 벽돌 사원의 유적 같다. 우리나라 사람들은 상상하기 어려운 형상의 협곡이, 상상하기 어려운 엄청난 크기를 지니고 펼쳐져 끝이 없다. 흙이 덮여 있고 나무가 우거져 있는 우리의 산들은 살아 있는 동물의 등허리처럼 따듯해 보여서, "머루랑 다래랑" 먹으면서 세상사에 지친 사람들이 돌아가 쉬고 싶은 마음을 일으키는데, 이 거창한 자연에는 그것이 없다. 거대하기만 할 뿐 쓸모는 없는, 공룡의 화석 같은 땅덩어리다. 사막 속의 레드 마운틴과 흡사한 암벽은, 그대로 모두 산화되어가는 지구의 뼈대다. 몇억 년을 두고 퇴화를 거듭하는 노쇠한 지구의 노출된 골반. 이 끝도 없는 황무한 암벽지대에서 무엇을 지키겠다고 원주민들은 망루를 쌓아올렸을까?

알래스카의 동토대보다도 더 삭막해 보이는 협곡의 밑바닥을 콜로라도강이 인광을 발하며 흘러가고 있다. 암벽을 갉아먹는 그 마의 강줄기는 너무 붉어 마실 수 없는 핏빛 흐름이다. 그래서 원주민들은 이 강을 콜로라도(원주민 언어로 붉은 강이라는 뜻)라고 불렀다고 한다. 그 핏빛 물결은 수억 년의 세월을 두고 암벽을 물어뜯어도 아직 풀리지 않는 맹목적인 분노에 휩싸여 있는 것처럼 생각되었다. 이건 아무래도 인간을 위해 만든 대지는 아닌 것 같다. 이 땅을 왜 만들었느냐고 조물주에게 묻고 싶다.

# #
슈가 파인과 엘 토버

인간을 도외시하는 것 같은 그 협곡에도 사람들은 역청을 칠해 길을 닦고 비행장을 만들었다. 목조의 엘 토버 호텔에 들어가니 벽난로에 불이 잔뜩 지펴져 있고, 화장실에는 물을 아껴 쓰라는 지시서가 붙어 있었다. 호텔 앞마당에 있는 호피 하우스에 들어가보았다. 적갈색 암석으로 지은 원주민식 건물이다. 해발 2000미터의 원시의 암산에도 상업주의 문명이 침입하여 그들의 원시성을 상품화한다. 원주민의 수제 모직물과 자기에는 엄청난 가격표가 붙어 있는 것이다. 옛날에는 토템이었던 물신들이 상품이 되어 놓여 있는 진열장, 한때는 그곳의 주인이었던 원주민들이 춤을 추어 연명해가는 밤의 무대.

야바파이 전망대까지 걸어갔다가 다시 호텔로 돌아간다. 엘 토버라는 사람의 이름을 따서 만들었다는 호텔이다. 그곳 벽난로 앞에 쭈그리고 앉아 처음으로 이 협곡을 답사했다는 엘 토버 생각을 한다. 굴곡이 심하고 경사가 급해서 아무도 뗏목을 띄울 엄두를 내지 못하는 콜로라도강. 죽음의 강물이 눈앞에서 소용돌이치는 그 한복판에 몸을 던진 한 사나이의 광기 어린 집념과 용기를 생각한다. 그가 찾아낼 때까지 아무도 그 존재를 몰랐다는 이 협곡 위의 평지에는 여기저기에 소나무들이 서 있다. 전나무처럼 곧게 뻗어 올라간 로스앤젤레스의 소나무들과는 달리 여기 소나무들은 상처투성이다. 곳곳에 골절상을 입어 곰배팔이같이 된 가지들, 풍상에 시달려 용트림하는 줄기의 선…… 슈가 파인이라는 소나무란다.

그 불모의 땅에서 자라고 있는 슈가 파인과 엘 토버! 식물도 인간도 모두 불가능을 이기려는 투지 속에서 빛을 뿜는다. 팔다리를 꺾이면서도 굽히지 않은 그 의지가 타오르는 통나무 장작불 속에서 아직도 작열하고 있는 것 같다. 엘 토버의 공과를 가늠질 하며 다시 로스앤젤레스의 밤하늘을 내려간다. 그 하강에 어느새 아무런 저항도 느끼지 못하는 건 가공할 습관의 타성 때문일까?

# #
성묘

    시내에 있는 언니 집에서 자고 친구의 차로 조카의 무덤을 찾아갔다. 그 애의 3주기가 가까워 오고 있었다. 점심시간에 빠져 나온 조카댁을 데리고 산소 옆 꽃 가게에 들어가니 카네이션이 동이 나 있었다. 밸런타인데이라 꽃바구니를 만드느라고 그렇게 되었다는 것이다. 밸런타인의 축제 날에 나이 든 고모들이 업어서 기른 첫 조카의 무덤에 줄레줄레 찾아가려니까 어디선가 악마가 낄낄거리며 웃는 듯한 착각이 생긴다.

    묘역은 한정 없이 광활하고 완만한 둔덕인데, 비석을 모조리 땅에 눕혀서, 언뜻 보면 그냥 평화로운 잔디밭 같다. 눕혀진 청동 비석 하나에 영어로 조카의 이름이 새겨져 있고, 그 바로 위가 형부의 무덤이다. 살겠다고 태평양을 넘어 여기까지 와서, 낮에는 공부하고 밤에는 일을 하는 고된 삶을 살다가 흙으로 돌아가고 있는 두 개의 가족 무덤. 매달려 통곡할 비석도 없는데 멀리 보이는 시가지가 신기루처럼 자꾸 흔들거리는 것 같다. 병약하여 늘 조카를 불안하게 만들던 동생과 나. 우리가 살아남아 그의 무덤을 찾아야 하는 건 아무래도 운명의 장난이다.

기중기가 와서 관이 들어갈 만한 면적의 흙을 반듯하게 들어내고 있는 그 묘지에는 교포들의 무덤이 많았다. 그중에는 우리 건이처럼 비명에 간 사람들의 무덤도 많이 있었다. 노예제도 위에 세워진 문명이 그 후유증을 앓고 있는 것이다. 하지만 우리는 노예선의 선장이 아니다. 4천 년의 역사를 두고 한 번도 남의 나라를 침략해본 일이 없는 민족이다. 왜 한국인이 흑인의 총에 맞아 죽어야 하는지 알 수가 없었다. 그들은 왜 무고한 한국 사람들까지 죽이는 것일까? 가장이 없어진 조카네 집으로 돌아와 남은 사람끼리 3주기 예배를 미리 보고, 소정된 프로처럼 한바탕 눈물을 흘리고, 저녁을 우기우기 먹고, 미친 것처럼 떠들다가 헤어졌다. 다음에 만날 때는 또 몇 명이 더 줄어들어 있을까.

1977년 2월 14일

# #

샌디에이고의 상추쌈

동생네 식구들이 샌디에이고에 있는 동물원에 가자고 해서 언니 집을 나섰다. 줄곧 바다를 끼고 달리는 프리웨이에서 동해를 연상시키는 튀르키예석빛의 태평양을 본다. 샌디에이고에서 학교에 다니는 조카네 하숙집에 가보니 응접실의 앞문이 한 장의 통유리로 되어 있고, 거기에 바다가 가득히 자리 잡고 있다. 사이좋은 노부부가 거기 앉아 노년을 보내고 있는 것이 보기 좋았다. 가능하다면 우리 자매도 노년에 저런 집 한 채를 사서 이따금 모여 앉아 바다를 보며 살면 좋겠다.

점심은 한식집에 가서 먹었다. 상추쌈이 나온다. 멕시코가 지척에 있는 미국의 남쪽 끝에서 본격적인 쌈장에 싱싱한 상추를 받아들자

그만 감격해버렸다. 처음 미국에 갔을 때, 내내 입덧이 난 것같이 들끓던 위 속에 나박김치가 들어가니 씻은 듯이 개운해지던 생각이 난다. 위가 약해 김치나 상추쌈은 집에서도 잘 먹지 않는 음식인데, 미국에 가니 이상하게도 그런 것을 보면 구원을 받는 기분이 된다.

그런 심리를 용케도 알아낸 상인들이 교포들의 향수 음식에 정성을 들여서, 미국의 한식은 한국 것보다 더 본격적이다. 음식점에 가면, 그 시간만은 고향에 온 기분이 들게 하려고 음식점 이름도 '할매네 보리밥', '아바이 순대' 하는 식으로 토속적으로 지어져 있다. 공기에서까지 버터 냄새가 난다는 이역에 와서, 교포들은 음식을 통해 향수를 달래며 사는 것이리라. 열두 살에 어머니를 잃은 나의 남편은 평생 어머니식 음식만 먹으며 살아왔다. 음식을 통해 어머니와 같이 있던 안방의 평화와 자유를 새김질하는 것이다. 미각은 가장 감각적이면서 원초적인 생명의 뿌리인 것 같다. 쌈장의 전통성에 비하면 실내장식은 혼혈형이다. 한국식 병풍, 중국식 초롱, 미국식 문과 천장이 뒤섞여 잡연한데, 스페인어 메뉴까지 있으니, 시각적으로는 다문화인 셈이다. 여러 나라의 고객을 끌기 위한 고육책일 것이다.

화제가 그런 데로 옮아가자 큰조카가 난데없이 동물원 대신 멕시코에 가자고 제의했다. 그러자 아이 어른이 일제히 환성을 울렸다. 새 나라를 구경하는 일에 흥분하여 분별을 잃은 것이다. 그런데 문제가 생겼다. 건망증이 심한 내가 그만 신분증을 두고 온 것이다. 여러 번 멕시코에 다녀온 일이 있는 조카가 장담을 하고 나선다. 신분증

조사는 멕시코인에게만 해당되는 사항이라는 것이다. 그래도 좀 찜찜했지만 멕시코를 보고 싶어 무모한 모험을 해보기로 했다. 우리는 30분도 못 되어 국경선에 도착했고, 톨게이트를 통과하듯 너무나 싱겁게 멕시코 땅에 들어갈 수 있었다.

# #
티후아나와 이민국

하늘에서 내려다보면 사막 안에 테를 두른 듯한 녹지대는 이스라엘 땅이고, 그 선 밖의 황량한 모래벌은 팔레스타인인들이 사는 곳이라는 말을 들은 일이 있다. 같은 여건의 땅도 사람에 따라 그렇게 달라질 수 있다. 미국과 멕시코도 마찬가지다. 그렇게 쉽게 넘어선 국경선 바깥은 당장 포장도 안 된 도로가 흙먼지를 일으키고 있어서, 샌디에이고의 정돈된 풍요함과는 심한 대조를 이루었다.

그래서 멕시코인들은 그 풍요한 땅에 가기 위해 목숨을 건 모험을 감행한다고 한다. 잡혀도 잡혀도 단념하지 않고, 다시 결사적으로 도전해서 할 수 없이 미국이 국경선에 벽을 쌓는 사태까지 벌어졌다. 그렇게 목숨을 걸고 미국에 들어가도 불법으로 입국한 사람들은 들키면 쫓겨난다. 그게 무서워서, 단속반이 들이닥치면 고층 빌딩에서 마구 뛰어내려 부상당하는 일도 있을 정도로 불안정한 생활을 하는데, 그래도 고향보다는 미국에 사는 것이 나은 모양이다. 만삭이 된 여인이 그 무거운 몸으로 국경선을 걸어 넘어서 밀입국하는 일까지 있다는 말을 들었다. 일단 미국 땅에 들어가서 아이를 낳으면, 아이가 자동적으로 미국 시민이 되기 때문이라니, 그들이 얼마나 미국 시민이 되고 싶어 하는지 짐작이 간다.

미국에 가려고 기를 쓰는 사람은 우리나라에도 수없이 많다. 하지만 그들과 우리는 처지가 다르다. 애초에 그곳은 그들의 땅이었기 때문이다. 자기네 소유였던 캘리포니아를 미국에게 빼앗기고 그 땅에 가 벌어먹으려고 기를 쓰는 그들은 우리보다 훨씬 참담하다. 그런데다가 그들은 국민성이 낙천적이고 향락적이어서, 교육이나 저축에 대한 관심이 적다고 한다. 일주일간 일한 돈을 주말에 파티를 하며 마시고 춤추는 데 다 써버리기도 해서, 애써 시민권을 얻어도 그 가난을 대를 물려가기가 일쑤라는 것이다. 대학을 나온 부모들이 생선 장사를 해서라도 아이는 꼭 좋은 학교에 보내는 한국 교포들 같은 치열한 교육열이 그들에게는 없다고 한다. 우리 교포들의 신분 상승이 빠른 것은 그런 부모들의 교육열 때문이라고 할 수 있다.

티후아나의 거리는 너무 지저분했다. 동란 때 부산의 도떼기시장을 연상시켰다. 귀신이 나오게 생긴 화장실, 관광객을 등치는 건달들과 사기꾼들, 조잡한 상품들이 범람하고 있었다. 하지만 미국에 비하면 물건 값이 터무니없이 싸고, 에누리가 잘 통해서 쇼핑이 재미있다. 융통성이 없는 미국의 정찰제에 질린 아이들은, 깎아주는 재미에 홀려서 모두 지갑을 털고 있었다. 한국은 거기에 비하면 용이라는 생각이 우리 모두를 더 즐겁게 했다. 멕시코뿐 아니라 도처에서 우리는 한국 상품과 한국인들을 만났다. 물건들은 질이 좋아 자랑스럽고, 사람들은 교육 정도가 높아 품위가 있고 점잖다. 멕시코에서는 그런 자부심이 더 확대되어 일종의 자기도취에 빠지게 만든다.

하지만 그런 도취는 오래가지 못했다. 국경에서 내 신분증이 문제가 된 것이다. 가만히 있으면 되는 것을 제발이 저려서, 동생이 한 사람만 신분증이 없다고 고백한 게 잘못이다. 안 이상 그냥 보낼 수는 없으니 누가 가서 여권을 가져올 때까지 나더러 멕시코에서 대기하란다. 한참 실랑이를 하고 있는데, 마침 옆에 있던 상관이 내 직업을 묻더니 무해하다고 생각했는지 그냥 보내주었다. 다음 날 로스앤젤레스의 이민국에 신분증을 가지고 가면 된다는 것이다. 오면서 생각하니 시내에서도 신분증을 가지고 다녀야 하는 나라에서 온 내가 대범한 조카의 말만 믿고 여권 없이 국경선을 훌쩍 넘은 것이 너무 어이가 없어서 고소를 금할 수 없었다. 그 경솔함에 대한 자기혐오가 나의 귀로를 어둡게 만들었다. 덕택에 미국의 또 하나의 상처인 이민국을 구경하게 된 것은 행운일까, 불운일까?

1977년 2월 19일

#

이민국은 다운타운에 있는 잘생긴 고층 건물 2층에 있었다. 건물
은 관리가 잘 돼 있어 끌밋하고 근사했지만, 대기실에 앉아 있는 사
람들은 모두 풀기가 없고 후줄근했다. 가난한 밀입국자나 여권 기간
을 어긴 사람들이 가득히 모여, 법망을 뚫을 궁리에 몰두하여 있는
곳이니 분위기가 음산할 수밖에 없다. 남미와 멕시코에서 온 사람들,
그리고 흑인과 동양인들. 대기실에 있는 사람들은 피부빛이 다양했
지만, 피부빛과는 관계없이 모두들 비슷한 표정을 하고 있었다. 거점
을 확보 못 한 자의 불안과 절망이다. 다행히도 담당 직원이 6·25 참
전 용사여서 내 일은 간단하게 해결되었지만, 대기실에 두고 온 사람
들의 영상이 뇌리에 남아 내내 마음이 불편했다.

모처럼 시내에 나온 김에 브로드웨이의 상가를 구경하려고 차에서
내렸다. 동생과 길에서 시간을 보내다가 버스를 타고 돌아가기로 한
것이다. 알람브라까지 버스로 가려면 많은 시간이 걸리겠지만, 할 일
이 없으니 걱정할 필요가 없었다. 아는 사람이 하나도 없는 남의 나
라이니 아무렇게 하고 다녀도 구애받을 것이 없다. 우리는 쉬고 싶으
면 아무 의자에나 앉아서 쉬고, 걷고 싶으면 마음대로 걸을 수 있는
한가함을 마음껏 누렸다. 육친이 옆에 있어 흉금을 터놓을 수 있다는
사실이 내게 충족된 기쁨을 주었다. 동생은 원래 입이 무거워서 항상
나의 가장 믿음직스러운 고해승이었다.

알람브라 근처에 가니 프림로즈가 만발한 아름다운 언덕이 나타났

다. 하지만 종일 돌아다녀도 강은 보이지 않았다. 그래서 나는 무언지 모르게 끊임없이 나를 불편하게 만들던 것의 정체를 알아냈다. 습기다. 온몸이 고갈되어가는 것 같던 갈증은, 눈이 쌓인 버펄로에 갈때까지 계속 나를 괴롭혔다. 버펄로에서 비행기를 내리자 갑자기 명명하던 귀가 펑 뚫리는 기분이 들었다. 한 자나 쌓여 있는 눈이 머금고 있는 물기 때문이다.

# #
겨울의 나이아가라

　아무리 기다려도 수술 날짜에 대한 연락이 없었다. 마냥 기다리고 있을 처지가 아니니 언니가 동부를 먼저 보고 오라고 부추겼다. 모두 일하러 나가서 동생하고만 지내다가 언니에게 등 떠밀려서 동부에 가기로 작정을 하니, 동생의 일이 가시처럼 목에 걸려 내려가지 않는다. 로키산맥이 내려다보이는 하늘에 떠서, 두고 떠나는 혈육들 하나하나를 생각한다. 밤마다 새우며 이야기해도 끝내지 못한 그 많은 사연들을 저들은 어떻게 잠재우면서 살고 있을까. 날마다 나를 즐겁게 하려고 여기저기 데리고 다니던 그 정성과 사랑이 없어서, 한국에 가면 나는 또 많이 외로우리라. 그들이 붙잡고 늘어져서 마음은 계속 로스앤젤레스 상공에서 저공비행을 하고 있다. 나는 거기 고향을 두고 떠나는 것이다.

열 시에 떠나 버펄로에 닿은 것이 저녁 일곱 시. 같은 나라인데 시차가 자그마치 세 시간이나 된다. 버펄로 공항에는 그곳 대학에 계시는 조가경 선생님 내외분이 나와 계셨다. 성북동 시절의 이웃이다. 벽난로에서 장작이 타고 있는 조 선생님 댁은 아름다웠다. 김석연 선배가 한국에서 가져온 고가구들이 방의 격을 높여주고 있었다. 그 집에서 김 선생이 만든 식혜를 마시고 있으니, 내가 버펄로에 온 이유가 온통 그 선배를 만나는 데 있었던 것 같은 느낌이 들었다. 조 선생과 이어령 씨가 모두 외국에 나가 있던 기간에 우리는 형제처럼 엉겨서 주말마다 아이들을 데리고 놀러 다녔었다.

그 댁에서 이틀 묵으면서 버펄로대학과 나이아가라 폭포를 구경했다. 폭포를 보기에는 계절이 적당하지 않았다. 너무 추웠던 것이다. 눈사태가 나서 사람이 얼어 죽었다는 추위 속에서도 폭포는 얼지 않은 채 계속 쏟아지고 있었다. 하지만 그건 강심江心 부분뿐이었다. 가장자리는 모두 얼었고, 폭포에서 떨어지는 물보라도 얼어서 얼음 기둥이 되고 있었는데, 한복판에서만 여전히 줄기찬 물줄기가 쏟아지고 있었다. 물살이 너무 빨라서 얼지 못한다고 한다. 빨리 흐르는 물은 썩지 못할 뿐 아니라 얼지도 못한다는 사실이 신기했다.

김 선생님이 장로라서 성찬 예배를 드려야 한다기에 저녁에는 함께 교회에 갔다. 오래간만에 예배를 보니 모든 근심과 걱정이 앙금처럼 가라앉는 것 같다.

#

올버니의 건물들

알리게니로 버펄로를 떠나 도희 씨가 있는 올버니에 가기로 했다. 관광보다는 사람을 만나는 일이 더 중요했던 것이 나의 관광 여행이었던 셈이다. 남에게 정신없이 헌신하는 도희 씨는 그날 내게 수가 놓인 모시 이불을 내주었고, 밤에는 친구들을 불러다 파티를 열어주었다. 사교춤까지 추는 근사한 모임이었다. 오신 손님들도 모두 탈속한 지성인들이어서 그날 파티는 즐거웠다.

뉴욕 주의 수도이면서 뉴욕 시의 위세에 눌려 존재감이 희박해진 올버니에는 영국풍의 고풍한 건물들이 많이 있어서 보기 좋았다. 도희 씨 집도 그런 고풍스런 저택 중의 하나였다. 어마어마하게 키가 큰 전나무 숲에 둘러싸인 4층의 하얀 건물이다. 마호가니로 된 문과 천장이 장중했다. 격조 높은 영국식 건물이어서 인테리어도 품위가 있었다. 정원도 아주 넓었다. 연륜을 자랑하는 거목들이 즐비한 그 정원은 정원이 아니라 숲이어서 낙엽을 치우는데 낙엽 치우는 전용 차가 필요했다. 그 차를 얻어 타고 도희 씨 남편인 박인호 박사가 낙엽 치우는 것을 구경했다. 나는 울창한 그 집 정원에 서린 시간들을 오래 음미했다. 아는 사람이 없는 외국에 살아도 도희 씨네처럼 상류층에 속하는 전문의와 약사가 결혼하면, 이렇게 멋있는 생활을 할 수 있다는 것은 고무적인 일이다.

사실 나는 캘리포니아의 미국식 주택들을 별로 좋아하지 않았다. 너무 단순하게 처리된 외양 때문이다. 최근에 지은 집일수록 외양은 더 단순하다. 로스앤젤레스에는 외벽을 아예 조갯살처럼 발라놓은 시멘트 초벌칠을 그냥 두고 페인트를 해버린 집도 있었다. 하루는 동생네 집 이웃 공지에 새 집을 짓는 곳이 있어서 한참 구경을 한 일이 있다. 단단한 목재로 골격만 세워져 있었는데, 벽 사이즈에 맞춘 합판 같은 것을 바깥쪽에 붙이더니, 두꺼운 석면을 끼워 보온을 하고 나서 또 한 장의 합판으로 덮어서 양쪽에서 뚝딱뚝딱 두들겨 맞추니 한 벽이 끝나버리는 것을 보고 너무 놀랐다. 그러니 공사가 빨리 진척되고 쉬워 보였다. 조립식 주택인가보았다. 하지만 비가 샌다거나 물이 안 나오는 집은 상상하기 어렵다고 한다. 거기에서 기능을 제일로 여기는 미국식 사고방식과 발달한 기술력이 드러났다. 그렇게 기능만 중요시하는 건물들은 살기는 편하겠지만 덜 이쁘다.

한옥은 그와 반대다. 한옥은 외양이 아름답다. 공을 많이 들이기 때문이다. 부연을 붙여 날듯이 말아 올린 한옥의 지붕은 더할 나위 없이 아름답지만, 배수는 잘 안 되고 낙숫물 처리도 미흡하다. 폭우가 쏟아지는 일이 많은 고장이니 얼마 안 가 말려 올라간 부분에서 비가 새기 쉽다. 막새기와로 멋을 낸 처마도 문제다. 들이치는 비를 종이 문으로 막아야 하기 때문에 큰 비가 들이치면 창호지가 젖어서 떨어진다. 견디다 못한 후손들은 그 이쁜 막새기와 끝에 양철로 도리를 해 달아야 했다. 오밀조밀 깎아 붙인 부연의 서까래들은 칠을 다시 하려면 매달려서 일일이 자귀로 껍질을 벗겨내야 하는 불편함이 있다. 완자나 격자 등의 아름다운 문양이 있는 장지문들은 격이 높지만 방풍이나 방수 기능이 약하다. 종이를 바르기 때문이다.

앞뒤가 탁 틔는 마루는 여름 한철밖에 쓸모가 없는데, 한국의 여름은 석 달도 채 못 된다. 보온을 필요로 하는 계절이 자그마치 6개월이나 되는 추운 나라에서 철저한 여름용 건물을 지은 생각을 하면 어이가 없다. 하지만 한옥은 아름답다. 기능주의와 미학은 양립하기 어려운 두 개의 극이다. 미국식 무미건조한 주택들에 식상이 되었던 때여서 올버니에서 영국식 건물들을 만나니 반가웠다.

하지만 뉴욕이 도희 씨의 집에서 그렇게 먼 곳인 줄 알았다면 나는 절대로 올버니에 가지 않았을 것이다. 도희 씨가 자꾸 석연 씨 집에 가는 김에 들르라고 하니까 올버니가 뉴욕의 교외인 줄 알고 찾아가서 도희 씨 내외분에게 너무 많은 폐를 끼친 것이다. 도희 씨 남편이 하루 휴가를 내서 뉴욕 관광을 시켜주셨으니 말이 안 되는 짓이다. 불편한 점이 많더라도 단체로 가는 편이 다른 사람들에게 폐를 덜 끼친다는 것을 터득했기 때문에 다시는 지인들을 찾아 새 도시에 가는 일은 하지 않았다. 다행히도 소그룹 여행을 주도하는 이지연이라는 가이드를 만나 그녀에게 의탁했다. 가이드와 친구가 되니 단체 여행도 괜찮았다.

# #
낯이 익은 이국異國

다음 날 오후 세 시에 도희 씨 부부와 뉴욕을 향해 떠났다. 혼자 가면 큰일 난대서 할 수 없이 같이 나선 것이다. 겨울이라 볼 것이 없다면서 도희 씨는 그게 자기 불찰인 것처럼 계속 걱정을 했지만, 나는 가도 가도 끝이 없는 길 양편의 겨울나무들이 아름다워서 좋았다. 광활한 숲과 무성한 나무들이 풍성한 미국의 크기와 넓이를 과시하고 있었다. 허드슨강 상류에 있는 '리프 반 윈클Rip Van Winkle'*의 마을을 지나고 웨스트포인트를 지났다. 뉴욕에 닿은 것이 오후 여섯 시. 어

---

* 워싱턴 어빙의 소설 이름.

두워 오는 밤하늘에 조명이 된 엠파이어 스테이트 빌딩이 제일 먼저 눈에 띄었다. 하지만 그건 영화와 그림엽서에서 너무 자주 보았기 때문에 남의 나라 것 같은 생각이 들지 않았다. 그런 기시감既視感은 워싱턴이나 파리에서도 마찬가지였다. 건물과 거리가 너무 낯이 익어 버린 초면의 외국…… 구미의 문명은 알게 모르게 우리의 내면에 너무 많이 들어와 있다는 사실이 실감되었다.

플라자 호텔에서 최선영 씨와 최월희 씨를 만나 함께 '신축주가'라는 중국집에 갔다. 음식점에 들어가기가 바쁘게 나는 화장실에 가는 척하고 달려 나와서 미친 것처럼 전화기를 붙잡았다. 동생의 소식이 너무나 궁금했기 때문이다. 남의 집에서 장거리 전화까지 할 수가 없어서 참아왔던 궁금증이 한꺼번에 폭발했다. 성급하게 다이얼을 돌리니 동생의 목소리가 전선을 타고 울려왔다. 3월 2일에 입원하여 7일에 수술을 하게 되었다는 것이다. 3월 7일. 그때는 내가 미국에 있을 수 없는 시기다. 1일에 개강이 되기 때문이다. 20일이나 기다리던 수술 날짜가 하필 그때 잡힌 것이 야속했다. 하지만 모두 직장을 가진 그곳 식구들이 동생을 돌볼 틈이 없는 걸 알기 때문에 무리해서라도 내가 동생 곁에 있어야 한다고 생각했다. 로스앤젤레스에 돌아가기로 결정하고 식사를 끝냈다.

저녁 후에 그리니치빌리지를 헤매 다녔다. 겨울이라 거리를 방황하는 히피들은 보이지 않는 삭막한 거리에서, 친구의 차는 주차 위반 딱지를 받았다. 음식점이 되어 있는 O. 헨리의 집을 구경하고 우리는 뉴저지로 향했다. 도희 씨가 나를 위해 마련해놓은 숙소가 거기 있었다. 도희 씨 시동생이 사는 집은 새로 지은 호화 주택이었다. 하지만 생전 처음 자보는 남의 침실이 낯설었다. 여자애의 방인 듯 오밀조밀하게 꾸며진 그 방에서, 방을 빼앗긴 낯모르는 소녀를 생각한다. 그러자 대체 무슨 권리로 이렇게 많은 사람들을 번거롭게 하며 여행을 하는가, 하는 회의가 생겼다. 나는 그레이하운드를 타고 혼자 뉴욕으로 와서 호텔에 묵을 예정이었던 것이다. 앞으로는 고생스럽더라도 소리 없이 혼자 여행하도록 해야겠다고 다짐했다.

1977년 2월 25일

# #
희랍 고병부古瓶賦

다음 날은 메트로폴리탄 미술관에 갔다. 마침 드가의 전시회를 하고 있어서 그것을 보고 나서 희랍관으로 들어갔다. 생각보다 유품이 적고 대부분이 로마 시대의 모조품들이라 실망했지만, 기하학 문양의 목테를 두른 큼직한 옛 항아리들은 고혹적이었다. 사군자나 운학 무늬가 그려지는 우리의 자기와는 차원이 달랐다. 바탕색 자체가 붉은데 그림이 검은색으로 그려져 있어서 백자나 청자와는 거리가 멀었고, 그림도 너무 달랐다. 희랍의 옛 항아리들에는 사군자가 아니라 사람이 주로 그려져 있었기 때문이다. 사람 중에서도 가장 아름다운 젊고 발랄한 사람들이 나체에 가까운 모습으로 그려져 있는 것이다. 더 놀라운 것은 그들이 지금 격렬하게 움직이고 있다는 사실이다. 인

간 중심의 문화답게, 나체의 아름다움을 예찬하던 문화답게, 전사戰
士나 미녀들의 젊은 육체가 움직이는 포즈로 그려져 있다. '미는 진이
요, 진은 미'이며 그것이 우리가 세상에서 꼭 알고 있어야 할 모든 것
이라고 외치던 키츠가 본 희랍의 옛 항아리들도 이런 것이었을까?

> 너 더럽혀지지 않는 정적의 신부여
> 침묵과 완만한 시간의 수양아기
> 푸른 고장의 역사가, 운문보다 더 꽃다운 이야기를 도란거리는 그대
> ―「Ode on a Grecian Urn」에서

여자를 뒤쫓는 포즈로 그려진 젊은이의 자세 속에서 예술의 초시
간성을 느끼며 희랍의 오래된 병 앞에 넋을 잃고 서 있던 영국의 시
인. 한 편의 시 속에서 불멸의 생명을 얻은 키츠 생각을 했다. 여자를
찾던 손이 아직 여자 몸에 닿기 전의 자세로 그려진 젊은이에게 키츠
는 말한다. "걱정하지 말아라. 그 여자는 영원히 그대 곁에 있을 것이
니."

중국관의 도자기들은 화려한 색채와 문양의 다채로움, 그 규모의
크기로 보는 이를 압도했다. 1미터 정도 되는 날씬한 자기 항아리가
많이 있었다. 거기 비하면 우리 자기들은 초라할 정도로 색채와 선이
억제되어 있다. 신라의 토기, 이조의 백자, 고려의 청자가 모두 육체
성을 노출시키지 않는 절제를 보여준다. 하지만 그 절제 속에서 투명

하게 스며 나오는 조심스러운 생동감. 인위적인 것을 기피한 순정醇靜한 선과 색채. 그 자연스럽고 겸허한 미학이 고향 산천처럼 정답고 편안하다.

1977년 2월 26일

# #

빈 아파트의 아침

저녁 여섯 시에 그레이하운드로 워싱턴을 향해 떠났다. 조명이 된 캐피털의 첨탑이 신기루처럼 공중에 떠 있을 미국의 수도 워싱턴. 그 곳에 가면 아직 40대 초반인 나는 갑자기 다섯째 할머니가 된다. 다섯째 아들에게 시집온 내가 스물여덟에 본 큰댁 손자들이 있기 때문이다. 시댁 조카인 길자의 아파트는 그동안 내가 손님으로 묵었던 집들과는 비교도 안 되게 작았지만, 그렇게 마음이 편할 수 없었다. 서로 특별 대우를 해줄 필요가 없는 친숙한 가족끼리이기 때문이다. 우리에게 혈족이 있다는 것은 얼마나 고마운 은총인가?

조카네 식구들과 함께 일요일에 시내를 관광했다. 제일 먼저 본 것이 가까운 곳에 있는 케네디의 무덤이다. 능 같은 봉분을 예상했던 내 눈에는 직선으로 처리된 그의 무덤이 이색적으로 느껴졌다. 영원의 불이라고 선전하던 횃불도 생각보다 크지 않은데, 돌에 새겨진 케네디의 말씀들만 빛을 뿜고 있었다. 한때 세계를 열광시켰던 뉴프런티어의 기수 케네디의 명언들. 한 인간의 꿈과 이상이 거기 육성으로 남아 있어, 쌀쌀한 2월의 바람 속에서 영원의 횃불을 들고 있는 것이다.

관광버스를 타고 몰 가街를 한 바퀴 돌았다. 링컨과 제퍼슨 기념관, 워싱턴 기념탑, 그리고 백악관과 국회의사당……. 프랑스인이 설계했다는 중심가의 건물들은 고전적인 아름다움을 지니고 있었다. 다른 나라에서는 보기 힘든 개성적인 건물들이 모두 하얗고 깨끗해서 새로 세운 나라 미국의 젊음을 상징하고 있었다. 워싱턴 타워에서 내려다보니 프랑스풍을 약간 단순화시킨 듯한 건물의 지붕에 일제히 스페인 기와가 덮여 있는 것이 인상적이었다.

하지만 다음 날 아침에 일어나보니 빈 아파트에 나만 혼자 남아 있었다. 어른들은 일하러 가고 아이들은 학교에 간 것이다. 막상 이제부터 혼자 다녀야 한다고 생각하니 갑자기 불안해져서 집을 나서는데 용기가 필요했다. 나와보니 예상했던 것보다 날씨가 추워서 종일 덜덜 떨고 다녔다. 다시 들어가 겨울 외투를 가지고 오고 싶었지만 열쇠가 없었다. 닫으면 자동으로 잠기는 문이었기 때문이다.

조카사위가 가르쳐준 대로 버스를 타려고 나가보니 상행과 하행이 있어 어느 것을 타야 할지 몰라 난감했다. 길에 사람이 없어서 할 수 없이 지나가는 차를 세워 물어보려고 하는데, 동양계의 남자가 먼저 문을 열고 중국인이냐고 묻는다. 한국인이랬더니 반가워하며 시내로 가는 버스 정류장까지 태워다주면서, 자신은《동아일보》의 특파원이라고 했다. 버스 정류장은 삼면이 유리로 막혀 있었지만 옷을 얇게 입어 추웠다. 마침 빈 택시가 지나가길래 집어타고 대사관이 있는 매사추세츠 거리에 가자고 했더니 못 알아듣는다. 할 수 없어 주소를 적어주었더니 '츄' 자에 강한 악센트를 붙여 길게 발음해 보이고 대사관까지 데려다주었다. 1학년 때 영국 여인에게 영어를 배우기 시작해서 나는 미국식 발음과 억양이 서툴다. 대사관 앞에서 조카사위와 남편의 친구인 생물과 출신 김정현 씨를 만나서 점심을 먹고, 마침 워싱턴에서 하고 있는 투탕카멘 유물전을 구경하러 혼자서 갔다. 조카사위가 종일 기다려야 할 거라고 했는데 다행히도 사람이 그렇게 많지는 않았다.

3천 년 전의 세계에 들어가려고 2층까지 뻗친 줄 끝에 가서 서니, 박동선 사건 때문에 골머리를 앓는 교포들 생각이 나서 마음이 착잡했다. 3천 년의 세월에 비추어보면, 뉴스나 스캔들 같은 것은 순간에 떴다 꺼지는 물거품에 불과하다. 그런데도 거기서 벗어날 수 없는 것이 현실에 사는 인간들의 업보다.

투탕카멘의 유물들

'킹텃King Tut'이라 약칭되는 투탕카멘의 전시회는 스미스소니언 박물관에서 열리고 있었다. 이집트 신왕국 제18왕조 시대의 왕이었던 투탕카멘은, 9세에 등극하여 18세에 요절한 소년 왕이다. 그래서 그의 유물은 일반적인 파라오 무덤의 것보다 적은 편이라 하는데도, 전시품의 양은 압박감을 줄 정도로 풍성하여, 고대 이집트 문명의 규모와 흥성함을 유감없이 과시하고 있었다.

나는 이집트 예술을 사랑하지만, 이집트 예술의 특징인 정면성과 정석적인 형식은 좋아하지 않았다. 개별적 특성이 약화된 초상화들은 모두가 비슷해서 구별하기가 어려웠고, 몸은 옆으로 되어 있는데 얼굴은 정면을 향해 있는 인물상들도 불편하게 여겨졌다. 독창성이 결여된 예술품들은 완벽하고 세련되었지만, 생동감을 느끼기가 어려웠던 것이다. 아르놀트 하우저의 말대로 그건 예술 외의 목적 속에 매몰되어버린 예술이다. 그런데 투탕카멘의 경우는 좀 달랐다. 전통적인 형식주의에 아마르나 예술*의 자연주의가 가미되어 생동하는 작품들이 만들어지던 시기의 소산이어서 종래의 예술 같지 않았다. 아마르나 시대의 예술은 이집트 예술에 개별성을 부여하고, 정면성에 옆얼굴의 미학을 보탰으며, 정지된 상태에서 약동적인 자세로 발전하여 보다 자연스럽고 유연한 면을 가지고 있었던 것이다. 투탕카멘의 무덤만이 도굴꾼들의 끈질긴 추적을 모면하여 완벽한 원형을 그대로 지닐 수 있었던 것은, 이집트 예술의 정화精華를 후세에 남기려는 신의 특별한 배려였는지도 모른다.

안에 들어가보니 유품들은 모두 신혼부부의 혼수 같은 인상을 주고 있었다. 엄청난 재물을 소유한 거대한 제국이 결혼하는 왕세자를 위해 마련한 신접 살림살이 같았기 때문이다. 무덤의 부장품치고는 색채가 너무 현란하고, 품목이 지나치게 다양했다. 튀르키예석과 루비, 청옥으로 얽어 만든 독수리 모양의 찬란한 목걸이, 정교하고 섬세한 세공이 베풀어진 금팔찌, 황금에 청옥을 박아 넣은 약통, 노란

---

* 이집트 전통 예술의 경직성을 수정한 아마르나 시대의 예술. 이집트 예술에 유연성을 가미한 예술. 졸저 『내 안의 이집트』(마음의 숲, 2012) 5장에 상세히 나와 있음.

호박으로 풍뎅이를 만들어 붙인 브로치, 생명을 의미하는 '우' 자형의 호화스러운 손거울, 모양이 현란한 보석함. 장신구만도 이루 헤아릴 수 없이 많은데, 실물대의 의자가 5, 6종이 넘는다. 표범 가죽을 바른 금각의 스툴, 등받이에 영원의 신이 새겨진 의식용 등의자, 상아로 문양이 상감되어 있는 흑단의 어린이용 안락의자.

여남은 개나 되는 대소의 궤짝과 함도 흑단과 시다나무 재목으로 되어 있었는데, 하나하나가 디자인이 모던하고 조각이 정교해서 아무리 보아도 싫증이 나지 않았다. 그중에서도 측면에는 짐승과 새가 조각되어 있고 뚜껑에 투탕카멘 부부가 마주보는 그림이 그려져 있는 상아 테두리의 나무함은 아마르나 예술의 극치를 보여주는 걸작답게 완벽한 구도와 기교를 가지고 있었다. 그리고 배가 있었다. 적은 인원이 탈 수 있는 실물대의 소형 보트다. 거기에다 심심할 때에 쓸 체스 세트가 네 개. 술잔과 촛대와 물병, 그리고 작은 신전…… 세심한 어머니가 마련한 살림 기구처럼 빠짐없이 갖추어진 생활용품들이다.

그것들을 보고 있으니 영혼의 불멸성에 대한 이집트인들의 신앙이 선명하게 부각되어왔다. 그 물건들은 다른 나라의 부장품과는 너무나 성격이 달랐다. 그들은 무덤 속의 주인공이 저승의 재판정에 가서 심판을 받고 돌아오면, 다시 현세의 삶을 영위한다고 생각하고 있었기 때문에, 살림에 실지로 사용될 요긴한 살림 도구들을 장만해놓은 것이다. 그건 18세의 젊은 왕 부처가 환생한 후에 사용할 신접살림의 혼수였다.

거기에 있는 장신구와 가구에는 어디든지 금이 씌워져 있었다. 의자의 등받이와 손잡이, 다리, 그리고 팔걸이…… 그 모든 것에 금세공의 패널이 붙어 있고, 보석함과 거울, 단도, 홀 등은 온통 금제였다. 하마를 잡는 왕의 입상, 표범 위에 선 청년 왕의 전신상은 완전히 금박이 입혀져 있었고, 사면에 여신상이 새겨진 작은 신전 역시 금제였다. 1922년 하워드 카터가 처음 이 왕릉에 들어섰을 때 황금의 벽이 앞을 가로막았다는 말이 과장이 아니다. 이집트인들은 시간이 지나도 변하지 않는 금을 '신의 피부'라고 숭앙하여 성스러운 곳에는 모두 금을 입혔다. 누비아의 광산에서 얼마나 많은 금이 생산되었기에 이토록 풍성한 금의 향연을 베풀 수 있었을까? 고대 이집트 사람들은 운이 좋았다. 사막이 막아주어 외적이 쳐들어올 수 없는 기간이 아주 길었고, 몇 미터씩 쌓이는 비옥한 나일강의 퇴적토는 풍성한 밀을 해마다 보장해주었으며, 지면은 온통 돌로 되어 있어 화강암과 석회암으로 된 석조 예술을 끝없이 만들 수 있었고, 금과 튀르키예석이 무진장으로 묻혀 있는 광산이 옆에 있었던 것이다. 그런데 그 모든 것을 물려받은 그들의 후손들은 왜 고적을 유지할 예산도 부족하여 쩔쩔맬 정도로 몰락하였을까.

금에 비하면 은은 거의 없었다. 석류 모양의 화병이 하나 있었는데, 디자인이나 선으로 보아 아시아에서 온 물건 같다는 설명이 붙어 있었다. 거기 있는 물건 가운데에서 내가 제일 사랑한 것은 앨러배스터 제품들이었다. 옥보다는 따뜻해 보이고, 수정보다는 중후해 보이는 질감의 앨러배스터는 친근감을 주는 소재였다. 반투명의 크림색 앨러배스터로 호리병이나 호사스런 촛대와 술잔을 만들고, 거기에 감색이나 북청색의 상형문자를 조각하여 놓은 것은 숨이 막히게 아름다웠다. 특히 연꽃 모양을 본뜬 삼지형의 등잔은 바탕의 질감과 선의 우아함이 완벽한 조화調和를 이루어 보는 이의 마음을 끝없이 상승시키는 조화造化를 피우고 있었다. 앨러배스터! 설화석고雪華石膏! 그 아름다운 이름이 뇌리에 각인되었다.

문양 중에서 가장 매혹적인 것은 상형문자였다. 도처에 새겨져 있는 그 글자들은 기호라기보다는 문양이요, 회화였다. 눈같이 생긴 것, 새같이 생긴 것, 생물학의 암컷을 나타내는 기호 같은 것, 풍뎅이, 원, 지팡이 같은 형체…… 그 글자들은 모두 곡선으로 되어 있어 생명체처럼 온기를 지니고 있다. 개성을 지닌 살아 있는 문자들. 그것들은 사이좋은 이웃처럼 정답게 모여 서서 회화적인 아름다움을 자아내고 있었다. 그 회화적인 문양이 직선의 프레임 속에 갇히면 이중의 아름다움이 생겨난다. 그러면서 그것들은 언제나 의미를 지니고 있어, 같은 형태의 연속적인 중복이 없다. 파리에 있는 오벨리스크가 워싱턴 타워보다 아름다운 것은 거기 새겨진 히에로글리프의 미학 때문이다.

상형문자 중에서 가장 많이 쓰인 것은 투탕카멘의 이름이 새겨진 문장紋章이다. 새, 홀, 생명, 파피루스 등이 새겨진 그 문장은 "살아 있는 아문의 이미지"라는 의미를 담고 있다 한다. 그 옆에 태양을 상징하는 원과 풍뎅이가 그려진 또 하나의 문장이 있는데, 둘 다 타원형 속에 나란히 놓여 있어 이집트의 태양숭배 사상을 시각화해준다.

이 왕은 본명이 투탕카톤이었다. 아톤을 숭배하던 선왕이 지어준 것이다. 투탕카멘으로 개명한 것은 아몬 신의 신관들의 압력 때문이라 한다. 다신교를 믿은 고대 이집트에서 주신은 항상 태양신이었지만, 태양신에도 라, 아톤, 아몬 등 여럿이 있어 정치가의 기호에 따라 신들의 흥망이 무상했다. 정쟁에 휘말려 10여 세의 어린 왕이 두 개의 이름을 가지게 된 사실이 흥미롭다.

태양숭배와 함께 성사聖蛇와 독수리 숭배도 열도가 높아서, 왕의 영정에는 늘 그 두 개가 나란히 이마에 붙어 있었다. 하마를 향해 창을 던지는 왕의 모습을 조각한 전신상과 셀케트 여신의 팔을 벌린 모습을 표현한 조각은 인간의 동적인 포즈를 그리고 있어 이집트 예술에서는 예외적인 것이라는 말을 들었다. 특히 그 두 조각은 사람의 프로필을 그리고 있어 정면성의 전통을 깨뜨린 아마르나적 특성도 나타내는 점이 특기할 만하다고 했다. 이집트 초상화의 정적 정면상에 물린 관객에게 그 두 조각은 청량감을 준다.

밖에 나오니 날씨는 더 추워졌는데 빈집에 들어가봐야 혼자 있을 수밖에 없으니 맞은편에 있는 공룡관 쪽으로 걸어갔다. 지친 몸을 끌고 덜덜 떨면서 공룡관 쪽으로 걸어가려니까 집에 두고 온 가족들이 어느 때보다도 더 가깝게 밀착되어왔다. 공룡에 미친 막내 생각을 하며, 거대한 브론토사우루스*의 골상骨像 모형 앞에 주저앉아 조카사 위가 데리러 올 때까지 빈둥거리며 시간을 보냈다. 트리케라톱스** 모형이 서 있는 쪽을 바라보면서 조카의 차를 기다리고 있는데, 웬 젊은 여자가 차에서 내리더니, 한국분인 것 같은데 여기 서 있는 건 위험하니 모셔다주마, 하고 제의했다. 워싱턴 한복판에서 한국말을 들으니 영어를 이해하느라고 잔뜩 긴장해 있던 신경이 편안하게 가라앉는 것이 느껴졌다. 비슷비슷한 동양계의 외모 속에서 선뜻 한국인임을 알아차리는 그 피의 당김이 눈물겨웠다. 동족同族이라는 말의 뜻을 실감하면서 기분이 너무 좋아서 추위와 배고픔을 모두 잊었다.

---

*　공룡 이름.

**　공룡 이름.

# #
수술과 관광

워싱턴에 닿자마자 돌아갈 테니 불안해하지 말라고 전화를 거니까 동생이 펄펄 뛴다. 여기가 어디라고 다시 오느냐는 것이다. 미국의 병원은 간호인을 들여놓지도 않을 뿐더러 모처럼 남편이 일을 쉬고 간호하기로 했는데 오면 방해가 된다고 난리다. 처음 해외에 나온 여행인데 잔소리 말고 파리 구경이나 며칠 하고 집으로 가라는 것이다. 작은언니도 펄쩍 뛰었다. 7일에 수술하면 일주일간은 정신없이 아플 텐데, 어떻게 두고 떠나느냐며, 말일까지 있지 못할 바에는 부담만 되니 아예 올 생각을 하지 말고 파리에 가란다. 그래도 결정을 못 내리고 망설이다가 집에 전화했더니 남편이 또 야단이다. 거기에도 식구가 스무 명이나 있으니 마음 독하게 먹고 파리를 보고 오란다.

모두들 나를 파리에 가게 하려고 그러는 것을 모르는 것은 아니다. 하지만 동생이 곤경을 헤매는데 관광을 하다니 말이 안 된다. 학교 때문에 3월 둘째 주까지는 돌아가야 하니 더 지체하는 일이 불가능한 나는 궁지에 몰린 짐승처럼 밤새도록 신음했다. 아침에 일어나니 얼굴은 퉁퉁 붓고 몸은 괴로운데 로스앤젤레스에서는 오지 말라는 전화가 연거푸 왔다. 할 수 없이 여행사를 하는 정현 씨에게 전화해서 파리행 비행기표를 부탁했다. 막상 결정을 하고 생각해보니, 어쩌면 애초부터 동생의 병을 핑계 삼아 파리 구경을 하려는 흑심을 품고 집을 나섰던 게 아니었던가, 하는 의심이 생겼다. 그 경황에도 나는 너무나 파리에 가고 싶었기 때문이다. 파리를 향한 열망과 동생을 향한 연민이 칡덩굴처럼 엉켜서 내면에서 갈등을 일으키고 있었다. 수첩을 뒤져보니 파리에 있는 친지들의 전화가 하나도 없었다. 파리에 가고 싶어질까봐 의식적으로 안 적어온 모양이다. 명함 뒤에 게오르규 씨의 전화가 있는 것을 겨우 발견하고 전화를 걸었더니 몇 번 걸어도 통화가 되지 않는다. 처음 가는 나라에 호텔도 예약하지 못하고 떠나야 할 모양이다.

빈집에 앉아 있기도 심란해서 다음 날 다시 중심가에 나가 정처 없이 헤매 다니다가 '투탕카멘전'을 다시 한번 보았다. 오후가 되니 배가 고프고 피곤하길래 박물관 식당에 들어갔는데 막상 혼자 밥 먹을 생각을 하니 마음이 너무 황량해져서 식욕이 싹 가신다. 한 번도 혼자 식사를 한 일이 없게 늘 옆에 있어주던 친구들과 가족들…… 로

비에 가서 다시 동생에게 전화를 거니 그녀는 파리에 혼자 가는 나를 오히려 걱정하고 있었다. 언제나 그 병든 동생에게 오히려 의지하면서 살아온 이상한 우리의 관계를 생각하니 어이가 없었다. 좌충우돌하면서 겨우 음식을 주워다 놓고 혼자 앉으니, 파리고 뭐고 다 집어치우고 곧장 집으로 가고 싶어졌다. 따뜻한 온돌, 낯익은 일상, 보호받는 생계와 친숙한 얼굴들…… 아아, 그곳으로 돌아가고 싶다.

1977년 2월 28일

_____4

비철의 파리
1977

#

동행 복

덜레스 공항은 구식이어서 버스를 타고 비행기 있는 곳까지 가게 되어 있었다. 마음과 몸이 다 지쳐가지고 그 버스에 발을 올리자, 휠체어를 탄 90대의 할머니가 통로를 가로막고 앉아 있었다. 또 노인을 만났다는 사실이 나를 우울하게 만들었다. 이상하게도 미국에 와서 줄곧 노인들만 만나며 시간을 보냈다. 내가 가는 곳에는 언제나 노인들이 많았다. 대낮의 공원, 박물관, 관광지, 비행기 같은 데서 어찌나 많은 노인을 만났는지 미국은 노인만 사는 나라 같다는 인상을 받았다. 일상적 질서에서 벗어나 대낮에 빈둥거리며 다니는 여행자가 노인들만 만나는 건 당연한 일이지만, 그 노인들은 너무나 허탈한 눈빛을 하고 있어 나를 우울하게 만들었다. 루주를 빨갛게 바르고 관광 여행을 다니는 노인들도 있었지만, 대부분의 노인들은 처량해 보였다. 구제 불능의 암담한 분위기를 가진 노인들. 그런 노인이 한국에는 많지 않은 것 같다. 아직 대가족제도의 울타리 안에 있기 때문일 것이다.

비행기에 올랐을 때 또 휠체어를 탄 할머니가 바로 옆자리에 앉혀지는 걸 보고 나는 아연해졌다. 비행기가 이륙하자마자 할머니는 멀미를 하더니 이내 토하기 시작했다. 비위가 약한 나는 남이 토하면 같이 토하는 버릇이 있다. 그래서 우리 집 아이들은 토할 것 같아지면 내가 옆에 못 오게 화장실 문부터 잠가버린다. 이번에도 예외는 아니었다. 내가 욕지기를 시작하자 할머니의 동행인 듯한 젊은 부인이 승무원에게 부탁해서 통로 맞은편의 빈자리로 좌석을 옮겨주었다. 면목이 없고 미안했다. 할머니는 내내 불편해하시더니 까부라져서 잠이 드셨다. 세련돼 보이는 할머니의 동행은 그분의 무남독녀라고 했다. 남편이 캐나다에 직장이 있어 거기서 어머니도 같이 살았는데, 금년 들어 어머니가 고국에 가야 한다고 막무가내로 고집을 부려서 할 수 없이 모시고 가는 길이라면서, 기동도 못 하는 노인을 두고 혼자 떠날 일을 걱정하고 있었다. 죽기 위해 휠체어를 타고 자기 고국을 찾아가는 노인의 비장한 결심이 내 일인 것처럼 실감되면서, 월남하여 타관에서 돌아가신 어머니 생각이 났다. 우리 어머니에게는 죽으러 고향에 찾아가는 일도 허락되지 않았던 것이다.

1977년 3월 1일

# #
편도선염과 발다 Valda

샤를 드골 공항에 도착한 것이 새벽 여섯 시. 워싱턴 시간으로는 새벽 두 시다. 그러니까, 새벽 두 시의 썰렁한 외국 공항에 나는 마중 나온 친지도 없이 혼자 서 있는 것이다. 불안해서 프랑화를 손에 쥐기가 무섭게 게오르규 씨에게 전화를 걸었다. 아는 분의 음성만 들어도 구원을 받는 기분이 들 것 같았다. 하지만 수화기에서는 여전히 찍찍거리는 소리밖에 나오지 않았다.

체념하고 짐을 찾으러 나서니 짐짝들이 시시각각으로 팽창해가는 듯한 환각에 빠졌다. 책과 옷가지가 든 내 트렁크를 수레에 들어 올리느라고 진땀을 흘렸다. 그런데 트렁크는 하나 더 있었다. 미국에 있는 가족들이 한국에 보내는 선물이 든 트렁크다. 그 속에는 우리

아이들에게 보내는 선물도 있지만, 대부분은 형제들의 집에 가는 것이었다. 큰언니가 딸에게 보내는 선물, 동생들이 친정과 시댁에 보내는 선물들은 대부분이 화장품이어서 그 트렁크는 내 것보다 더 무거웠다. 공항마다 기다리고 있다가 짐을 날라주던 고마운 얼굴들을 되새기며 그것을 카트에 들어 올리려니까, 버리고 싶은 마음밖에 나지 않았다. 몽땅 버리고 홀홀 털고 나서면 얼마나 홀가분할까 싶었다.

남편이 일러준 대로 공항버스를 타고 시내에 있는 마이요까지 가서 택시를 타려고 줄을 섰다. 다행히도 앞에 50대 부인이 있길래 그녀의 호텔에 동행하기로 약속했는데, 막상 차례가 오니 운전사가 고개를 젓는다. 두 사람의 짐을 다 싣고 갈 수는 없다는 것이다. 할 수 없이 혼자 택시를 타고 도심지에 있는 별 세 개짜리 호텔을 부탁했다. 관광 안내서에서 배운 지식이다. 다행히도 비철이라 호텔에는 빈방이 있었다. 생 토노레 거리에 있는 호텔에 짐을 내려놓았을 때, 나는 그 운전사가 구세주만큼이나 고마워서, 8프랑밖에 안 되는 요금을 짐 값이라면서 18프랑이나 받아내는데도 밉지 않았다.

유리로 된 벽에 한국에서 보던 방범용 여닫이 자바라가 달린 괴상한 엘리베이터가 있는 호텔이었지만 나는 그 호텔의 고풍한 건물이 마음에 들었다. 나선형 계단에 깔린 페르시아 융단, 크리스털 화병에 꽂힌 막 피려는 두세 개의 장미꽃, 고전적인 가구 같은 것 속에서 파리의 면모를 찾을 수 있었기 때문이다. 하지만 그 호텔에서 내가 제일 처음 한 일은 편도선염을 앓는 것이었다. 과로와 불안이 겹쳐서 드디어 병이 난 것이다. 세상 끝에라도 온 듯이 막막한 이곳. 이 낯선 고장에서 병이 나다니 입이 쓰다. 파리의 한복판, 명품 가게가 늘어서 있다는 생 토노레라는 거리. 거기 나는 혼자 버려져 고열에 신음했다.

오후에 털고 일어나 거리로 나섰다. 게오르규 씨 댁을 찾아가기 위해서다. 대사관에 전화했지만 방혜자 씨도 함혜란 씨도 연락이 되지 않았기 때문에, 우선 그분 댁부터 찾아보고 나서 스케줄을 결정하자는 생각으로 택시를 타고 빅토르 위고 거리로 향했다. 게오르규 씨가 사는 씨암 가는 조용한 샛골목에 있었지만 운전사가 쉽게 찾아주었다. 구시가에 흔히 있는 고색이 창연한 아파트에 들어서니 마침 그분들이 집에 계셨다. 툴롱에 강연하러 갔다가 막 들어오는 길이라면서 예고 없이 들어서는 나를 보고 두 분이 다 눈이 휘둥그레졌다.

"3월이 되더니 제비가 왔네!"

게오르규 씨가 부인을 보면서 기쁜 듯이 말했다. 내 성이 '제비 강'인 것을 기억하고 하는 말이다. 반갑게 맞아주는 사람을 만나니 살 것 같았다. 거기서 저녁을 먹고 게오르규 씨가 준 편도선 약을 받아든 채 거리로 나왔다. 녹색 젤리같이 생긴 자잘한 알약인데 이름이 '발다'라고 했다. 그래서 파리지앵들은 파란 신호등이 계속 터지면 "발다가 쏟아진다"라고 한단다. 게오르규 씨는 내게 버스표를 주면서 버스 타는 법을 알려주었고, 관광버스 타는 요령도 가르쳐주셨다. 호텔마다 관광 상품 안내 팸플릿이 있으니 원하는 상품을 예약해달라고 부탁한 후 피라미드 광장에 가서 버스를 찾아 타면 어디든지 갈 수 있다고 했다. 파리에 사는, 차 없는 노인다운 친절이었다. 덕택에 나는 버스와 지하철 타는 법을 배웠다. 관광을 하는 요령도 터득했다. 굉장히 긴요한 것들을 얻은 것이다. 덕택에 혼자 파리에서 버스를 타고 다니면서 관광을 자유롭게 할 수 있었다.

가르쳐준 대로 52번 버스를 타고 생필립 뒤 룰에서 내려 아주 쉽게 호텔을 찾아냈다. 그날은 운이 좋았던 것이다. 다음 일주일 동안 나는 한 번도 제대로 호텔을 찾아간 일이 없었다. 나중에 알고 보니 내 호텔이 있는 생 토노레 거리는 생각보다 넓었고, 세계의 유행을 주름잡는 명품을 파는 호화 상가였다. 엘리제궁도 근처에 있다고 게오르규 씨가 알려주셨다. 미련한 놈이 범을 잡는다고, 멋도 모르고 그 한복판에 혼자서 뛰어든 것이다. 시내에서 마음 내키는 대로 돌아다니다보면, 같은 거리인데 번번이 엉뚱한 곳에 서 있곤 했다. 어떤 때는 한 시간씩 호텔을 찾아 맴도는 일도 있었다. 그렇게 돌아다니다가 어느 날은 엘리제궁 앞을 지나기도 했다. 그림엽서에 나오는 것과 같은 고풍한 복장을 한 위병들이 총을 들고 서 있는 그 안이 대통령 관저였던 것이다. 밤이면 목이 아파 발다를 빨면서, 낮이면 시간이 아까워 졸면서도 열심히 계속 돌아다니는…… 그것이 나의 파리 관광의 낮과 밤이었다.

1977년 3월 2일

#

비철_{hors-saison}의 파리

오전 열한 시에 이 선생의 친구인 신용석 선생이 찾아왔다. 화가 이성자 씨의 큰아드님이다. 초면이지만 너무나 반가웠다. 드디어 한국 사람을 만난 것이다. 언어의 장애가 없이 우리말로 의사가 완전히 전달될 수 있다는 사실이 기적처럼 신기했다. 그분이 귀국하는 비행기표를 예약해주기로 하고, 저녁 초대까지 해주셨다. 그리고 다른 한국분들의 연락처도 가르쳐주셨다. 초행이어서 밤에 혼자 다니기 싫다고 만찬을 사양했더니, 파리의 지하철은 일등칸이 있다면서 그걸 타고 오면 앉아서 올 수 있고 안전하기도 하다고 노선 번호를 가르쳐주셨다. 베르사유 역에서 내리면 바로 옆에 자기네 아파트가 있다는 것이다. 내가 물어물어 겨우 베르사유 역까지 가서 보니 출구가 너무 많았다. 전화를 걸어서 출구 번호를 물으니 신 선생은 습관적으로 다녀서 자기도 번호를 모른다고 하신다. 할 수 없이 택시를 탔더니 기사가 걸어가면 금방인데 택시를 타서 돌게 만들었다면서 투덜거렸다. 하지만 신 선생 덕에 나는 어디든지 버스나 전철로 다닐 수 있게 되었다. 각자 직업이 있어서 같이 다녀주는 게 어려우면, 혼자 다니게 만들어주는 것이 최상의 친절인 것 같다. 돌아올 때는 사모님이 태워다주어서 파리의 야경을 마음껏 볼 수 있는 호사를 누렸다.

신 선생 덕택에 마음의 안정을 얻고 관광 안내서를 자세히 보았다. 노란 바탕에 인쇄된 것과 회색 바탕에 인쇄된, 두 가지 종류의 관광 상품이 나란히 적혀 있었다. 노란 부분은 제철에 관광하는 곳이다. 하지만 나는 언제나 회색에 프린트된 부분만 살펴야 한다. 3월 초의 파리는 "hors saison", 즉 '비철'에 해당되기 때문이다. 몽생미셸이나 노르망디 같은 곳은 회색 난이 숫제 없었고, 다른 곳도 빈도가 적어서 관광하기에는 불편한 계절이었다. 하지만 나는 비철에 여행하게 된 것을 별로 후회하지 않았다. 언젠가 관상쟁이가 화장을 한 여인은 관상을 봐주지 않는 것을 본 일이 있다. 찰색察色이 불가능하다는 것이다. 도시도 마찬가지다. 비철의 도시는 화장하지 않은 여인과 같다. 그래서 덜 곱지만, 본질을 찰색하는 일이 가능할 것이다. 있는 그대로의 본색을 드러내고 있기 때문이다.

파리는 특히 그렇다. 건물 하나하나가 너무 아름다워서 건축물만 음미해도 몇 달이 걸릴 것 같다. 한 군데도 범연한 부분이 없다. 지붕은 지붕대로 문어의 흡반 같은 자잘한 굴뚝을 잔뜩 매단 채 특수하고, 문은 문대로, 철책은 철책대로 제가끔 개성 있는 아름다움을 지니고 있다. 그러면서 건축양식은 쪽 고르게 시내 전체가 동일형이다. 르네상스가 이탈리아보다 200년이나 늦은 프랑스는 고전주의를 전형적으로 발전시킨 나라여서, 파리의 건물들은 양식이 거의 통일되어 있다. 한 도시가 옛 모습을 그렇게 완벽하게 지니고 있으면서 건재한 경우는 드물 것이다. 루이 14세 때 시작해서 나폴레옹 3세 때 지금처럼 정비되었다니, 파리는 나이가 젊어서 퇴락하지 않은 옛 모습을 보여줄 수 있는 것 같다. 문과 벽, 집과 집, 거리와 거리가 완벽한 조화를 이루고 있어, 도시 전체가 교향악같이 호흡이 잘 맞는다.

그중에서도 특히 눈을 끄는 것은 곳곳에 배치되어 있는 청동 작품들의 아름다움이다. 청동으로 된 조각상과 사원의 돔 같은 것…… 연륜을 간직한 깊이 있는 색상이 선과 형태의 아름다움과 어울려서 빚어내는 장중하면서도 섬세한 양면성은 끝없는 흡입력을 가지고 여행자의 넋을 끌어들인다. 그중에서도 잊혀지지 않는 것은 알렉산더 3세교橋에 베풀어진 조각들이다. 교통수단에 불과한 교각이 지니는 그토록 심오한 아름다움…… 비철에도 센강에 관광선이 끊이지 않는 이유를 알 것 같다.

다음으로 눈을 끄는 것은 발코니에 세워진 철책의 문양이다. 고전적인 균형을 염두에 두고 계획되어진 건물들이 개성이 있으면서도 유사성을 지니는 반면에, 그 철책들은 문양의 변화 있는 디자인을 통하여 보다 다양한 개별적 아름다움을 과시하고 있었다. 쇠로 만든 레이스 같았다. 종일 철책만 보며 걸어 다니라고 해도 싫증이 날 것 같지 않았다. 생동하는 청동의 조각들과 철책의 아라베스크 무늬가 겨울의 말라붙은 분수까지 아름답게 보이게 만드는 것이 비철 파리의 특성이다. 밤이면 밤마다 발다를 빨며 앓는 과로 속에서, 나는 잎을 가진 제철의 가로수와 물을 뿜어대는 분수로 장식될 또 하나의 파리를 상상해본다. 전혀 달라 보일 또 하나의 보다 더 화사할 파리를……그건 비철에 여행하는 사람만이 가질 수 있는 하나의 특권이다.

#

튈르리의 나무들

개선문을 구경한 후 73번 버스를 타고 루브르에서 내리자 퐁트빌리오 다리가 나왔다. 드디어 센강과 만난 것이다. 공연히 흥분해서 다리 위를 오락가락하다가 관광버스 타는 곳을 물으니 튈르리 정원을 가로질러 가면 맞은편에 있는 리볼리 가에 있다고 한다. 루브르궁을 쳐다보면서 튈르리 정원을 가로지르려니까 당통과 로베스피에르를 강의하시던 역사 선생님 생각이 났다. 한쪽에서는 혁명이 무르익어가는데, 사냥을 하지 않는 날은 모두 아무 일도 없는 날로 간주했다는 루이 16세, 이곳은 그가 혁명군에게 납치당해 와서 유폐되어 있던 곳이다. 궁전은 간 곳이 없고, 그가 처형당한 콩코르드 광장까지 앙상한 뼈대만 남은 키 큰 낙엽식물들이 잔뜩 서 있는 겨울 숲이 보였다.

한산한 고궁 길을 한참 걷다가, 나는 어느새 내 다리가 사열받는 군인들처럼 어떤 리듬에 맞춰 질서 있게 걸어가고 있는 것을 발견하고 놀라서 멈춰 섰다. 이상해서 다시 걸으며 살펴보니 멋대로 나서 자란 것처럼 자연스러워 보이던 숲의 나무들이 사실은 종행으로 딱딱 줄을 맞춰 바둑판처럼 똑같은 거리를 두고 심어져 있는 것을 알게 되었다. 그러니까 걸을 때마다 나무들은 사선斜線이 착착 줄이 맞아들어갔고, 그 변화가 하나의 리듬을 형성하여 게으른 길손의 걸음걸이까지 리드미컬하게 만든 것이다. 프랑스식 정원의 기하학적 문양 선호는 숲에도 적용되는 모양이다.

프랑스에 가서 내가 가장 충격을 받은 것은 나무를 네모나 세모로 깎아서 만든 프렌치 가든이었다. 슈농소 성이나 빌랑드리 성의 전형적인 프렌치 가든은, 그 나라가 고전주의를 선호하는 나라임을 시각적으로 부각시켜주고 있다. 슈농소 성의 정원은 정사각형의 테두리 안을 윷판처럼 구획하고, 다시 중간을 십자로 갈라 길을 만들어놓고, 경계선에 나무를 심었는데, 나무 모양을 원추형이나 사각형으로 깎아놓았다. 회양목 같은 키 작은 나뭇더미를 두부모처럼 사면이 완전히 칼날 같은 직선이 되게 전지하여 낮은 생나무 테두리를 둘러놓아서, 사진에서 보면 마치 기하학적 문양의 도면 같다.

빌랑드리 성의 정원은 한술 더 뜬다. 그 성에는 직선으로 잘린 나무로만 문양을 만든 네모난 정원이 있다. 정원의 테두리를 네모반듯한 산울타리로 두르고, 그 안을 다시 정확하게 같은 네모난 공간으로 분할해놓은 후, 각각의 작은 네모 안을 제가끔 다른 문양으로 디자인한다. 그중에는 아라베스크 문양도 있지만, 대부분의 도안이 직선 문양이다. 그 문양들을 밀식密植해 20센티 정도의 두부모처럼 깎은 수목으로 채우고 있다. 나무로 그림을 그리고 있는 것이다. 이따금 바닥에 잔디를 까는 일은 있지만 꽃은 심지 않는다. 군데군데 좀 더 키가 큰 두부모형 나무로 산울타리가 쳐져 있을 뿐이다. 그 사이사이에 원추형 나무들이 듬성듬성 심어져 있는 경우도 있다. 녹색 나무로 만든, 수놓은 자수 같은 그 정원은 사람이 나무를 어디까지 직선화할 수 있는지 실험하는 곳 같았다. 그 철저한 인공적 구도가 너무나 충격적이었다. 무위자연無爲自然의 사상은 발을 들여놓을 틈도 없는 조원술 속에서 고전주의와 적성이 맞는 프랑스의 문화가 보였다. 프랑스 고전주의는 콤팩트하고 정밀한 완벽성을 지향해서 산문을 좋아하지 않았다. 소설은 더 기피했다. 그들이 선호한 것은 3막으로 된 운문극이었던 것이다.

프랑스에는 숲이 많다. 숲과 정원의 변별 특징은 인공 성 여부에 있을 것이다. 튀일리궁의 정원은 숲의 이미지여서 빌랑드리와는 많이 다르다. 그곳에는 직선으로 처리된 나무는 없다. 넓은 공간에 나무만 심어져 있는 것이어서 숲에 가까웠기 때문이다. 그런데 그 숲 같은 외양 밑에 있는 대지에 방안형의 무늬를 긋고, 그 눈금에 한 치 어긋남이 없이 엄격하게 나무를 심어놓은 것이 프랑스식이다. 우리

텔르리 정원

의 것과는 너무나 대척적인 문화권에 와 있다는 사실이 실감되었다. 한국의 정원은 인위성을 숨기려고 하는 것이 기본율이다. 산에서 이 끼 낀 바위를 캐다가 그대로 뒷동산에 비치하고, 그 사이로 냇물을 흐르게 하거나 산돌을 주워다가 돌담을 쌓는 우리의 조원술은 나무 의 모양을 되도록 방임하여 그 자연스러움을 돋보이게 하려 하고 있 기 때문이다. 우물가에는 수분을 좋아하는 앵두나무를 심고, 그늘에 는 음지식물을 심는 그 경지는 "산절로 수절로 산수간에 나도 절로"

하는 식의 무위자연無爲自然 사상을 보여준다. 자연을 정복하고 개조하는 기쁨을 위해 베르사유 궁전을 세웠다는 루이 14세적인 사고방식과는 너무나 인연이 멀다.

그런 풍토 속에서 나서 그런 풍토 속에서 자란 나는, 생나무를 절단하여 만든 기하학적 문양의 그 완벽하고 융통성이 없는 형상 앞에서, 사람이 그렇게까지 극단적으로 다를 수 있다는 사실에 아연해졌다. 그렇게 일면성을 절대화해서 프랑스는 모든 문예사조의 전형이 되는 나라가 될 수 있다. 하지만, 셰익스피어나 호머 같은 파격적인 대가는 나오지 못하는지도 모른다. 르네상스처럼, 혹은 비잔티움처럼 지적인 것과 정적인 것이 조화를 이루던 시대에 탁월한 문화가 생겨난 것은 우연이 아닐 것이다.

# #
베르사유 궁전과 태양왕

오후에 베르사유행 관광버스를 탔다. 센강과 맞붙은 길을 따라 차는 교외로 나가고 있었다. 강은 거기, 파리의 한복판에 충만한 물을 담고 바짝 발아래에 붙어 있었다. 길 밑에까지 물이 와 있는 것을 보니 강수량이 고른 것 같다.

수량은 늘 모자라서 강바닥이 흉하게 드러나 있는 우리의 한강을 생각한다. 한강이 만약 센강 같다면 장마철의 서울은 수몰되고 말 것이다. 저건 천혜라고 하지 않을 수 없다. 강우량이 얼마나 고르면 안심하고 저런 둑을 쌓았을까? 가뭄과 홍수가 맞붙어 다니며 인간을 괴롭히는 우리나라의 기후. 꼭 벼 이삭이 팰 무렵이면 들이닥치는 태풍. 3월 초에도 수도가 얼어 터지는 꽃샘추위. 개나리가 만개한 마이요궁을 바라보며 한국과 한국인이 불쌍해서 가슴이 아프다.

　베르사유 궁전은 물도 없고 흙도 없던 교외의 초라한 한촌寒村에, 루이 14세가 인간의 위대함과 왕권의 크기를 과시하기 위해서 지은 화려한 궁전이다. 장 가방의 축소판같이 생긴 가이드가 계속하여 '싼낑', '싼낑' 하고 떠들기에 무슨 소린가, 하고 새겨들으니 태양왕이라는 영어 sun king의 불어식 발음이었다. 그는 태양왕 루이 14세가 미사를 보는 장면을 설명하고 있었다. 왕은 2층에 있는 발코니에서 제단을 향하여 미사를 드리고, 신하들은 아래층 홀에서 2층에 있는 왕을 향하여 미사를 올리게 했다는 절대군주 루이 14세, "짐은 국가다"라고 단언한 그 용감한 태양왕은 지금도 궁전의 앞마당에 청동 승마상으로 남아 있어 프랑스의 영광을 관광객에게 과시하고 있다.

　'싼낑!' 기독교 왕국의 태양숭배. 그 이질적인 것의 기묘한 콤비네이션을 생각하니 엊그제 보고 온 투탕카멘의 문장紋章이 생각났다. 그건 풍뎅이가 말똥을 굴리는 모양이었다. 태양의 회전을 풍뎅이가 말똥을 굴리는 것과 연결시켜, 태양과 풍뎅이를 동일시하던 3천 년 전의 이집트인들. 그들이 믿던 왕권신수의 신앙이 세련된 클래식 바로크 스타일의 궁전 속에 그대로 재현된 것을 보니, 권력을 향한 자세는 시대와 국적을 가리지 않고 공통성을 지니는 모양이다. 그런 공통성은 권력의 크기에 대한 과시벽과 무제한한 호화 취미에서 그대로 드러난다. 다른 것이 있다면 예술적 표현 방식의 차이뿐이다. 그

베르사유 궁전

러니까 이 궁전의 특징은 권력의 크기에 있는 것이 아니다. 그 면에서 루이 14세는 이집트의 파라오나 페르시아의 전제군주들과 별로 다를 것이 없다. 변별 특징은 거실을 순금으로 장식했다는 사실에 있는 것이 아니다. 금을 어떤 선과 형태로 세공했느냐, 하는 기교와 양식에 달려 있다. 그러니까 이 궁전의 주인은 부르봉 왕가라기보다는 건축가 르 보나 망사르, 조경 전문가 르 노트르, 그리고 미술가 르 브랭이 되는 셈이다.

아아치식 창문과 근대적인 슬라브 지붕, 그 위에 레이스처럼 장식되어 있는 청동 조각들의 특이한 선…… 우리는 그것들을 보러 이곳에 오며, 아라베스크 무늬와 직선을 배합시킨 르 노트르의 정원을 보러 이곳에 온다. 완벽한 형식미를 갖춘 분수와 거기 베풀어진 조각들, 불규칙한 포석을 깐 앞마당과 운하까지 이어지는 잔디밭의 미관…….하지만 가장 큰 영광은 르 브랭에게 돌려야 할 것 같다. 이 궁전의 모든 내부 장식과 예술품은 르 브랭의 지휘하에 제작된 것들이다. 그중에서도 특기할 만한 것은 고블랭의 직조 공장에서 짜낸 타피스리였다. 르 브랭의 그림을 짠 그 타피스리들은 궁전의 광대한 벽면이나 천장 전체를 한 장으로 덮어버리는 스케일을 가지고 있어, 사진을 보고 그것을 캔버스에 그린 그림으로 잘못 알아온 나 같은 이방인을 경탄하게 만든다. 융단과 회화의 합작에서 생겨나는 특이한 아름다움이다. 그 풍요한 질감과 퇴색하지 않는 색감. 거기 그려진 희랍 신화와 기독교 신화, 그리고 프랑스의 역사에서 취재한 그림의 내용을 보니 그 세 요소의 융합 속에 세워진 한 문명의 방위가 분명해진다.

화려하고 우아한 가구들, 개성 있는 벽난로와 거장들이 그린 왕들의 전신 초상, 도자기, 융단, 샹들리에 등이 모두 완벽성을 추구하던 예술가들에 의해 제작되어 그들이 의도했던 호화로움과 장중함을 유감없이 발휘하고 있었다. 완벽한 기술의 수공업 문화가 결정結晶된 교향악적인 아름다움, 그것은 기념비적 장식 속에 흡수된 여러 예술의 조화 어린 광휘였다. 유럽의 나라들이 기를 쓰고 이 궁궐을 흉내

내려 한 이유를 알 것 같다.

하지만 그 궁궐에는 화장실이 없다는 말을 들었다. 난방장치 역시 시원치 않단다. 방의 엄청난 크기에 비할 때 벽난로는 너무나 빈약한 난방시설이다. 할 수 없이 아주 추운 때는 숯불을 사방에 피우고, 그러고도 못 견뎌서 결국 이탈리아에서 수입해다 만든 아름다운 대리석 바닥을 뜯어내고 마루를 놓은 후 융단을 깔아 밑에서 올라오는 냉기를 막았다는 설명을 들었다. 실제로 생활하기에는 너무 아름답고 너무 장중한 건물, 주거라기보다는 무도회장이나 전시장 같은 느낌을 주는 곳, 그래서 어쩌면 처음부터 관광을 위한 장소로 지어진 것이 아닐까, 하는 의심이 생겨나는 곳이 베르사유 궁전이다. 번거로운 것을 싫어하는 나는 그런 곳에서 살아야 했던 사람들이 별로 부럽지 않았다. 마리 앙투아네트가 걸핏하면 그 장중한 궁궐을 버리고 평범한 트리아농궁으로 쉬러 간 이유를 알 것 같았다.

태양왕 루이 14세가 상징화하려 애썼던 프랑스의 영광은 그의 죽음과 함께 금이 갔다. 국민들이 기아에 허덕이는데 방탕과 사냥에만 몰두했던 루이 15세, 샹파뉴의 들판에서 산책을 하느라고 국외로 도망갈 마지막 기회를 놓쳐서 처형된 루이 16세…… 비철의 라토나 분수가에 서서 100년도 못 되어 붕괴된 부르봉 왕가의 종말과, 아직도 남아 관광객을 매혹시키는 이 건물의 수명을 생각한다.

"아름다운 것은 영원한 기쁨." 키츠는 희랍의 옛 항아리들을 보면서 그런 말을 한 일이 있다. 그렇다. 아름다운 것은 영원한 기쁨이다.

그것은 시간을 초월하는 영원성을 소유한다. 필멸의 인간이 불멸의 시간을 얻을 수 있는 길은 예술밖에 없는 것이다. 하지만 이 아름다운 궁전은 얼마나 끔찍한 희생 위에 세워졌는가? 이 궁전을 짓기 위해 매일 한 수레씩 실려 나갔다는 노무자의 시체들…… 그 세련된 건축미에 압도당하면서도 문화와 예술 그 자체에 대하여 회의가 생긴다. 사람이 살아가는 데 왜 이다지도 극단적인 호화로움과 요란한 장식이 필요할까. 한 군데도 가만히 놓아두지 않은 유럽의 기념비적인 옛 건물들의 지나친 과식過飾주의를 볼 때마다 같은 회의가 고개를 내민다. 그것은 실용성에 지나친 비중을 두는 미국식 사고방식과 부딪힐 때도 똑같이 생겨나는 회의와 의문이다. 아름다운 것은 영원한 기쁨이다. 하지만 이렇게 과장할 정도로 절대적인 가치는 아닐 것이다. 너무 실용적인 것도 마찬가지다.

다시 루이 14세의 동상 앞에 서니 한 세기도 채 못 되어 닥쳐올 홍수를 예감하지 못했으면서, 잔뜩 뻐기고 서 있는 모습이 코믹하게 느껴진다. 연속적인 전쟁에 지친 사람들의 안정을 향한 열망에 힘입어, 그는 중앙집권제를 완성시켰다. 하지만 지나치게 집중된 권력이 반발을 낳아 혁명이 일어났고, 혁명에 지친 사람들은 몇 해 안 가서 포병 장교였던 나폴레옹을 제왕으로 받아들였다. 역사의 아이러니라고 하지 않을 수 없다. 그런 아이러니는 이 궁전의 경우에도 해당된다. 루이 14세는 부르봉 왕가의 권위를 과시하려고 심혈을 기울여 이 궁전을 지었다. 그 결과로 백성들의 원망을 사서 쓸쓸하게 숨을 거두었

루이 14세 동상

고, 그 유산을 그의 자손들이 이 피로 보상했다. 삼대도 못 가서 그들
은 이곳에서 자취를 감춘 것이다.

그런데 그가 만들어놓은 이 기념비적 건물은 지금 파리의 시민들

을 먹여 살리고 있다. 마르지 않고 솟아나는 샘물처럼 앞으로도 영원히 남아 물심양면으로 그들을 부양하며, 프랑스의 영광을 구가할 것이다.

1977년 3월 3일

# #
일본 말 알레르기

오전 오후로 나누어 파리를 구경했다. 오전은 고적 순례, 오후는 현대 파리 관광이다. 외국 여행을 할 때 제일 싫은 것이 일본 관광객을 만나는 일이다. 국력을 과시하듯 떼를 지어 놀러 다니는 것 자체가 외국 관광이 금지된* 한국 백성의 자존심을 건드린다. 생 토노레 거리에는 일본 사람들이 더 많다. 조금 내려간 곳에 즐비하게 늘어선 입생로랑이나 디올의 가게가 있기 때문이다. 그들은 나를 만나면 반가워한다. 불어를 좀 하는 동족인 줄 아는 것이다.

---

* 1977년에는 그랬음.

외모의 유사성, 같은 극동 주민으로서의 근접성, 말이 잘 통한다는 이점…… 어느 모로 보나 외국에서 만나면 반가워야 할 사람들인데, 그들을 만나는 게 고맙지 않은 것은 압제를 당한 기억 때문이리라. 그 옹졸하고 편협한 감정을 극복하고 싶었다. 길을 묻는 독일 사람에게 "나는 독일어를 모릅니다"라고 독일어로 말해준다는 프랑스 사람처럼 되고 싶지는 않았는데 잘 안 된다. 이상하게도 글을 읽을 때는 적국의 언어라는 생각이 전혀 들지 않는데, 듣거나 말하려면 거부반응이 온다. 두뇌보다는 감각이 훨씬 직접적인 모양이다.

오늘도 로비에서 관광 안내서를 읽고 있는데, 선량하게 생긴 일본 청년이 다가와서 말을 걸었다. 처음으로 파리에 왔는데 도와줄 수 없느냐는 것이다. 그는 불어를 아는 동족을 만났다고 생각한 것이다. 큰맘 먹고 그에게 안내서를 설명해주고 있는데, 호텔 지배인이 어떻게 일본 말을 그렇게 잘하느냐고 물었다. "그들이 강제로 배우게 했거든요." 전혀 예기치 않았던 말이 강한 어조로 불쑥 튀어나왔다. 한국말을 했다고 벌을 서던 일이 기억에 새겨져서 그런 어조로 튀어나온 것이겠지만, 말하고 나니 뒷맛이 너무 썼다. 그 청년은 일제시대에 우리를 압제한 사람들과 상관이 없기 때문이다. 그래서 일부러 일본 말 가이드가 없는 관광버스를 골라 타고는 못 알아듣는 부분이 많아 쩔쩔매는 나 자신이 우스웠다. 한일 관계가 정상화되려면 아무래도 식민 통치 아래에서 자란 세대의 사람들이 없어진 뒤라야 할 것 같다. 일본을 그냥 이웃 나라로 대등하게 생각할 수 있는 세대가 올 때도 멀지 않았으리라.

팔레 루아얄, 퐁네프를 거쳐 노트르담 대성당과 소르본대학, 뤽상 부르 공원을 지나는 오전 코스에서는 노트르담 앞에서만 잠깐 내리게 했다. 영화나 그림엽서에서 이미 진력이 나도록 보아온 건물들을 수박 겉핥기식으로 스쳐 지나가는 그런 관광은 별 의미가 없어 보였다, 워싱턴에서는 일단 티켓을 사면 아무 데나 내려서 원하는 만큼 시간을 보내다가 다음 버스를 타면 되었는데, 여기서는 버스 회사가 여러 개라 그렇게 되지 않는다.

마이요궁과 에펠 탑, 몽파르나스를 도는 오후의 관광도 마찬가지였다. 설명이야 관광 안내에 다 씌어 있으니까 혼자 시내버스를 타고 돌아다니는 편이 차라리 나을 것 같다. 그런 식으로 몽마르트르 묘지도 스쳐 지나갔다. 에밀 졸라와 테오필 고티에가 묻혀 있는 그 유명한 묘지는 거창한 비석들이 밀집돼 있어 맨해튼 섬을 축소해놓은 것같이 답답해 보였다.

사크레쾨르 사원에 갔을 때는 내려서 들어가보자고 졸랐더니 차가 멈춰 섰다. 10분간만 보고 나오라길래 오래 있고 싶으니 그냥 가라고 부탁했다. 사크레쾨르의 바실리카는 하얀 돌로 지은 비잔틴 스타일의 건물이다. 돔의 높이가 83미터나 되는 이 사원은 1919년에 지어졌다. 전통적인 기존의 파리에 지나친 자부심을 가진 파리지앵들은 새 건물이 들어설 때마다 밉다고 법석을 떠는 버릇이 있다. 모파상 같은

사크레쾨르 사원

문인은 에펠 탑을 미워해서 탑이 보이는 곳에는 가지 않았다고 한다. 에펠 탑과 마이요궁이 생길 때도 시끄러웠지만 요즈음은 퐁피두 기념관이 말썽의 대상이 되고 있다. 사크레쾨르 사원도 예외가 아니어서 관광 안내서에까지 건물은 별 볼일 없지만 전망이 좋아 유명하다고 씌어 있다. 건물에 비해 돔이 너무 거창해서 균형이 깨지는 것은 사실이지만, 밤하늘에 조명을 인 하얀 돔들이 솟아 있는 걸 보면 마음이 정화되는 느낌이 들었다.

나는 기독교인이 아니지만 모든 종교적 건물에 들어가는 것을 좋아한다. 산속에 지어진 한국의 고찰들도 그렇지만, 고딕 스타일의 사원들도 하나님의 자비와 사랑의 넓이를, 그리고 절대자를 향한 인간의 갈망을 시각을 통하여 보여주어서 좋다. 웅장하고도 정교한 내부에 들어가 아득한 곳에 있는 스테인드글라스 속의 성상들을 만나는 것은 끝없는 축복이라 할 수 있다. 사크레쾨르 사원에서는 라틴어의 연도가 들려오고 있어 승화된 감정은 더 고조되었다. 관광객들은 끊임없이 들락거리는데, 전혀 개의치 않고 제단에서는 미사가 진행되고 있었다.

그 기도 소리를 들으면서 사랑하는 사람들을 위해 초에 불을 켜려는데, 내 가족들의 영상을 밀쳐내며 고통 속에 있을 동생의 얼굴이 클로즈업되었다. 목숨을 건 수술을 받으러 병원에 입원한 지 벌써 사흘, 말도 통하지 않는 외국인 사이에서 그녀가 겪을 아픔, 불안, 그리고 외로움……. 성당 안에 오래 있고 싶었다. 그녀 몫의 촛불이 타는 것을 지켜보며 미사를 올리는 사람들 곁에 앉아 있고 싶었다. 거기 있는 일만이 내가 그녀 옆으로 가까이 가고, 그 고통과 아픔을 함께 나눌 수 있는 길이 되는 것같이 여겨졌다. 동전을 다 털어 있는 대로 초를 켜놓고 눈물을 흘리며 가만히 앉아 있으니 마음이 차분히 가라앉았다. 슬픔도 고통도 모두 승화되는 고요한 시간이었다.

신은 아무래도 사랑이어야 할 것 같은 생각이 들었다. 오직 사랑과 자비, 그것이어야만 할 것 같다. 굽이굽이에서 오묘한 자비를 나타내는 사원의 건물 갈피처럼 신은 그렇게 무제한한 사랑의 손길을 가지고 있어 인간을 어루만져주어야 할 것 같다. 돕지 않아도 좋다. 그저 어루만지고 쓰다듬어주기만 하면 된다. 속수무책으로 고난 속에 던져지는 인간들. 그 불쌍한 피조물…… 아플 때마다 잡아주는 어머니의 손길처럼 그들의 상한 영혼을, 그리고 상한 육체를 그저 어루만져주는 손이 필요하다. 사원에서 나는 언제나 그런 손길을 만난다. 내게 있어 그것은 구원을 의미한다.

밖에 나오니 관광버스는 이미 떠나고 없는데, 잡상인들이 상아와 가죽 제품을 들고 일제히 몰려든다. 언덕을 내려가는 푸니쿨라가 있었지만, 걸어가기로 했다. 수도 없이 이어지는 계단을 걸어 몽마르트르 언덕을 천천히 내려가면서 마음을 가라앉힌다. 비철이라 길에서 그림 그리는 화가들은 눈에 띄지 않았지만, 길가에 즐비한 싸구려 가게들을 기웃거리는 것도 재미있었다. 30번 버스를 타고 에투알 광장까지는 잘 갔는데, 버스를 갈아타기 귀찮아서 걸어 돌아가다가 골목을 잘못 들어 또 한참을 헤맸다.

밤에는 게오르규 씨 댁에서 저녁을 먹었다. 아이가 없는 예카테리나 부인은 소녀처럼 자잘한 물건을 수집하는 습관이 있다. 그래서 그녀의 경대 앞은 2, 3센티짜리 잡다한 물건으로 가득 차 있다. 휴대용 약통과 세계에서 제일 작다는 3센티 길이의 책을 얻어가지고 메트로로 돌아왔다. 과로했더니 다시 열이 나기 시작한다.

1977년 3월 4일

#

심장이 없는 친절

　몸이 아파서 오전은 쉬고 열두 시에 미스 함을 만나 에펠 탑에 같이 가기로 했다. 이에나 다리를 건너 탑 근처에 가니 저만치에 학생 응원단들이 모여 법석을 떨고 있는 것이 보였다. 쇠가 바람에 저항할 수 있는 한계를 실험하기 위해 에펠이 만들었다는 이 탑은 가까이서 보니 너무 미웠다. 그런데도 관광객이 붐벼 기다리는 시간만 30분이 걸렸다. 그곳의 식당이 만원이라 강변으로 내려가 메이 플라워라는 배에서 식사를 했다. 책에서 배운 부야베스 생각이 나길래 그와 유사하다는 생선 수프를 시켰는데 맛이 좋지 않았다.

　오후에는 혼자 남아 센강을 거슬러 올라가는 유람선을 탔다. 배를 타보니 비철인데도 센강에 수많은 관광선이 떠 있는 이유를 알 것 같았다. 교각의 아름다움 때문이다. 아아치형으로 세워진 다리의 교각마다 거의 조각이 베풀어져 있고, 다리마다 개성이 있어 서너 차례 더 오르내리며 그것들을 감상하고 싶은 마음이 생겼다. 그중에서도 석재 사이에 청동의 호화로운 부조가 붙어 있는 알렉산더 3세교는 특히 아름다웠다. 교각에 조각을 하는 여유…… 우리는 그런 것을 상상하기 어렵다. 하지만 여유 있는 나라라고 해서 누구나 다 그런 다리를 만드는 것은 아니다. 아름다움을 위해서 돈을 쓸 줄 아는 안목이 있어야 한다. 파리의 특징은 바로 그 심미적인 안목에서 생겨나는 것이다.

인간이 만든 도시미의 견지에서 본다면, 파리는 어쩌면 세계에서 가장 아름다운 도시인지도 모른다. 고딕 스타일, 르네상스 스타일, 그리고 고전주의와 바로크, 로코코 스타일. 거기에 로마와 비잔틴 스타일이 추가되고, 모던 스타일까지 합쳐져 있어 파리는 건축미학의 전시장 같다. 그러면서도 루이 14세와 나폴레옹 3세가 만든 중심가는 그대로 보존되어 제 기능을 다하고 있다.

미적 가치를 과대평가하는 사람들은 대체로 에고이스트인 경우가 많다. 자기의 삶을 심미적으로 즐기는 일에 철저하다보면 타인을 헤아릴 겨를은 줄기 마련이다. 사람만 좀 더 친절하면 세상에서 제일 살기 좋은 도시가 파리일 거라는 말을 들은 일이 있다. 타인에 대한 냉정함과 무관심을 이르는 말일 것이다. 우리 호텔 지배인은 늘 절도 있는 웃음을 띠고 상냥하게 말하는 40대 초반의 남자였다. 그는 나무랄 데 없는 태도로 친절하게 손님을 대해준다. 아무리 성가신 부탁을 해도 언제나 대답은 같은 톤의 '위 마담'이거나 '메르시 마담'이다. 손님이 성가시게 굴어도 화를 내는 법이 없다. 그런데 그 말을 들을 때면 등에 소름이 돋는다. 어떤 심한 욕설보다 더한 것이 그 속에 들어 있기 때문이다. 상대방에 대한 무관심이다. 나는 그가 손님에게 눈곱만큼이라도 인간적인 관심을 나타내는 것을 본 일이 없다. 심장이 없는 친절. 그의 웃음은 자기 직업에 대한 분수 지키기의 방편에 불과한 것이다.

하지만 그는 약과다. 마침 볼쇼이 발레단이 와 있기에 표를 사러 갔다가 나는 기가 막힌 아가씨를 만났다. 매표구에 있는 여자다. 한 시간이나 기다려서 겨우 차례가 된 내가 100프랑짜리 지폐를 내밀자, 그녀는 고개도 들지 않고 돈을 도로 밀어냈다. 잔돈이 없으니 바꿔 오라는 것이다. 관광객이라 잘 모르니 도와달라고 부탁해도 쇠귀에 경 읽기다. 초행인 나는 돈 바꾸는 곳을 찾느라고 한참 고생을 했다. 돈을 받으려면 잔돈은 자기네가 마련해놓고 있는 것이 온당하다. 하지만, 발레 구경을 포기할 수 없어서 결국 헤매 다니며 돈을 바꾸는 수밖에 없었다. 가게에 손님이 들어 있는데 마감 시간이 방금 지났다고 물건을 팔지 않고 문을 닫는 점원도 있었다.

물론 그렇지 않은 사람도 많다. 길을 물으면 열심히 가르쳐주는 사람도 많고, 비행기에서 창가 좌석을 양보해준 아가씨도 있다. 그런데도 사람이 까칠하다는 인상은 씻어지지 않는다. 내 자유를 모두 챙기려면 타인에 대해 까칠해지지 않을 수 없는 모양이다. 지나가던 손님에게 먹으라고 물과 음식을 마련해놓고 일하러 간다는 몽고 사람들 생각이 났다. 그런 사람들과 모색貌色이 다른 사람에게는 무조건 관대한 우리나라의 인심은, 거기 비하면 얼마나 풍요한 정신적 자산인가?

1977년 3월 5일

#

루아르 강가의 성들

　새벽 일곱 시에 피라미드 광장에 갔다. 루아르행 버스를 타기 위해 서다. 일찍 깬 데다 지난밤에 먹은 수면제 기운이 남아 있어서, 잔 다르크의 고장인 오를레앙 근처에서부터 줄곧 졸다가 블루아 성에 도착할 무렵에야 겨우 정신을 차렸다.

　루아르 강가에는 수십 개의 성들이 있다. 중세의 성들처럼 높은 성벽과 해자에 둘러싸인 무뚝뚝한 방어용 성채가 아니라, 왕과 귀족들이 삶을 즐기며 휴식하는 주거용 성이 대부분이어서 평화롭고 아름다웠다. 광활한 평야에 넉넉하게 강물이 흐르고 싱싱한 숲들이 우거진 자연 속에 뾰족한 고깔모자 같은 작은 첨탑을 이고 있는 하얀 성관들이 출몰하는 풍경은 경이로웠다. 화약이 발명되어 대포가 양산

되자 유럽의 성관 문화들이 달라진다. 굳이 산꼭대기에 지을 필요가 없어지며, 높은 성벽을 둘러칠 이유도 없어진다. 대포 앞에서는 성벽의 높이가 의미를 상실하기 때문이다. 그래서 벽이 높았던 성들은 담이 낮아지면서 철책이나 산울타리로 되어 있고, 전면에 유리창이 나란히 늘어선 개방적인 16세기식 성들로 재건된다. 요새용 건축에서 주거용 건축으로 바뀌는 것이다. 정원과 내실의 비중이 높아지면서 사냥과 화려한 무도회가 일상화되는 귀족 문화가 거기에서 꽃피게 되는 것이다.

루아르 강변의 성들은 제가끔 탁월한 건축미를 지닌 놀랍고 개성적인 궁성들이지만, 거기에는 이미 고딕 사원 같은 높은 첨탑은 보이지 않는다. 하늘을 향하여 상승하려는 경건한 믿음 대신에 대지에 뿌리를 박고 인간이 만든 문화를 즐기는 인본주의의 시대가 온 것이다. 루아르 강변에 있는 성관의 첨탑들은, 낮아진 지붕의 선을 넘지 않게 높이가 왕창 낮아지고, 크기도 줄어든다. 아이들이 생일날 쓰는 고깔모자형이 되어 지붕 여기저기에 장식용으로 배치된다. 그러다가, 고전주의 시대가 되면 그나마도 사라져버리고, 그 대신 사각 우산을 엎어놓은 것 같은 낮은 지붕 양식으로 바뀌고 만다.

루아르 강변에 있는 수십 개의 성들은 비슷한 시기에 이미 있던 건물을 허물고 새로 지은 것이 많아서 기본적으로 크기와 양식이 비슷하다. 16세기에 주로 지어진 것이어서 바로크식 다식多飾주의는 아직 나타나지 않았기 때문에, 르네상스와 고전주의 스타일이 주종을 이루고 있다. 프랑스는 이탈리아보다 르네상스가 200년이나 늦게 시작된 나라여서, 이 성들이 지어지던 16세기에는 중세를 탈피하고 르네상스를 향하여 도약하고 있었기 때문에, 그 시기에 세워진 루아르의 성들에는 공통분모가 많다. 건물들은 평균 3층 내외의 높이를 지니고 있고, 여기저기에 솟아 있는 고깔형의 작은 첨탑들은 균형에 맞게 지붕에 배치되어 있으며, 그것들은 곧 짙은 감색의 사각형 우산을 엎어놓은 것 같은 나지막한 지붕에 아기자기한 천창이 뚫려 있는 양식으로 변모되어간다. 정원에는 기하학적 선으로 다듬어진 나무들이 심어져 있고, 넓은 대지에는 잔디만 심어진 광활한 앞마당이 있다. 철책이나 산울타리로 된 담들이 낮아서 멀리 보이는 성관의 아름다움을 그대로 완벽하게 감상할 수 있도록 시야가 깨끗이 틔어 있다.

루아르 강변에는 사방에 아름다운 강과 지류들이 흐르고 있어서, 이곳의 성관들은 물을 거느린 풍성한 자연미를 덤으로 누리고 있다. 상승기에 있던 부르봉 왕가의 왕족들은 그런 아름다운 자연 속에 다 빈치 같은 이탈리아의 거장들을 모셔다가 최고의 건축물을 지으려고 제가끔 전력투구를 했다. 자기 나라와 이탈리아 모든 분야의 최상급 전문가들을 불러 모아 예술적인 성관을 지으려고 정성을 쏟아부은 것이다. 이탈리아 르네상스풍에서 시작해 프랑스 고전주의적 양식에 다다르면서 집짓기가 완성된 루아르 강변의 고성들은, 이집트나 페르시아의 사원이나 궁성에 비하면 너무나 젊어서 건물들이 말끔하고 정갈했다. 이 젊은 유적들 중에는, 아직 주인이 일부를 쓰고 있는 개인 소유의 성관도 있었다. 그건 살아 있는 유적이다. 두 번의 세계대전을 겪으면서도 훼손된 부분 없이 잘 손질된 500년 전의 성관들이 숲이 풍성한 지역에 알맞게 배치되어 있는 루아르 강변의 성관들은, 한번 들어가면 나오고 싶은 생각이 나지 않을 것 같은 느낌을 주었다. 그건 인간이 삶을 누릴 수 있는 최상의 주거지였던 것이다.

우리 버스가 처음 들른 곳은 블루아 성이었다. 블루아 성에는 제각기 양식이 다른 세 채의 건물이 같은 테두리 안에 들어서 있었다. 루아르 강변에 있는 대표적 왕가의 거성인 블루아 성의 본관은 1948년에 이탈리아의 화염火焰 양식flamboyants과 르네상스 양식을 혼합하여 재건한 것이어서, 외벽에 섬세하고 정교한 장식이 많았다. 인테리어도 화사한데, 그중에서도 프랑수아 1세의 문장인 도롱뇽이 새겨진 르네상스식 황금빛 벽난로가 인상적이었다. 두 번째 건물은 1515년에 프랑수아 1세가 지은 이탈리아 르네상스 양식의 건물이고, 마지막 것은 1626년에 블루아 공작이 당대의 유명한 건축가 프랑수아 망사르François Mansart에게 부탁해서 지은 고전주의적 건물이다. 15세기부터 17세기에 걸쳐 지어진 세 건물이 공존하는 이 성관에서 사람들은 프랑스의 근대 건축예술의 변천사를 한눈에 볼 수 있다. 건물 중에서는 세 번째 건물이 장중하고 품위가 있지만, 전체적으로 볼 때는 여러 양식이 뒤섞여 있는 데다가 벽돌집과 돌집이 섞여 있어 복잡해 보였다. 양식이 통일되지 않았기 때문이다.

다음에 간 곳이 앙부아즈 성이다. 루아르강에 바짝 붙어 있는 하얀

앙부아즈 성

석조 건물이다. 많이 파손된 것을 복원했다는데 너무 깨끗하고 아름
다웠다. 건물 안에 말을 타고 달릴 수 있는 넓은 복도가 있던 것이 기
억에 남는다. 일반적으로 중세나 르네상스기의 건물들은 지붕에 나
있는 천창이 매력적이지만, 이 성의 천창은 특히 섬세하고 아름답다.
15세기에 세워진 것으로 순수한 고딕 양식의 성이었는데, 16세기에
프랑수아 1세가 르네상스 스타일을 도입하여 한층을 더 올려 완성시
켰다 한다. 프랑스의 중세와 이탈리아 르네상스가 아름답게 조화된

특별한 성관이다. 원탑의 2층 망루에 올라가 강 쪽을 보니, 수상경찰들이 구조 연습을 하느라고 물에서 허우적거리고 있었고, 아름다운 다리 위에는 구경꾼들이 잔뜩 몰려 있었다. 강을 끼고 있어 경관이 놀라웠다. 프랑수아 1세의 궁정에서 좋은 대접을 받던 레오나르도 다 빈치는 여기서 살다가 숨을 거둬서 지금도 이 성안에 있는 예배당에 묻혀 있다고 한다. 구경을 끝내고 옆자리의 희랍 여자와 우유를 사러 갔다가 길을 잃어서 한참을 헤맸다. 가이드는 우리가 늦은 것을 나무라는 대신에 와인이 아닌 우유를 산 것을 가지고 놀렸다. 와인이 없어도 잘 사는 나라가 있다는 것을 모르는 모양이다.

다음에 찾아간 곳이 유명한 슈농소 성이었다. 루아르 강변에 있는 성 중에서 가장 강렬한 인상을 주는 성이다. 루아르강의 지류인 셰르 강에 아치가 다섯 개 있는 견고한 다리를 세우고, 그 위에 성을 세운 건 발상법 자체가 포상감이다. 건물이 물에 떠 있어 이중의 아름다움을 빚어내기 때문이다. 이 성은 봉건영주의 거처여서 왕성처럼 규모가 크지 않았다. 지금 성의 3분의 2 정도의 크기에, 둥근 기둥마다 바늘 같은 뿔이 달린 회색의 원추형 지붕이 있는 하얀 성이었다는데, 디즈니랜드의 성들처럼 환상적이었을 것 같았다.

이 아름다운 성은 유명한 여자들과 인연이 깊다. 앙리 2세의 애인인 디안 드 푸아티에가 그 성의 첫 주인이었다. 왕이 애첩인 그녀에게 이 성을 하사하자 그 담대한 여인은 강심을 가로지르는 다섯 개의 아치가 달린 견고한 다리를 만들었고, 그 위에 2층의 건물을 세워 기

슈농소 성

존 건물과 연결한 것이 지금의 슈농소 성이다. 역시 중세와 르네상스
가 혼합된 양식이지만 비교적 선이 단순한 편이며, 동그란 구멍이 뚫
린 천창도 앙부아즈의 것만큼 정교하지 못하다. 그러니까 이 건물의
매력은 다리 위에 세워져 섬처럼 뜨게 만든 그 기발한 아이디어에 있
다. 물이 건물의 미학을 상승시켜주는 것이다. 회색 지붕을 인 하얀
건물이 완벽한 균형미를 지니고 물속에 서 있다. 그 깔끔한 건물이
다섯 개의 아치가 있는 다리 위에 세워져 있고, 그게 몽땅 물에 반영

되어 성이 두 개 있는 것처럼 보이는 시너지 효과가 나타난다. 물이 건물의 미학을 상승시켜주는, 문자 그대로의 수중 누각이다.

디안 드 푸아티에 다음에는 메디치가에서 온 카트린 드 메디시스가 주인이 되어 여기에서 사교 생활을 즐겼고, 그 뒤를 앙리 3세의 부인 루이즈 드 로렌이 계승했으며, 18세기에는 조르주 상드의 조상인 뒤팽 장군의 후처가 주인이 되어 루소, 볼테르 등을 불러들이는 거창한 문학 살롱 구실까지 했다.

균형미가 특출한 샹보르 성을 스쳐 지나 마지막에 들른 곳이 슈베르니다. 슈베르니 백작의 소유인 이 성은 루아르의 다른 성들과는 외양부터 판이했다. 고딕 스타일을 완전히 탈피한 지붕의 선이 눈을 끈다. 우산을 엎어놓은 것 같은 완만한 선의 큼직한 돔이 양쪽에 덮여 있고 복판에는 북구식 좁은 지붕이 있는 하얀 건물은 완전히 루이 14세식 고전주의 양식으로 지어져 있다. 17세기에 지어진 건물답게 고전적인 절도와 품위가 자리 잡고 있는 것이다. 잔디만 깔려 있는 광활한 앞마당이 시원하다. 이 성에는 아직도 슈베르니 공작의 후손들이 한쪽에서 살고 있다고 한다. 이 고장에서 내가 본 성 중에 개인이 소유한 성관은 슈베르니밖에 없었다. 11세의 소년이 최근에 물려받아 그 집 소유주가 되었다는 말을 들으니, 갑자기 그 성이 동화 속으로 되돌아가는 듯한 느낌이 들었다.

입장료를 받고 들여보내는 곳은 건물의 일부뿐이었는데, 태양왕 시대의 호화 취미를 예고하듯 실내의 장식들이 호사스러웠다. 특히

슈베르니

왕의 거실은 침대의 휘장과 천개가 모두 고블랭의 타피스리로 되어 있었다. 율리시스의 이야기에서 취재했다는 거창한 벽화도 역시 고블랭의 것이라 한다. 붉은색을 풍성하게 사용한 방 치장이 화려한데도 모직물이 주는 깊이 있는 질감 때문에 여전히 품위를 유지하고 있었다. 개인의 소유답게 집기와 가구가 깨끗하게 유지되어 가정적 분위기를 풍기는 것도 딴 성과는 다른 점이라 할 수 있었다. 그림엽서를 사고 나니 밖은 이미 어둑어둑한데 미친 것 같은 만월이 슈베르니 정원의 거목 가지에 걸려 흔들리고 있었다.

돌아오는 길에 이에나에서 내려 곧장 발레 구경을 갔다. 나탈리아 베스메르트노바와 미카엘 라브로브스키가 주연하는 〈지젤〉이다. 〈백조의 호수〉는 내가 떠난 다음에 하게 되어 볼 수 없는 것이 아쉬웠다. 메트로를 타고 돌아오니 자정이 가까웠다. 지쳐 쓰러져 누우니 평화로운 3월의 농촌 풍경과 풍요한 루아르강의 물결 위에서 지젤이 비상하며 춤을 추는 영상이 겹쳐져서 난무한다. 몇 해 분의 생명을 한꺼번에 연소시켜버린 것 같은 벅찬 하루였다.

1977년 3월 6일

#

르 시드

파리에서의 마지막 날이다. 제일 좋은 음식을 아껴서 나중에 먹는 것 같은 심정으로 오늘은 종일 루브르에 가서 그림을 볼 심산이었는데, 신 선생이 일이 생겨 비행기표가 늦어진다는 연락이 왔다. 마음이 안정되지 않아 외출을 못 하고 있는데 방혜자 씨가 찾아왔다. 둘이 함께 거리에 나가 헤매 다니다가 '신락'이라는 중국집에 가서 물만두를 먹었다. 파리에서 제일 고통스러웠던 것은 식사 문제였다. 대가족 속에서 자라 나는 밥을 혼자 먹은 일이 드물었다. 그래서 혼자 밥을 먹는 것은 을씨년스럽게 느껴져서 걸핏하면 식사를 거르게 된다. 관광은 혼자 하는 편이 집중할 수 있어 좋은데, 식사를 혼자 하는 건 결코 즐거울 수 없는 일이어서 만두를 사주는 방 선생이 너무 고마웠다.

돌아와 숙박비를 미리 계산하고 나니 돈이 좀 남아 있었다. 처음으로 혼자 외국에 오니 제일 불안한 것이 돈 문제였다. 혹시 돈이 떨어지면 큰일이라는 생각에 수학여행을 간 여학생처럼 돈을 쓸 엄두를 내지 못했다. 호텔의 계산서가 혹시 값이 더 나오거나 하면 곤란하다는 기우까지 생겨서 자잘한 물건 하나도 사지 못했다. 돈이 남은 걸 보니 비로소 쇼핑을 해야겠다는 생각이 들었다. 내가 파리에서 제일 사고 싶었던 물건은 커피 잔이었다. 디자인과 무늬가 아름다운 것이 너무 많았다. 깜찍한 모카 잔을 여섯 개만 사들고 가고 싶었는데, 여섯 시가 지나 이미 가게들은 닫힌 후였다. 문은 잠가놓고 진열장에 불을 켠 채 놓아두는 밤거리의 상가. 휘황한 조명 속에 갖가지 물건이 세련되게 배치되어 있는 밤의 생 토노레 거리가 아름다웠다. 리볼리 가 쪽으로 걸어갔을 때 모던한 가구상 한복판에 한국의 먹감나무 이층장이 놓여 있는 것이 보였다. 어디에 갖다놓아도 잘 어울리는 한국의 아름다운 목기. 이조 목기를 좋아하는 나는 가족을 만난 것만큼이나 반가웠다.

호텔에 돌아와서 집과 미국에 전화를 걸었다. 집에는 별일이 없고, 동생의 수술은 내일 시작된다고 했다. 눈을 감고 기도를 하고 있는데 불현듯 파리에서의 마지막 밤을 침대에서 뒹굴고 있을 수는 없다는 생각이 들었다. 그래서 《피가로》지를 들여다보니 코메디 프랑세즈에서 코르네유의 「르 시드」를 하고 있었다. 시간은 임박했는데 예약도 없이 가는 것이 무모해 보였지만, 밑져야 본전이라는 생각이 나서 일단 가보기로 했다. 비가 내려서 택시를 타고 극장에 갔더니 이미 시작한지 10분이 지난 후였다. 예상대로 좌석은 만원이었지만, 허실수로 한번 떼를 써보았다. 오늘이 파리에서의 마지막 날인데 꼭 이 연극을 보고 싶다면서 10프랑의 팁을 주었더니 꼭대기의 나쁜 자리를 내주었다.

극장에 들어가니 무대에서는 요란스런 의상을 걸친 늙은 남자 둘이 과장된 어조로 언쟁을 하고 있었다. 물 뿌린 듯이 조용한 실내를 그들의 입에서 흘러나오는 장중한 운문이 파동 치며 흘러갔다. 말이라고 하기에는 너무나 음악적인 프랑스의 운문 대사가 뜻을 못 알아듣는 이방인까지도 매혹시킨다. 무대를 살펴보니 뒤쪽 꼭대기에서 흘러내린 폭넓은 한 폭의 금빛 채단이 무대 바닥에까지 닿아 있고, 천장에서 드리운 줄발이 때와 장소에 따라 이동하고 있을 뿐 다른 무대장치는 없었다. 루드밀라 미카엘이라는 여자가 쉬멘느 역을 하고 있었는데, 연기가 너무 경직된 느낌을 주었다.

막이 내리고 불이 들어오자 극장의 내부가 드러났다. 상상을 넘어선 실내의 화려함에 나는 그만 기가 질려버렸다. 발코니형의 회랑이 세 층으로 빙 둘러 있는데, 층과 층 사이의 흰 벽에 호화로운 부조浮彫가 베풀어져 있고, 천장에 드리운 거대한 샹들리에가 아름다웠다. 사람의 나신이 천장을 두 손으로 떠받치는 기둥이 있는 곳이 로열박스인 모양이다.

밖에 나오자 나는 다시 한번 기가 질렸다. 관객들의 의상 때문이다. 정장을 한 남자들 옆에서 담소하는 여자들이 모두 품위가 있는 이브닝드레스를 입고 있었다. 판탈롱을 입은 사람은 나와 미국인 관광객뿐이었다. 막간을 이용해 그들이 몰려간 홀에서는 샴페인과 음료수를 팔고 있었다. 사람들이 술잔을 들고 다니면서 인사를 하고 정담을 나누는 것이 보였다. 그들에게 있어 극장은 일종의 사교장인 모양이다. 프로그램을 사러 아래층으로 내려가다보니 빨간 융단이 깔린 나선형 계단 모퉁이마다 코르네유를 위시하여 수많은 문인들의 흉상이 배치되어 있고, 무대의상을 입은 화려한 여인들의 모습이 액자에 든 채 벽에 걸려 있었다. 여배우의 초상인 듯했다.

연극이 끝나니 극장은 박수의 소용돌이에 휩싸였다. 미친 듯이 박수를 치는 사람들. 그 광기를 어떻게 숨기고 그다지도 조용하게 연극을 보았는지 의심스러웠다. 몇 차례씩 막이 다시 오르는 그 요란한 열광. 그런 열광에 휩싸이는 일이 없는 우리나라의 연극인들이 가엾게 생각됐다.

다시 자정이 가까운 밤거리에 나서니 이제는 이곳을 떠나도 마음이 홀가분할 것 같은 안정감이 되돌아왔다. 어차피 다 보고 떠날 수는 없는 일이다. 인생도 마찬가지다. 사람은 결국 자기 앞에 놓인 것밖에 못 보고 죽는다. 그것도 다 보는 것은 아니다. 눈앞에 있는 사상事象도 관심이 없으면 보이지 않는다. 관심이 있는 것만 골라 보다가 우리는 모두 유한한 생명을 끝마치기 마련이다. 많은 사람들이 제가끔 다른 여행기를 쓰는 것, 그리고 그런 여행기가 쓰일 이유가 거기에 있다.

# #

이륙

여덟 시에 일어나 거리를 산책했다. 생 토노레의 상가는 늦잠을 자고 있었고, 어제 내린 비에 씻겨 보도는 깨끗했다. 모퉁이에 있는 신문 파는 가게와 리요네즈 은행을 돌아 큰길로 나서면서, 그 은행이 하나밖에 없는 줄 알고 집 찾는 표적으로 삼았다가 고생하던 생각이 났다. 이사 간 다음 날 딸아이가 파출소에 써 붙인 '봉사와 질서'를 거기에만 있는 것으로 착각해서 길을 잃은 일이 있었다. 아이가 아홉 살 때의 일이다. 콩코르드 광장까지 걸어갔다가 피곤해서 택시를 탔더니 쓸데없이 빙빙 돌고는 바가지요금을 요구했다.

신 선생이 차를 가지고 와서 오를리 공항까지 태워다주고, 통관 수속까지 다 해주셨다. 이어령 선생의 부탁으로 하는 거겠지만 너무 고마웠다. 그분이 시내로 떠나자 노란 송치 코트를 입은 부인을 앞세우고 게오르규 씨가 나타났다. 그저께도 선물을 들고 호텔에 왔다 가셨는데 또 오신 것이다. 한국의 노인들처럼 인정이 많은 분들인데, 평생을 망명지에서 보내는 것이 가슴 아팠다. 인편으로 전해졌다는 남편의 편지를 내주시길래 읽어보니, 아자르의 책을 사오라는 부탁과 함께 추위에 대한 사연이 적혀 있었다. 아직도 영하 16도의 추위가 계속되니 두꺼운 코트를 입고 떠나란다.

# #
극지의 하늘과 땅

백설이 덮인 동토대가 가까워지자 옆의 아가씨가 창가의 자리를 양보해주었다. 손가락으로 물감 장난을 한 것 같은 굽이굽이 돌아가는 강들과, 조용히 고인 호수가 있는 조용한 설야雪野가 내려다보였다. 알래스카다. 알래스카! 그 옛날 국민학생이었던 내가《소년 구락부》의 화보에서 보던 에스키모의 고장이다. 얼어붙은 산야에서 짐승털을 들쓰고 사는 사람들이 설인처럼 신비롭게 여겨지던 소녀 시절의 꿈의 나라. 하늘에서 보는 지구는 유사하기 마련인데 천연설이 덮인 극지의 자연은 너무나 특이했다. 하얀 눈을 비집고 서 있는 겨울나무들, 추위 속에 서 있는 나무들을 보니 궁극적으로 인간도 모두 겨울나무 같다는 생각이 든다. 태어난 자리를 바꿀 수 없는 숙명 속에서 계절과 풍상을 견뎌야 하는 삶의 그 가혹한 조건들. 불현듯 수술대에 누워 있을 동생 생각이 났다. 그 애는 지금 어떻게 하고 있을까? 마취의 긴 잠에서 무사히 깨어날 기운이 남아 있기나 할까? 알래스카 상록수들의 그 끈질긴 생명력을 그 애에게 줄 수 있다면…… 줄 수만 있다면…… 하다가 눈을 감고 만다.

백설이 더 많이 쌓인 골짜기가 나타난다. 젖무덤 같은 무던한 선의 언덕들. 그 사이에서 크리스털처럼 빛을 발하는 물줄기가 보인다. 눈부신 태양이 내리꽂히는 설원雪原. 햇볕도 얼어붙어 투명해질 것 같은 청정한 대지다. 문득 거기에 떨어져 죽어도 좋을 것 같다는 생각이 들었다. 죽어도 시체에서 진물 같은 게 나오지 않고 수정처럼 얼어붙어 그대로 깨끗할 것이 아닌가? 3500피트 떨어진 거리에서 보니 동토대도 춥지 않다. 아이들의 얼굴도 동생의 고통도 모두 그 청정감에 휘말려 까마득히 멀어지고, 눈보라가 깃발처럼 이동하는 신화 같은 태고의 자연 속에 내가 숨 쉬며 살아 있다는 사실만이 하나의 감동이 되어 전신을 뒤흔든다. 이 땅을 보는 것을 신에게 감사한다. 신이 만든 설원 위에 인간이 만든 길들이 나타난다. 앵커리지가 가까워오는 모양이다.

비행기의 하강과 비례해서 자연은 점차로 더러워져 갔다. 연잎 같은 얼음의 잔해가 떠 있는 강에는 더러운 물이 출렁거리고, 대지를 덮은 눈은 때 묻은 이불 홑청을 연상시켰다. 연잎형의 회색 얼음덩어리가 잔뜩 떠서 썩고 있는 늪들……. 그 물에 비행기가 빠지면 어쩌나 싫어 몸이 굳어왔다.

사람도 살지 않는 영하의 대지에서 눈은 왜 저렇게 더러운 모습으로 녹는 것일까? 성산聖山 같은 백설의 산들이 왜 저다지도 더러운 배설물을 흘려보내는 것일까? 지구의 상처처럼 고름을 흘리고 있는 땅, 그 땅에 내리고 싶은 마음이 나지 않는다.

길을 가고 함께 웃고 사랑을 쓰고

김승희 (시인)

강인숙 선생님의 『함께 웃고, 배우고, 사랑하고』는 재미있고 아름답고 즐거운 여행기다. 여행 속에 문명이 있고 문명 안에 여행이 있어서 지식의 축적이 많고, 70세 언저리의 네 자매의 여행 속에 배꼽을 잡게 하는 웃음과 유머와 슬픈 추억의 이야기가 들어 있다. 이 여행기의 표어를 찾는다면 '웃고 배우고 사랑하라'는 것이다. 인후암을 두 번씩 걸려서 고생을 하고 요추 디스크를 앓으면서도 기어코 미국과 유럽 대륙을 건너가며 스페인 여행 중에 지갑과 여권 등을 다 잃어버리고 또 무슨 고난을 만나도 상큼한 지혜로 고난을 극복하는 힘이 있다. 지혜는 네 거리에 있고 지혜는 루비보다 귀하다, 라는 말이 여행 중에 더 빛난다. 강인숙 선생은 강인하고 지성적이다. 그녀는 예리한 통찰과 역사와 정치와 문화와 예술이 축적된 무수한 지식과 아름다운 심미적 감수성과 묘사와 외국어 능력을 가지고 있으니 여행기를 쓰기에 완벽한 조건을 가지고 있다고 하겠다. 무엇보다도 웃음과 사랑과 유머가 만발하는 감칠맛 나는 매력의 문장이라니!

내가 1970년대 중반에 문단에 등단했을 당시에 한국에는 여성 비평가가 드물었다. 여성 후배들은 강인숙 선생을 자연주의 문학이나 일본 모더니즘 문학을 연구하는 차갑고 예리한 연구자이자 교수로만 생각했다. 나도 그녀의 검은 눈빛을 조금 무서워하기도 했다. 그러나 알고 보면 강인숙 선생은 간결하고 논리적인 이면의 너머에 뜨겁고도 열정적인 창조의 힘을 지니고 있었다. 또한 그녀는 현실주의자이면서 이상주의자이기도 하니 얼마나 완벽한 존재인가? 이어령 선생님과 강인숙 선생님은 당시에 사르트르와 보부아르 같은 지성과 열정의 아이콘이었고 사랑의 헌신적 동지이기도 했다. 또 후배와 제자들은 그녀에게서 따스한 사람의 감칠맛을 깊이 느끼게 되었고 타인과 이웃을 향한 따스한 정, 공감, 깊은 페이소스, 연민과 동정, 슬픔의 감수성 등을 오래 느꼈다. 이어령 선생님께서 말씀하신 '눈물 한 방울'의 보편성의 페이소스라는 것이 바로 그것이라고 할 수 있을까?

『함께 웃고, 배우고, 사랑하고』의 첫 부분에서 그녀는 '나는 왜 여행을 하는가'를 간결하게 쓴다.

나는 자연을 보러 여행을 하는 형은 아니다. 내가 가고 싶은 곳은 문명의 발상지가 아니면, 여러 문명을 혼합하여 고유한 문화를 창출해낸 비잔티움이나 그라나다, 모스크바 같은 곳이다. 그런데 정년 퇴임할 때까지 실지로 가본 곳은 그리스, 이탈리아, 인도, 일본, 그리고 파리나 이스탄불 같은 몇몇 도시에 불과했다. 이집트와 메소포타미아, 튀르키예, 중국 등 가고 싶은 곳이 산적해 있어서, 나는 지금까지 지루한 줄 모르며 살아왔다. 꿈이 남아 있었기 때문이다.

(…) 현지에 가보지 않고는 절대로 느낄 수 없는 것이 있다. 육안으로 보고, 손으로 만져보아야 비로소 얻어지는 현장감이다. 그것 하나를 맛보기 위해, 사람들은 많은 대가를 지불하며 먼 곳까지 찾아간다.

그녀는 또한 괴테의 말을 빌려 여행을 하는 이유에 대해 말한다. 나의 생생한 감성으로 현지에서 죽은 것을 살려내는 것이 바로 여행이라고.

오랫동안 이탈리아를 동경하던 괴테는 처음 그곳을 방문했을 때의 느낌을 피그말리온과 갈라테이아의 이야기를 통하여 묘사한 일이 있다. 돌로 완벽한 여인상을 조각해놓은 피그말리온은, 그 석상을 사랑하게 되어, 거기에 생명을 불어넣어달라고 날마다 신에게 졸랐다. 그런데 어느 날 기적이 일어났다. 돌조각이 정말로 생명을 얻어 문득 살아 있는 여자가 된 것이다. "저예요" 하고 수줍게 웃으면서 그 여자가 자기에게 다가올 때에 피그말리온이 느낀 그 경이로움과 환희가, 여행자들이 현지에서 체험하는 현장감이라는 것이 괴테의 말씀이다.

나의 생각에 돌 속의 미녀 갈라테이아가 "저예요"라고 말하면서 대리석에서 걸어 나오는 바로 그 여행의 기적이 '돈오돈수頓悟頓修' 다. 오悟와 수修를 한순간에 모두 완성하는 것. 한 번에 깨닫는 것을 말한다. 우리의 누추한 일상을 벗어나서 갑자기 눈부신 생명을 얻은 갈라테이아를 처음 만나던 때의 감동이 바로 여행의 감동이고 기적이다. 그녀의 막내손녀가 아주 많이 신이 나면 "우와따따뿌삐이!"라는 국적 불명의 감탄사를 외치는 버릇이 있었다고 하는데, 바로 그 "우와따따뿌삐이!"가 여행의 경이로운 환희와 신바람이다. 스페인에 가서도 네 자매는 신나는 것만 보면 "우와따따뿌삐이!"를 외쳐댔다. "우와따따뿌삐이!"가 바로 돈오돈수의 감탄사다. 한 번에 깨달았다는 것이다. 마드리드의 초라한 돈키호테 동상도, 〈게르니카〉도 라만차의 흙도 알람브라의 궁전도 가우디의 성당도 한 번에 깨달았다는 것이다. 이 여행기는 하나의 축이 스페인에서의 여행이고 또 하나의 축이 다른 대륙에서 수십 년 동안 헤어져 살아온 네 자매의 사랑 이야기이기도 하다.

언니가 미국에서 여행사를 알아보았다. 좀 비싼 편이지만 우리만을 위해 벤츠사의 9인승 밴을 제공하고 한국인 가이드가 딸린다는 조건으로, 마드리드-세고비아-톨레도-코르도바-세비야-지브롤터-토레몰리노스-말라가-그라나다-바르셀로나를 거쳐 파리에서 돌아오는 11일간의 상품이 있다고 해서 그걸로 결정했다고 통보해왔다. 그런데 문제가 생겼다. 마드리드까지 일곱 시간밖에 안 걸린다는 언니의 말에 내가 마드리드로 직접 가지 않고, 딸도 만날 겸 로스앤젤레스로 가서 같이 떠나기로 한 것인데, 막상 가보니 뉴욕까지 가서 떠난다는 엄청난 조건이 추가되어 있었다. 그건 보통 문제가 아니다. 요추 디스크가 삐져나와 3년 동안이나 비행기 타는 것을 금지당했던 나는, 겨우 회복한 건강을 다시 잃을까봐 마음이 크게 흔들렸다.

"비행기를 오래 타면 안 된다고 몇 번이나 다짐했는데, 뭘 하고 있다가 이렇게 만들어놓은 거냐"라고 내가 언니에게 신경질을 부렸다. 그러자 혼자서 일을 처리하느라고 전화료도 엄청났고, 고생도 많이 한 언니도 가만히 있지 않았다. 그런데 내뱉은 대사가 걸작이다.

"쪼꼬만 계집애가 뭘 안다고 까불어!"

나이가 70세에 가까운 동생에게 "쪼꼬만 계집애가 뭘 안다고 까불어"라고 야단을 퍼붓는 언니의 말이 배꼽을 쥐는 웃음의 폭발을 불러일으켰다. "우리는 모두 홍수로 폐가가 된 성안에 있던 외딴집으로 돌아가 다시 어린 계집애가 되어, 남의 아내와 어머니, 할머니로 살아온 세월의 삶의 무게를 잊어갔다"라는 대목에 눈물이 찡하고 가슴이 뭉클했다. 이미 한두 가지의 지병을 지니고 있는 병약한 노인들이 된 네 자매가 '남의 아내와 어머니와 할머니가 된 후'에 신비한 기적의 힘으로 다시 '쪼꼬만 계집애'가 되어 순식간에 아름다운 소녀로 변했던 것이다. 바로 그 경이로움! 마드리드의 에스파냐 광장 안에 산초 판사를 거느린 돈키호테의 검은 기마상, 투우사 이야기, 플라멩코 춤 이야기, 성당 공원에서 자주 만난 아름다운 결혼식 이야기 등이 너무 재미있었다.

풍차를 거인으로 보는 사람은 살이 너무 없어 볼품이 없었고, 풍차를 풍차로만 보는 사람은 살이 너무 쪄서 역시 볼품이 없었다. 살집의 부피가 현실주의자와 이상주의자를 가르는 가늠자가 되어 있는 모양인데, 둘 다 그 특징이 과장되어 똑같이 볼품이 없어진 것이다. 기사도의 이상에 몰입하여 현실을 직시할 줄 모르는 돈키호테와, 총독의 자리가 탐나 그를 따라 나선 산초 판사—그들을 굽어보는 위치에 세르반테스의 조각상이 의자에 걸터앉은 자세로 배치되어 있었다. (…) 독사진까지 다 찍어주고 나서 왕궁으로 이동했다.

그런데! 바로 그 순간! 왕궁을 나오자마자 소매치기가 확 잡아채서 등 뒤에서 백치기를 당해 심하게 다쳤고, 소매치기를 추적하느라고 바빴고 정말로 '눈이 부시게 푸르른 날/ 그리운 사람을 그리워하자'인데 그립지 않은 사람만 찾아다니느라고 하루가 다 갔다고 한다. 〈게르니카〉도 보았고 그 기시감의 감동도 황홀했다. 또한 갈라테이아의 벅찬 감동의 장소 같은 돈키호테의 라만차의 흙을 묘사하면서

스페인 문명의 특성과 역사, 종교, 문화, 정신 등을 파악하는 그녀의
통찰이 너무도 놀랍고 경이로웠다.

　돈키호테의 고장인 라만차 지방에서 안달루시아로 가는 코스에는
불모의 대지가 끝도 없이 펼쳐져 있었다. 사막은 아니지만 나무 하나 없
는 불모의 대지다. 아랍어로 라만차는 '마른땅'이라는 뜻이라니 짐작
할 만하다.
　(…) 땅이 춤을 추는 것이 아니라면 조물주가 땅을 가지고 설치미술
을 하는 건지도 모르겠다.

　사막이 아름다운 것처럼 그곳의 광활한 맨살의 대지도 아름다웠다.
그건 신의 작품이기 때문이다. (…) 어떤 일본 기자가 "라만차에는 그림
자가 없다. 거기에는 식물이 없으니까"라는 말을 한 일이 있다. 그림자
도 없는 그 발가벗은 대지의 문양과 밝음이 백일몽 속을 헤매 다니던
돈키호테 고장의 자연적 특성이었던 것이다.
　예수님이 태어난 땅도 마호메트가 통치한 땅도 맨살이 많이 드러나
는 고장이었다. 대지의 그 한계를 모르는 불모성이, 예수님의 국경을 초
월하는 사랑이나 마호메트의 국경을 없애버리려는 칼질 같은 절대적인
파워를 형성하는 원천이 되었던 것 같다. 일신교는 모두 이런 황무한 지
역에서 생겨났다. (…) 스페인이 종교적이 되는 이유도 저런 맨살의 대지
때문이 아닐까 싶다.

이런 건조한 지역에서는 올리브나무가 자라는 곳만 해도 이미 낙원이다.

다음 그라나다! 그녀는 알람브라 궁전이 바로 돌 속에서 미녀가 걸어 나오는 갈라테이아의 벅찬 감동의 장소라고 했다.

희랍의 철학자 중에는 물을 우주의 원질로 본 사람도 있다. 그것이 우주의 원질이 아니더라도 물처럼 인간에게 긴요한 것이 어디에 또 있겠는가?

스페인 사람들이 알람브라 궁전의 수로들을 왜 그다지도 자랑스럽게 생각하는지 이제는 알 것 같다. 사방에서 들려오는 물 흐르는 소리는 그들에게는 지복至福의 환幻이었을 것이기 때문이다.

그라나다. 석류라는 뜻이다. 그 말대로 그라나다는 석류알 같은 도시다. 달빛이 스치면 "커다란 튀르키예석 구슬빛이 된다는 시에라네바다 산맥"(로르카) 자락에 있는 무어인의 도시, 그라나다는 무슬림 스페인의 예술이 마지막으로 무르익어 석류알처럼 빛과 향기를 발산하던 고장이다. 세계에서 가장 아름다운 도시라는 그라나다……그곳에 드디어 우리가 왔다. 가르시아 로르카가 고향 그라나다에 바친 노래 생각이 난다.

알람브라 궁전은 그 정원 때문에 천국의 이미지와 연결되는 곳이기도 하다. 나무가 드물고 물이 귀한 스페인에서 정원수와 분수는 그 자체가 기적적인 존재이기 때문이다.

(…) 그래서 물을 예찬한 시가 많다.

"물의 노래는/ 영원한 것.// (…)// 신이 물이 되신 것 말고/ 뭐가 성스러운 세례이랴,/ 그의 은총의 피로/ 우리 이마를 씻는 것 말고?/ 뭔가를 위해서 예수는/ 물과 같아졌다./ 뭔가를 위해서 별들은/ 물결 속에 쉰다./ 뭔가를 위해서 어머니 비너스는/ 물의 가슴에서 태어났다."(「아침」, 정현종 역, 『강의 백일몽』).

가르시아 로르카가 물에 바친 찬가다. (…) 그래서 스페인에서는 물이 있는 곳이 곧 낙원인데, 알람브라 궁전에는 물소리가 풍성하다.

다리가 아파서 헤네랄리페Generalife로 올라가는 돌계단에 앉아 눈을 감고 사방에서 들려오는 물 흐르는 소리에 귀를 기울인다.

바르셀로나에 가서 가우디의 사그라다 파밀리아 성당과 그의 작품들을 보았다. 돌 속에서 미녀가 걸어 나오는 갈라테이아의 경이로운 기적이 그 마술의 도시에는 무수하게 쏟아지지만 지면의 사정상 다 쓰지 못하는 것이 안타깝다. 에어프랑스를 타고 파리로 가서 시내 관광을 하고 파리의 파노라마를 감상했다. 바르비종에서 "나 여기 살고 싶다네"라고 작은언니와 동생과 함께 말하며 서로 아름다운 바르비종의 자연을 즐기기도 했다. 광열이라는 지인을 만나 고급 해물 레스토랑에서 맛있는 식사를 하고 네 자매는 공항으로 가기 위해 바스티유의 모퉁이에서 헤어졌다. 광열이가 언니들과 동생을 공항으로 데려다준다고 하여 네 자매는 별다른 이별의 의식 없이 헤어졌다.

앞서 말한 바와 같이 강인숙 선생은 지성적이면서도 풍부한 예술적 감수성을 지니고 있다. 아름다운 묘사의 힘과 예리한 통찰과 역사와 정치와 문화의 힘이 축적된 무수한 이야기와 풍부한 예술성과 외국어 능력을 가지고 있으니 여행기를 쓰기에 그녀보다 더 완벽한 조건을 가진 사람이 누가 있겠는가? 그래서 그녀의 여행기는 지금 읽어도 젊고 또 너무도 젊다. 감각에는 나이가 없기 때문이다. 그리고 너무도 배울 점이 많다. 공부에는 늘 젊음이 가득하기 때문이다. 또한 웃음과 사랑과 유머가 만발하는 감칠맛 나는 문장과 대화의 매력이라니! "웃고 공부하고 사랑하라"라는 표어를 들고 나도 다시 새로운 여행을 떠나고 싶어진다. 꿈이 있기 때문에. 그리고 무슨 말인지 무슨 뜻인지도 모르는, 그럼에도 신나고 환희로운 "우와따따뿌빼이!"를.

- 무데하르(mudejar): 기독교 지배하에서 개종하지 않고 남아 있는 이슬람교도들. 그들이 만든 예술을 무데하르 양식이라고 한다.
- 물라디(muladi): 이슬람으로 개종한 기독교도.
- 모리스코(morisco): 국토 재정복 후에 기독교로 개종한 이슬람교도.
- 모자랍(mozarabe): 개종하지 않고 남은 이슬람교도.
- 세파르디(separdi): 스페인의 유대인들.
- 레콩키스타(reconquista): 기독교의 왕들이 이슬람이 차지했던 국토를 회복하는 일.

함께 웃고, 배우고, 사랑하고

초판 1쇄 인쇄 2023년 11월 17일
초판 1쇄 발행 2023년 11월 30일

지은이 강인숙
펴낸이 정중모
펴낸곳 도서출판 열림원

출판등록 1980년 5월 19일(제406-2000-000204호)
주소 경기도 파주시 회동길 152
전화 031-955-0700
팩스 031-955-0661   페이스북 /yolimwon
홈페이지 www.yolimwon.com   트위터 @yolimwon
이메일 editor@yolimwon.com   인스타그램 @yolimwon

주간 김현정   책임편집 황우정   마케팅 홍보 김선규 최은서 고다희
편집 조혜영 이서영 김민지   온라인사업 서명희
디자인 강희철   제작 관리 윤준수 이원희 고은정 구지영

ISBN 979-11-7040-236-7 03810